家裡蹲吸血姬的鬱悶
9
Hikikomari the Vampire Countess no Monmon
小林湖底
illust：りいちゅ

[6] 恐怖分子的目的

Hikikomari the Vampire Countess no Monmon

〈姆爾納特就拜託妳了　這個世界常存於妳心中〉

這來自一封信——

在吸血動亂的混亂漩渦中，我在核領域的某間旅館裡，拿到迦流羅哥哥給我的信件，是尤琳·崗德森布萊德寫的。

現在回想起來，會覺得這是一個謎到不行的訊息。

世界？心中？這是不是在做某種比喻？

媽媽常常對我說「妳將會引領世界」。

可是這句話的真實含義，我到現在都還搞不清楚。

那個駱駝夏洛特曾經說過一件事，媽媽已經成了傭兵集團「滿月」的首領，一直在為世界和平奮鬥。

她是宵闇英雄。

真的好厲害。我沒辦法變得跟那個人一樣。

因為我將會壯志未酬身先死。

胸口那邊老是有種刺痛感。

可是比起身體的疼痛，心靈的痛苦更加劇烈。

不知道薇兒、柯蕾特、艾絲蒂爾和納莉亞，還有拉米耶魯村的人，他們是否平安無事。

我伸出手，只因心中感到無比寂寞。

我不想輸給星砦。

想要快點回到薇兒她們的身邊。

可是我的身體卻動不了。

媽媽，我該怎麼辦——

「——很簡單啊！只要跟我一起將礙事的傢伙通通殺了就好！」

此時有個人握住我的手。

不是媽媽。

而是更加邪惡、更加冷酷，一個既純真無邪又愛嘲弄世人的吸血鬼。

我腦海中浮現一個小小的身影，她是至今為止跟我起過好幾次衝突的恐怖分子。

☆

啪嚓。

當我掀開眼皮的瞬間，一個讓人難以置信的畫面映入眼簾。

絲華卡・雷・傑米尼那張上下顛倒的笑臉就呈現在我眼前，而且還充斥整個視野。

我差點發出尖叫聲，但還是讓肚子使勁地在差點叫出來的時候憋住了。

……現在還不到驚慌失措的時候。

那個凶惡的恐怖分子不可能來到我的房間。

這肯定只是夢境，不然就是幻覺，就連在我眼前笑咪咪的這張臉，肯定也是那種經過一定時間就會消失的東西吧。

「黛・拉・可・瑪・莉!!妳終～～～於起床了啊!!」

「唔哇啊啊啊啊!?」

突然間眼前景象天旋地轉了起來。

是我身上的棉被被別人硬拉了過去，害我的身體就好像被捲在培根裡頭的蘆筍一樣，轉了幾圈後，伴隨一聲「咚哐——！」，接著被迫摔落到地上。

好痛。痛到我的眼淚都要流出來了。

尤其是肚子那邊特別痛。我低頭看才發現肚子上面捲了好幾圈繃帶，還看見繃帶上頭微微滲出一點血。

「……唔！」

原本仍處在麻痺狀態的腦袋慢慢動了起來。

對喔，我差點被特萊梅洛・帕爾克史戴拉殺掉。

還以為會就此沒命，沒想到我竟然還活著。

不對先等等，我該不會已經蒙受天國寵召了吧……？

這讓我怯怯地確認周遭狀況。

室內環境很幽暗，就只剩下從窗口照射進來的夕陽照亮地面。

看來我好像待在類似倉庫的地方。

空間裡面飄蕩著霉味，還有一些不知道裝了什麼的箱子，以及壞掉的酒桶。

不遠處有一張破爛的床鋪。看來我之前就是被人放到那張床上躺著。

除此之外，最讓我在意的是——

「妳清醒以後覺得怎樣啊？感覺糟透了？那太好啦！」

「……妳——難道不是幻覺？」

「不確定耶？我可能是幻覺，也可能不是。」

絲畢卡從口袋裡面拿出糖果含在嘴裡，接著擺出很友好的態度，就像碰到青梅竹馬的朋友一樣，並朝我靠近一步。

「可是妳還活著，這點千真萬確！妳被星砦的特萊梅洛・帕爾克史戴拉修理得很慘。還差那麼一點就要被殺了，是我在緊要關頭救了妳！要好好感謝我喔。」

「妳、妳說謊！妳哪有拯救我的動機!?」

「若是妳以為做任何事都需要明確的動機，那可就大錯特錯了！因為人類的心就像是不按牌理出牌、自由落下的葉子，希望在這之中存在某種因果關係，這種想法本身就很不合理。」

「拜託妳用更簡單的話來說明啦！我都聽不懂！」

「我有同感！因為剛才那些話都是我隨口亂講的！」

「妳該不會是不擅長跟人對話的那種人……？」

「總之妳用不著擔心，若是想要動機，我可是有很明確的動機喔！我會救妳的理由很簡單！因為妳的肚子被人刺到，看起來好像很痛的樣子，慈悲為懷的我才會基於同情做出那種事情！」

「我看這句話才是妳亂講的！像妳這種危險到不行的恐怖分子，怎麼可能有那麼正經的思維！妳只是想把我弄成煮火鍋的配料，拿去吃掉吧!?」
「妳希望我把妳吃了？」
「我才不想被吃！」
「那我就來吃吧！」
「別靠近我啦————!!」
絲畢卡接著就「啊、哈、哈！」地笑起來，並對我出手襲擊。
我在地面上連滾帶爬地四處逃竄。
這種情況簡直太莫名其妙了。
我好不容易才避免讓自己淪為「七天後會死掉的可瑪莉」，弄到最後卻要被恐怖分子拿去吃，這是在開什麼玩笑——不對，雖然我已經感受到如此緊迫的危機感，可是充斥在我心中的依然還是各種問號，一直想問「為什麼」。
替我治療傷口的人，真的是絲畢卡嗎？
特萊梅洛和拉米耶魯村，還有那些夥伴，她們現在都怎樣了呢？
「——可瑪莉小姐！」
就在那瞬間，絲畢卡原本打算咬住我的手臂，我卻在那時聽見一道聲音。
這讓我心頭一驚，眼睛看向倉庫的入口處。
那裡出現一名少女，身上穿著孔雀色的衣服，她凝視我的樣子彷彿是和生離死

別的家人再度重逢。

「翎、翎子……？妳是翎子對吧!?」

「太好了！妳終於醒了……！」那位少女——愛蘭翎子眼裡浮現淚水，朝我跑了過來。

仔細看會發現她眼睛下方有黑眼圈，原本很漂亮的綠色頭髮如今到處亂翹，樣子看起來明明很疲憊，但她臉上露出的笑容卻跟這般模樣形成對比，看起來無比燦爛。

「妳已經沒事了嗎？肚子還會不會痛？可瑪莉小姐確實還活著吧？沒有變成幽靈對不對……!?」

絲畢卡翻了個身，用輕巧的動作從我身旁離去——

「黛拉可瑪莉沒事啦！她還很有精神，都能跟我玩妳追我跑了呢！」

「我哪有什麼精神啊，那就像遇到火災會爆發的蠻力好不好！——不、不對，比起這個——」

我專心注視那個有著一頭綠髮的少女，望著她的臉龐看。

「幸好翎子妳平安無事……！之前發生什麼事了？妳為什麼會在這裡？還有就是……妳一直在我身上摸來摸去，我會有點不知所措……」

「對、對不起！」

翎子的臉立刻變得羞紅，還向後退了一步。

她變得扭扭捏捏，嘴裡發出沙啞的聲音，開口說了一句「不過——」。

「……不過——真是太好了。妳流了很多血，我原本還很不安。很怕可瑪莉小姐會不會就這樣死掉。」

「連我自己也覺得不可思議呀……沒想到我還活著。」

「這都是逆月的功勞，我也是被絲畢卡小姐拯救的。」

這句話讓我嚇了一跳，轉頭看向絲畢卡。

她則是露出詭異的笑容，並回望著我。

「事情就像她說的那樣啊！是我撿到差點變成人乾的翎子。黛拉可瑪莉差點死掉，救了妳的人也是我——換句話說，絲畢卡·雷·傑米尼是妳們兩個人的救命恩人！」

這話讓人聽了一時之間實在是難以置信。

但另外那些從翎子嘴裡說出來的話，卻讓我不得不信了。

為什麼逆月的人會跑到常世這邊？

為什麼會拯救我，讓我免於死亡？

這些人應該是比大猩猩更凶殘的恐怖分子才對。搞不好他們又有什麼企圖，想要做天大的壞事也說不定。若是我對他們疏於防範，也許會被殺掉——絲畢卡彷彿看透我的心思，嘴裡發出一聲叫喊：「就跟妳猜的一樣！」

「這都是作戰計畫的一環，妳是用來讓我達成目的的道具。當然我也是可以讓妳達成目的的道具。我們兩個若是想要繼續往前進，就必須互相利用。」

「……妳在想什麼啊？若是亂扯些有的沒的，我可是會生氣喔。」

「我說那些的意思就是要跟妳合作啦！若是對星砦放置不管，常世這邊會變得悽慘無比，千瘡百孔啊。妳也不希望就這樣結束，一直是輸家吧？」

對方給出意想不到的提議。

星砦。那幫人的存在，確實就像是「蠢蛋」這個字眼的體現。

絕對不能對他們視而不見——

可是，這傢伙也跟他們一樣危險。

我被逆月害到差點死了好幾次。

「……我沒辦法相信妳。」

「我都已經幫妳療傷了耶？順便先跟妳說一聲，拯救拉米耶魯村的也是逆月喔？」

「咦？」

「妳的朋友全都平安無事，幸虧有我們出手相救。」

照這樣聽來，薇兒和納莉亞還有艾絲蒂爾都得救了嗎？

可是這傢伙說的話，我可不能照單全收。

她有可能是為了誆騙我，隨便捏造出一套說辭也說不定。

「那妳拿出證據，證明大家都平安無事。」

「要不要透過魔法之類的窺視我的記憶？」

「妳如果要這樣講，我就沒辦法相信妳了！我現在就要回拉米耶魯村！」

「哎呀妳先等一下！我跟妳應該要締結同盟才對！接下來我們可是會互相幫助的夥伴，怎麼能夠隨便找些謊話來搪塞？」

「妳是之前曾經把我整得很慘的敵人吧!?這背後一定有其他的內情！對吧翎子，妳也那麼認為對不對？」

「咦？那、那個……」

「哪有什麼外情內情！若是妳不相信我，我就把妳的肚子劈開，殺了妳！」

「怎麼辦啊翎子，這傢伙好可怕!!」

「管牠是黑貓還是白貓，能夠抓到老鼠的貓就是好貓啊！妳就別害怕，直接來利用我試試看吧？喵喵♪」

那傢伙用兩隻手做出像貓耳的樣子，臉上堆滿了笑容，嘴裡說著：「不用害怕喔喵♪」。

但這樣更讓人害怕。

總而言之，就算繼續跟她耗下去，還是無法釐清真假。

這裡有沒有人是能夠溝通的啊——

「——那種事情就別做了，就算妳這麼做，也只會造成反效果。」

「唔。」

有個人站到絲畢卡背後。

他身上穿著寬鬆的和服，是一個看起來既聰明伶俐又冷酷的和魂種。

這個人就是迦流羅的哥哥——天津覺明。

「你在說什麼啊，天津！我只是想要緩和現場的氣氛啊!?你是想說像我這種資歷頗深的吸血鬼居然在模仿貓咪，看起來很詭異是嗎!?」

「我是不想這麼說，但有的時候不得不說那種話。」

「這樣也有道理喔！為了懲罰你傷害到我，我命令你切腹！」

「現在根本不是做那種事來緩和氣氛的時候吧。」

「那我原諒你好了！」

眼下我是連半點聲音都發不出來了。

我不曉得天津為什麼會出現在這裡，也不知道他為何會跟那個邪惡恐怖分子用如此親暱的方式對話。

難道他們兩個人是朋友之類的？

我的腦容量已經快要用完了，這個時候絲畢卡說了一句「算了不重要」，並用冰冷的目光俯瞰我。

「黛拉可瑪莉之所以會那麼抗拒我，理由已經很清楚了——都是因為她沒辦法理解我的思想才會這樣。那我就不要再打迷糊仗，現在就來說明一番吧。」

那根紅色的糖果晃了幾下。

跟星星一樣的青色眼眸閃閃發亮，這位恐怖分子集團的當家大小姐接著說了下面這番話。

「關於逆月的事情，還有常世的事情、星砦的事情。只要妳能對內情有大致上的了解，或許就會想要跟我合作。因為妳身上具備和我很像的特質。」

☆

我在翎子的支撐下，來到了倉庫外面。

而我眼前聳立的景象，正是一片被染成桔紅色的廢墟風貌。

天津說了，這座村莊受到戰亂摧殘，才會走向滅亡，面臨如此憂傷的結局。

村莊裡的人都不見蹤影，土地變得荒蕪一片，歪斜的風向雞在風的吹拂下，蕭瑟地搖晃著。

在常世的鄉下地區，據說常常能夠看見這些落寞的景色。

會有這樣的光景出現，全都要怪那些挑起戰爭的大傻瓜。

看來果然還是必須阻止星砦才行。

雖然必須那麼做，但這又是另一回事——

「今天的晚餐吃燉菜，放了很多公主大人愛吃的香菇。」

「哇，看起來好好吃喔！我要好好褒獎你一下，特利瓦！」

「這對我來說是莫大的榮幸。」

這時有個身上穿圍裙的蒼玉種朝著絲畢卡畢恭畢敬地鞠躬。

眼前這些燉菜看起來確實很美味，但是一想到做出這道菜的男人長什麼樣子，我就沒辦法乖乖說出「我要開動了」。

他是特利瓦・克羅斯。

是曾經讓姆爾納特帝國陷入無窮險境的超危險殺人魔，此時他臉上掛著親切的笑容，將燉菜撈到我的碗裡。

滋噹。

我好像感受到某種東西切換的氣息。

「——水來了，喝吧。」

「咦！」

有個人將茶杯放到桌子上，是之前曾經見過的那個狐狸少女。是芙亞歐・梅特歐萊德。

她就是在去年秋天來到天照樂土，在那邊大肆作亂的恐怖分子。

一對會動來動去的動物耳朵，還有會搖來搖去的金色尾巴，這些都是她的正字標記。

腰上還佩戴一把危險的長刀，以前她曾經用那樣東西將我劈開，弄出很血腥的畫面。

我一直盯著那個茶杯看，接著害怕地轉過頭，看看那位芙亞歐——

「……這裡面沒有加辣椒粉吧？」

滋嘗。又有某種東西再度切換了。

「討厭啦！我才不會用那麼沒水準的方式惡作劇！若是要加也是下毒，但我如果下毒了，就枉費我們救妳！」

滋嘗。

「但我很懷疑是否有救助妳的必要，公主大人的想法真是讓人搞不懂。」

滋嘗。

「雖然不能理解，但如今我們已經是合作關係！來吧來吧，就讓我們丟下積怨已久的舊恨，好好相處吧！」

滋噹。

「我醜話先說在前頭，之前在天照樂土那邊吃過妳的虧，這些我都沒有忘記。總有一天一定會殺了妳，做好覺悟吧。」

滋噹。

「那些都是在開玩笑的啦！若是表現得太凶惡，公主大人會罵我，我們來握手和好吧！」

「…………」

這傢伙是怎樣……

未免也太恐怖了吧……

說話方式一直換來換去，是故意的嗎？還是她有雙重人格？

不管原因是什麼，都很危險就對了。

話說回來，這四周全都布滿了危險分子。

這個用餐環境的天花板早就不翼而飛，而我們就在正中央吃著晚餐。

簡單用一句話說明，這裡就是地獄。

我從前可曾坐到哪張餐桌前，卻又那麼想逃跑的嗎？沒有，完全沒有。

就連第七部隊辦宴會，害我死掉的可能性來到百分之五十的那次，我都覺得比現在這次更開心一點。

「妳的身體狀況如何啊，黛拉可瑪莉。」

這時坐在我對面的白衣人跟我說話。

她臉上戴著眼鏡，後方那對雙眼一副倦怠的樣子，現在卻在發光。

我不知道這個人是誰，總而言之，一開始跟人對應直接虛張聲勢就對了。

「我、我沒事啊！我可是要把整個世界都做成蛋包飯的七紅天！」

「是嗎？那太好了。替人治療傷口，我不是專業的，所以我不是很懂要領。若是之前光耶醫師沒有教我那麼多，或許妳已經死了。」

「咦？」

意思是說——是這個人替我治療傷口的？

而且她還說到光耶醫師。

「……難道說——妳也是醫生？」

「不，我是逆月的研究人員，蘿妮・科尼沃斯。在這邊做各式各樣的研究，最近的研究項目是人體實驗，還有香菇的高速栽培。請多指教，黛拉可瑪莉。」

「請、請多指教。」

該跟對方說請多指教嗎？我為此煩惱不已。

既然她是逆月的人，那我就心裡有數了，知道這傢伙是很不正常的殺人鬼。

剛才她輕輕鬆鬆就說出「人體實驗」這個字眼，那就是最有力的證據。

可是她的確有恩於我——

「妳怎麼了，黛拉可瑪莉!?不吃燉菜嗎!?」

「絲畢卡……沒有啦，我會吃。」

「那妳是在跟我們客氣吧！我很能體會妳的心情！因為特利瓦很有可能把針放進去。」

「那怎麼可能。」

這時特利瓦看似傻眼地嘆了一口氣。

「在這種地方暗殺妳也沒什麼意義。黛拉可瑪莉・崗德森布萊德已經不是我們應該要打倒的敵人，而是要盡情使用的道具才對。」

「我怎麼可能相信你，你曾經對薇兒做出那麼過分的事情。」

「這麼說也對。可是我的夥伴科尼沃斯有替妳治療過傷口喔？」

「她真的有好好做治療嗎？沒有在我的身體上安裝炸彈吧？」

「妳說這種話未免也太失禮了吧。那個實驗，我早就找別人做過了。」

「看吧！這個人果然也是很危險的恐怖分子！」

「那些都不重要吧。重要的是妳已經欠我們人情了。也不想想是誰在拉米耶魯村出手相救，拯救那些村民的性命？若是我們沒有出動，那座村莊會受到更大的損害吧。」

「什麼……！對、對喔！我要趕快回去找薇兒她們……！」
嘶咚!!
就在我準備站起來的瞬間，眼前突然有一把叉子刺了過來。
翎子當下「呀啊！」地發出悲鳴聲。
我嚇了一大跳，嚇到連背脊都拉直了。
「我可不許妳擅自行動。」
特利瓦的雙眼發出紅色光芒。
是這傢伙做的。
他擁有魔法，能夠讓物體轉移到各種地方。不對，那是烈核解放。
「妳將會成為公主大人的道具。識相的話，妳就該對這份恩情心懷感激，乖乖聽從指示。」
「這、這樣很危險耶!?若是不小心刺到人該怎麼辦!?」
「我原本就打算用來刺人。我的【大逆神門】能夠透過星星的位置來鎖定座標，但來到星座截然不同的常世，我就容易算錯座標。」
「喂，絲畢卡!?這傢伙腦袋有問題！」
「嗯～這種燉菜對吸血鬼來說稍嫌不足。我說黛拉可瑪莉，能不能把妳的血分我一點？弄到這整鍋都變得紅通通就行啦！」

「妳也很奇怪！價值觀就不能更貼近一般人嗎!?」

「請妳放心，可瑪莉小姐……還有我在。」

翎子在這時握住我的手並加以鼓勵。

她真是太和善了。若是沒有這個女孩，如今的我早就不顧顏面，放聲尖叫外加跑去躲起來當家裡蹲了吧。

「謝謝妳，翎子，妳就像在荒野中盛開的一朵花……」

「這、這麼說太誇張了……還有這些人雖然身上散發邪惡氣息，但我想目前他們暫時還不會傷害可瑪莉小姐。」

「為什麼啊？妳都沒看見剛才發生的那些嗎？」

「這是因為絲畢卡小姐曾經救過我。我倒在沙漠上，是她撿到我，還分水和食物給我吃……」

其實我也很想深入了解一下，看看翎子到底遇到什麼事了。

再說她的隨從梅芳不見蹤影，這件事也挺奇妙的。

特利瓦在這時說了一聲「總而言之——」，並加大音量。

「拉米耶魯村的安全已經獲得保障，妳不需要想那些多餘的事情。」

「你們到底有什麼企圖啊。」

「公主大人，是不是差不多該跟她解釋一下了。若是放著不管，她可能會被特利瓦那個笨蛋玩壞。」

待在旁邊的天津邊翻閱報紙邊插嘴。

這句話讓我回過神。

對喔，這個人也是站在我這邊的。

畢竟他是我朋友的哥哥。之前也給過我好幾次建議。

既然都肯定事情是這樣了，那我就去天津旁邊待著好了——我依然牽著翎子的手，一點一滴挪動椅子，想要挪到他旁邊去。

「……………」

「…………？」

對方開始用狐疑的目光垂眼看我。

這害我心中產生微妙的尷尬感，可是我現在沒有餘力去管那些了。

因為我已經決定了，一旦有什麼事情發生，我就要拿天津當肉盾，跟翎子一起逃跑。

絲畢卡接著又笑了起來，一副笑得很開心的樣子，嘴裡說了聲「也是啦！」。

「在這邊賣關子毫無意義！我們切入正題吧！首先要問一下，妳覺得我的最終目的是什麼？黛拉可瑪莉。」

「殺人。」

「猜錯了——！正確答案是『追求世界和平』！」

「騙人!!這話把我嚇到差點扭下耳朵!!」

「話雖那麼說，我所想的世界和平跟妳心中描繪的世界和平還是有一點出入。我的想法是『只去拯救該拯救的人』。在逆月裡頭，我都把這些人比喻成『家裡蹲』。除此之外的其他人不管會死得多麼悽慘，我都無所謂。」

絲畢卡將那些燉菜咬了幾口後吞下，一副吃得津津有味的樣子。

「我想要創造只屬於這些家裡蹲的世界，也就是『樂園』。那是一個幸福的小世界，只允許心地善良的人居住。不會有人被其他人殺掉，所有人的一生都能夠活得很有意義，是一個理想的世界。逆月有個口號，叫做『死亡乃是生者的本懷』，但這句話其實應該要改成『死得有意義正是生者所願』才對。」

「既然是這樣，你們為什麼還要殺人取樂。」

「剛才不是說過了嗎？只要是『不值得被拯救的人』，不管那種人有多少，我們都不惜排除掉。若是要我大發慈悲，對象也僅限於跟我一樣心地善良的家裡蹲。」

「妳這麼做不會太我行我素了嗎……？」

可是這傢伙想要表達的，我好像開始聽明白了。

簡單講就是她打算挑選出讓她認可的人，就只有這些人能夠開開心心過生活。

把這種說法解釋成「世界和平」，我是覺得有點扭曲。

「好吧先不管了……那麼妳說的這個樂園，打算在哪裡打造呢？」

「就在這裡呀。」

「這裡？妳是說這個廢墟？」

「妳不只是身高不夠高，就連眼界也不夠寬廣呢！不是只有這座廢墟而已，而是這整個常世都很適合拿來打造成樂園！」

我聽了差點發飆，是翎子抓住我的手，即時制止衝突發生。

我要冷靜。

現在應該要先仔細斟酌絲畢卡所說的話才對。

「……為什麼常世適合拿來打造？這是一個充滿戰爭的世界啊？」

「做這種事情不需要理由啊，畢竟這塊土地充滿回憶。」

這樣的反應很不像絲畢卡，她臉上浮現感傷的表情。

外表明明就是一個稚嫩的少女，但她看向半空中的目光卻彷彿是老練旅人才會有的那種，透露著一絲哀愁。

「──很久很久以前，我有一個朋友。我想要跟那個朋友一起打造和平的樂園。可是有一幫蠢蛋卻來妨礙我們。於是我就被趕到另一個世界，也就是所謂的現世，從此和朋友分隔兩地。後來能夠通往常世的入口還被魔核封印了。」

「蠢蛋？朋友？魔核……？我都聽到腦袋快打結了……」

「所謂的蠢蛋，就是將我當成眼中釘的愚蠢六人組。這些人稱自己是『天文臺』。」

「那些人現在在哪裡，又在做些什麼？」

「應該都已經死了吧？畢竟都過六百年了。」

「那妳是靠什麼當動力活下去的啊。」

「靠毅力呀！」

「光是靠毅力就能夠活那麼久，那人們也不用這樣大費周章了吧。」

「總而言之，在很久很久以前，通往常世的『門』一直都是打開的，可是那些人利用魔核把門關起來了。因此我為了前往常世，才會鎖定魔核。」

雖然我不是很懂，但這傢伙好像一開始就把重心擺在常世那邊。

她曾經跟朋友分隔兩地，而這個地方充滿屬於他們的回憶。

我原本還以為她要濫用魔核征服世界地說。

「妳不是也已經體驗過了嗎？只要弄壞魔核，門就會打開。換句話說『天文臺』那幾個蠢蛋已經賦予魔核『封印門』的作用了，一定是這樣的。而魔核會吸收常世的魔力，供另外一邊的世界使用，也就是現世。所以常世這邊才會沒有任何魔力殘留，也沒有魔法存在。相對的在現世那邊就能夠利用常世帶來的魔力，盡情使用魔法。」

「怎麼會有這種事……」

「反正運作起來就是那樣啊。這些全部～都是在找我的麻煩。他們好像想要搾乾能夠拿來打造成樂園的常世，徹底擊垮我。」

絲畢卡口中的「許久之前」發生過什麼事情，我並不曉得。

但是我心中遭受不小的衝擊。

我從來沒想過魔核還具備那樣的功用。

雖然我也無從確認這些說法是真是假。

「把剛才說的那些總結起來就是——」

絲畢卡將常常在吃的糖果浸泡到燉菜裡，嘴裡繼續說著。

「針對從前進展到一半就遭遇挫折的樂園創造，我是希望能夠重新啟動。所以才會像這樣來到常世這邊。可是在我對常世疏於關照的這段期間，這裡已經成為充滿戰亂的世界了。那全都是名為星砦的宵小之輩搞的鬼。我必須把他們驅除掉。」

「原來是這樣……？」

「人要死得有意義，這才是活著的人應該要追求的生命初衷。正直的人就能夠用正確的方式死去，那些不夠正直的人只能死得毫無意義，這樣的世界才是常世該有的樣貌，也是成為樂園後應有的姿態。所以我才會那麼討厭星砦做出的虐殺行為。」

揭開面紗才發現這位少女其實有她自己的一套行動理念，且自有一套道理。姑且不論我能不能跟這套理念起共鳴，但是總結起來，在「無法原諒星砦」這點上，我覺得我們雙方擁有一致的目標。

可是——

「——為什麼妳會找我聯手？我們明明一直都是敵人。」

「因為夕星太強大了。我才想要借用妳的力量。光靠逆月不是他的對手。」

「那妳不該找我，更該去找其他志趣相投的人啊。薇兒說過這個世界有很多跟妳一樣的野蠻人喔。」

「在這個世界能夠跟我並駕齊驅的，就只有夕星和黛拉可瑪莉・崗德森布萊德——妳也看見拉米耶魯村的慘狀了吧？星砦都是一些道德淪喪的禽獸。我們難道該坐視不管？」

當然不能坐視不管。

都是那些人害的，才會有那麼多人變得如此悲傷。

「……我果然還是該回拉米耶魯村，我要跟薇兒她們一起作戰。」

「不行。」

絲華卡將沾了燉菜的糖果含到嘴巴裡，接著開口：

「如此一來，我們特地把黛拉可瑪莉孤立起來就沒意義了。薇兒海絲和納莉亞・

克寧格姆雖然很優秀，但她們是絕對不會接納我的吧？」

「那妳是覺得我就會接納妳？」

「若是妳不願意接納，我就把妳殺了拿來當成燉菜的配料。」

「妳果然不是正常人！」

「到底是誰才不正常？人們能夠對彼此輕而易舉說出要殺了你這種話，那就代表他們仍舊生活在安逸的世界中，不是這樣嗎？而這種危險的玩笑話有可能一語成真的世界，才更讓人喘不過氣吧？」

「妳別說些莫名其妙的話好不好！」

「啊、哈、哈！其實這是玩笑話啦！沒關係沒關係，妳這個人度量是很大的！面對我的邪惡心靈，依然有辦法接納！」

看她用那麼天真無邪的笑容對著我說這種話，我只覺得困擾……

好吧的確，若是能夠跟絲畢卡友好相處，我是希望能夠跟她好好相處啦。

可是一想到這些人從前都幹過什麼好事，我就沒辦法輕易點頭答應。

但我若是拒絕了，他們有可能說聲「那妳就沒用處了！」，再把我宰掉——

「像這種時候，最好是老老實實跟我們合作。」

這時天津開口說了一句話，很像是在規勸我一樣。

「星砦很危險。若是要拿不可原諒的程度相比，那幫人可是超越逆月好幾倍。

難道妳打算把那些重要的朋友都帶過去，跟這種人作戰嗎？」

「……」

「若是不希望薇兒海絲和納莉亞・克寧格姆被捲入戰火之中，還是來利用公主大人才是上策吧。」

不管是薇兒還是艾絲蒂爾，她們都受傷了。

至於柯蕾特，我還記得她的手傷得很重。

我不能夠再讓她們繼續勉強自己奉陪下去。

按照絲畢卡和特利瓦所說的話聽來，拉米耶魯村在某種程度上應該都算是安全的吧。

我想那恐怕就是逆月他們支付給我的報酬。

總結起來就是——「若是希望幫助妳的夥伴，妳就要反過來為我們效力。」

「可瑪莉小姐，妳怎麼了……？」

此時翎子一臉擔憂地看著我的臉。

雖然心中還留有迷惘，但我對接下來該做出的選擇已經越來越篤定了。

「……薇兒她們應該都平安無事對吧？」

「那當然！是不是啊，天津？」

「對，不用擔心拉米耶魯村的事情。」

天津——迦流羅的哥哥都那麼說了，或許我能夠稍微試著投入一點點的信賴。

於是我想了一下子，這才點了點頭。

「那好吧，總之我們就先一起行動吧。」

「這是明智的選擇！真不愧是舉世無雙的賢者！」

這下絲畢卡笑得開懷。

那種表情看起來就像發現新玩具又愛惡作劇的孩子。

我很快有了不好的預感，真希望這是我杞人憂天。

「這下該做的準備都做好了呢。只要我們齊心合力，甚至能夠在乾枯的夜空中搭起一座橋。我們一起將那些礙事的傢伙通通擊潰吧，黛拉可瑪莉！」

「嗯、嗯嗯……」

絲畢卡朝著我伸出手，我稍微猶豫了一下，接著才回握她的手。

看樣子冷酷的恐怖分子身上依然還是有人血在流動，這隻手意外地柔軟有彈性，還很溫暖。

不知道這傢伙是怎麼看待我的？

但我想她起碼是不會對我抱有太正面的情感吧。

不對，也許這個少女是不懂得跟他人保持適當距離感的那種吸血鬼也說不定。

像這樣跟她接觸後，會覺得有種懷念的感覺。

彷彿碰到了以前的我——

「那接下來！我們這裡有新夥伴加入了，現在要來說明一下今後的預定事項！」

話說到這邊，絲畢卡將手放進擱置在旁邊那張椅子上的包包。

她胡亂摸索一陣子，接著就把某樣東西「咚!!」一地放到桌子上。

那個是……上面連著好幾顆球體的環狀物……看起來好像是這樣？

若是要拿來當成手環會覺得太大，拿來當成室內裝飾品，形狀又過於奇妙。

「這個是神具《夜天輪》，原本是夭仙鄉星辰廳在保管的寶物，能夠映照出所有世界的夜空，是一個天球儀唷。」

「為什麼妳手上會有夭仙鄉的寶物？」

「因為那是我偷的啊！」

拜託妳不要堂堂正正發表這番言論好不好。

翎子擺出了很微妙的表情耶。

「這個《夜天輪》可以透過星星授予人們各式各樣的恩寵。舉例來說……對了，就好比是某個人若是將血液登錄在裡頭，就能夠知道那個人的位置資訊。我之所以能夠找到在沙漠裡遇難的翎子，也是多虧有這個神具。」

「那翎子的血液也被登錄進去了？」

「應該是骨度世快搞的鬼吧。包含梁梅芳在內，愛蘭朝的重要人物幾乎都被登記進去了。目的應該是想要親手掌控這些人——總之這些先不談。」

這時絲畢卡輕輕撫摸《夜天輪》上面的球體。

星空中的某個點原本還很朦朦朧朧的，卻在這時閃了一下，發出淡淡的光芒。

「這個就是位置資訊？是誰的？」

「是『骸奏』特萊梅洛·帕爾克史戴拉的。」

我感到一陣詫異。

那些詭異的「滋噹、滋噹」琵琶演奏聲又在腦海裡復甦。

這傢伙依然在世界上的某個角落企圖做壞事——

「——咦？可是想要知道位置資訊，不是還需要她的血液嗎？」

「之前打她的時候，我就已經採取過血液了！妳是想問為什麼不直接把她殺了對吧？妳也太遲鈍了吧，黛拉可瑪莉！故意讓她逃走，好讓我們能夠找到星砦的大本營，這樣不是更有意義嗎!?」

「也就是說……妳已經知道大本營在哪了？」

絲畢卡接著綻放笑容，說了一句「那當然！」。

「跟這裡距離很遙遠的南方有一座礦山都市，那是多馬爾共和國所管轄的『涅普拉斯』。最近掀起了一股淘金熱潮，導致人口暴增。這些人很膚淺對吧。」

「而且能夠採集到的不是只有黃金喔。」

科尼沃斯跟著開口，將雙手交疊放到胸前。

「還能夠採集到比黃金更稀有，價值更高的『曼陀羅礦石』。這種特別的石頭能夠對人的意志力起反應，在常世這邊若是要製作武器，那好像是特別貴重的素材。因此這次的淘金熱潮可不單只是針對黃金而生，應該要換個稱呼，叫它『曼陀羅熱潮』會更合適——」

「稱呼的方式隨便怎麼叫都好，但有一件事值得注意。曼陀羅礦石只會出現在高濃度魔力發生點。你們知道這代表什麼嗎？」

「咦……？常世這邊應該是沒有魔力存在的吧？」

「那代表的就是——涅普拉斯境內沉眠著『魔核』！」

「…………啊？」

魔核？魔核指的是那個魔核嗎？

就是在世界上總共有六個，能夠分別給對應的種族供應無限魔力和恢復能力，一種非常非常重要的神具？

「魔核充斥著魔力。雖然在程度上有差異，但光只是存在於某個地方，就能夠散發魔力。」

「先、先等一下!?為什麼常世會有魔核!?」

「常世這邊有魔核啊。另外那邊的世界有六個，這邊的世界也有六個——證據就是……看這個吧。」

絲畢卡從口袋裡面拿出某樣東西。

那個東西簡單講就像是「很像發光星星的球體」。跟尼爾桑彼所擁有的彈丸很類似，卻散發強大許多的能量。

「這是常世裡的其中一個魔核。我偷偷潛入被星砦控制的傀儡國家，把這樣東西搶回來。但跟另一邊的魔核所灌注的心願有所不同，才會維持著原始型態——」

我的腦袋快當機了。

絲畢卡將那個至高無上的神具放在手掌中把玩，同時露出充滿邪氣的笑容。

「能夠湧現出曼陀羅礦石的地方，就有魔核存在。而有魔核存在的地方，都會有星砦的人潛伏——不覺得這件事非同小可嗎？」

「難道那些人也在這個世界裡蒐集魔核……？那這樣說來，妳帶著那樣東西好嗎……？」

「我目前還不打算弄壞這個東西，而且放在我手裡可是好上一億倍。魔核擁有一種力量，那就是『一旦蒐集六個就能夠將擁有者的意志反映到這個世界上』——若是讓那幫人拿到六個魔核，會有很多人死掉。」

「…………」

我實在不懂星砦到底有什麼目的。

但我還是明白一點，那就是有一場危機正朝這個世界逼近。

總而言之為了讓快要噴火的頭腦冷卻下來，我選擇握住湯匙，撈起燉菜放進口中。沒想到吃起來意外地美味。

☆

這下事情變複雜了，但總而言之只要能夠阻止星砦就好。

根據《夜天輪》顯示，那些人好像將南方的礦山都市「涅普拉斯」當成根據地，想要將（疑似）埋在那裡的魔核挖掘出來。

一旦魔核落入那些人手中，整個世界將會更進一步陷入戰火之中。

我一定要阻止他們，可是——

「……畢竟絲畢卡是那種人，我也很難去相信她。」

「絲畢卡小姐的確有點可怕……」

「翎子，她是不是對妳做了什麼？」

「是有幾次……就是——我被她吸血了。」

「不可原諒!!我要去對那傢伙大聲控訴，讓她知道我對她有多麼失望!!」

「等、等等！妳就這麼莽莽撞撞地跑過去，傷口會受到拉扯……！」

「…………………嗚咕。被翎子說中了……肚子那邊好痛……」

我眼裡浮現淚水，當場蹲下去。

時間到了夜晚。在這片廢墟的某個房間裡，我跟翎子準備就寢。

我們明天似乎就要出發前往南邊，必須趁現在好好休息一下。

可是我一直很清醒，怎樣就是睡不著。

我在想逆月的事情、星砦的事情，還有那些被丟在拉米耶魯村的夥伴。

要想的事情太多了，心中的鬱悶即將突破極限。

我回到床鋪上，邊摸著傷處邊躺到床鋪上。

我抬頭仰望天花板，朝著隔壁那張床說了一句「對了翎子——」。

「梅芳她怎麼了？我一直很猶豫要不要問……」

「梅芳……」

翎子稍微躊躇了一下，接著才開口。

「梅芳好像在涅普拉斯那裡。聽說《夜天輪》是這樣顯示的。」

「怎麼會……？不對，我懂了。」

在魔核崩壞之後所發生的傳送現象，似乎會將人隨機傳到各處。

換句話說，不是所有人都會被傳送到相同的地方。

「根據絲畢卡小姐所說，起碼能知道還沒有發生最糟糕的情況。因為能夠用

《夜天輪》搜尋到的，僅限於活著的人……但我還是很擔心。」

「原來是這樣……那代表我們只能去涅普拉斯了吧……」

翎子臉上浮現出不安的表情。

當我還在悠哉旅行的時候，這個女孩子已經吃到很多苦頭了吧。

畢竟對方可是恐怖分子集團的公主大人，光想就覺得不是很舒服。

「……我是很擔心梅芳，但我也同樣擔心夭仙鄉。」

翎子接著發出一連串呢喃。

「《柳華刀》壞掉了，我想應該會在許多層面上造成多重影響。世界也會慢慢走樣……走樣到無可挽回的地步。」

「也是有可能……」

「對了，可瑪莉小姐。當『門』打開的時候，妳有沒有聽見聲音？」

「聲音？誰的聲音？」

「原來妳沒聽見，那應該是我聽錯了吧。」

「……不對先等等，那個聲音說了什麼？」

「感覺好像在說『要導正秩序』。還有我還聽見『要殺掉』這個字眼……然後就有一些影像流入我的腦海。那是某個人從枷鎖中解放的影像……」

聽起來很莫名。再說有可能會說出「殺人」這種字眼的傢伙，我能想到的對象實在太多了。

可是又不能完全斷言這都是翎子想太多。

「……不會有事的啦。不管發生什麼事情，我都會保護翎子。」

「咦？」

「也許世界確實會逐漸走樣也說不定，但我想要跟翎子一起並肩作戰的心意是不會改變的。」

「可瑪莉小姐，跟我待在一起會開心嗎……？」

「嗯，而且還有治癒人心的作用。我總覺得翎子給人一種特別的感覺。」

這個女孩子可是很貴重的正常人。能夠溝通的人都很特別。

這下翎子臉都紅了，害羞地說著「我也一樣」。

「……我也覺得可瑪莉小姐對我來說是特別的。我不想只是讓妳守護，我會努力成為妳的助力。」

「是、是這樣啊？」

「雖然我是一個小家子氣的人，早就放棄成為特別的人了，但這並不構成不需奮戰的理由。在我能力所及的範圍內，我都想去盡力做做看。所以我才想……成為可瑪莉小姐的助力。」

愛蘭翎子不打算繼續以夭仙鄉公主的身分自居。

可是這個女孩身上也具備一股意志力，她希望可以改變世界。

我能夠充分感受到她的這份心意，這讓我的內心變得踏實許多，我伸手回握住她的手。

「謝謝妳！我們當然要互相支持啊！我們可是好朋友喔！」

「嗯，而且——我還是可瑪莉小姐的妻子。」

「…………」

翎子說著如此讓人羞恥的話，怎麼還有辦法從容成這樣？

而且我不會從她身上感受到任何一絲像薇兒那樣的變態感，真是不可思議。

我當下不知道該如何回應才好，大腦好像結冰一樣，緊接著——

我耳裡聽見某種東西在某個地方爆炸的聲響。

就在附近而已，發生了一場大爆炸。

我跟翎子發出好長的慘叫聲，還因此被吹飛了。

房間的牆壁和天花板都炸開了，床鋪被破壞掉，眼前的景色全都變得天旋地轉，害我都快吐了。吹過來的熱風好強烈，簡直就像是從地獄吹過來的，那些雜亂的瓦礫就像下雨一樣，將周遭的一切全都砸爛。

滋噹。我還感受到某種東西切換的氣息。

「——敵人來襲！敵人來襲啦！看樣子那些傢伙終於按捺不住了！我這就拿他

們來祭《莫夜刀》！」

在外頭的芙亞歐高聲大笑。

就連原本在別的房間睡覺的絲畢卡和特利瓦也急忙飛奔到外頭。

……這是怎樣？在做夢嗎？我是不是可以繼續睡覺？

我正打算像這樣逃避現實，結果第二道攻擊就將附近的建築物都炸開了。

若是待在這裡，死掉的可能性很高。

雖然肚子很痛，但我還是強忍下來了，拚命抱住翎子想要保護她。

「可、可瑪莉小姐，妳還好嗎!?」

「翎子妳才是，沒事吧!?可惡，我周遭那些建築物又爆炸了！喂絲畢卡，這是怎麼一回事啊!?」

「唔～嗯。」

絲畢卡還在那邊悠悠哉哉地舔著糖果。

「其實呢，從三天前開始，我們就已經被敵軍包圍囉！」

「咦？」

「對方是阿爾卡王國的軍隊！這中間發生了一些波折，我們才會演變成彼此廝殺的關係！」

「那都是什麼樣的波折啊!?」

「就是我手上有的這個常世魔核，其實是從阿爾卡那邊偷過來的！」

「那他們當然會生氣吧！」

「他們一直～在追殺我們喔。看來已經追蹤到這個廢墟了。那幫人一直在廢墟城壁外觀望情況，趁我們睡著的時候伺機發動攻擊！」

我馬上就有想要解除同盟關係的衝動。

真想跟那個絲畢卡瘋狂抱怨。

可是就算對她瘋狂抱怨，我也知道情況不會因此好轉。

「——翎子，我們快逃吧！只要拿這些傢伙當誘餌，我們就可以得救！」

「啊，等一下啦！若是妳們敢逃跑，小心我殺了妳們喔!?」

但我一把抓住翎子的手，頭也不回地逃跑了。

雖然肚子那邊一直在抽痛，讓我覺得自己好像快死掉了，但現在不是在這裡哭啼啼說喪氣話的時候。

只要跟那個逆月扯上關係，果然有幾條命都不夠用。

「來吧來吧，你們這些阿爾卡的鐵鏽！應該都已經做好送死的覺悟了吧!?」

「真是的。雖然我不想從事那麼血腥的運動，不過……就把這個當成是調整【大逆神門】的好機會吧。」

那些殺人魔開始在為大開殺戒做準備。

大炮毫不留情地打過來，廢墟進一步遭到破壞。

這個時候絲畢卡開口說了一句「真～是拿他們沒辦法～」，語帶嘆息地站了起來。

她又從口袋裡拿出新的糖果，將那個糖果高高舉向天際。

「芙亞歐、天津、特利瓦、科尼沃斯！趕快把那些阿爾卡的走狗打倒，將黛拉可瑪莉抓回來吧！敢逃跑就要給予懲罰，我要把她們的血吸乾，直到只剩皮包骨為止！」

我可不能變成皮包骨。

我和翎子因為陣陣的爆炸風暴跌倒了好幾次，但還是朝著廢墟外頭徑直奔逃。

吸

[6.5] 前往南方

Hikikomari the Vampire Countess no Monmon

「呼啊啊啊啊啊啊啊啊啊啊啊啊……………我還以為自己會死掉……」

抬頭看向天花板，天津迦流羅就跟軟體動物一樣，渾身都沒力了。

同一時間，在她眼前暴飲暴食吃著草莓聖代的忍者少女小春用不帶感情的聲音說著「辛苦您了」，當作是慰勞。

「若是沒有迦流羅大人在，我們現在已經變成那些蒼玉種的晚餐了。」

「這都要怪小春吧!?妳突然去襲擊人家是怎樣！我可不記得自己是這樣教妳的！」

「抱歉，不過——我以為迦流羅大人有危險……」

「唔……」

「另外某位叫做佐久奈・梅墨瓦的小姐還殺氣騰騰的，因此我很確定這場戰鬥已經無法避免了。她那個樣子看起來好危險，我是說真的。」

「…………」

這裡是常世的咖啡廳。

當迦流羅往店內的角落觀看，便看到那個銀白色的少女——佐久奈·梅墨瓦，她用叉子刺了最中餅好幾次，嘴巴裡面念念有詞，像是在說些詛咒的話語。

「不可原諒不可原諒不可原諒不可原諒不可原諒不可原諒不可原諒……」

她根本就病入膏肓了吧——迦流羅在心裡暗道。

都是那個少女惹的禍，她們才會碰上那麼大的麻煩。

穿過「門」的搜索隊被傳送到叫做「白極帝國」的國家。

「暗影」——基爾德·布蘭曾經說過，常世這邊有好幾個類似另一個世界的國家存在。那麼白極帝國真要說起來就是白極聯邦的鏡射國家吧。

不過這些姑且先放在一旁，他們雙方很快就起衝突了。

這些來自白極帝國的蒼玉種面對突如其來現身的謎樣入侵者都充滿了警戒，而搜索隊這邊的好戰分子（主要是佐久奈·梅墨瓦）從一開始就已經下定決心要把他們所有人都殺了。

總而言之一場混戰就此展開。佐久奈毫不留情地揮動她的魔杖，小春也跟著衝了過去，一副想要先發制人的樣子，那些蒼玉種趕緊出面應戰——

迦流羅是真的以為自己會死掉。

雖然在她拚命遊說對方後，最終免於一死，但只要踏錯一步，他們就很有可能一來便全軍覆沒。

「……佐久奈小姐還真讓人頭疼，雖然我能夠理解她的心情。」

「那個人的表情……好恐怖。那個時候明明只要陪笑就沒事了。」

「但是在那種狀況下很難笑得出來吧。」

「那要不要試試看跟他們用搔癢的？」

「別那樣，會被殺掉的欸！」

小春接著說了一句「開玩笑的」，並將聖代一口吃下。

另一方面，佐久奈身上依然包覆著黑暗氣息，一直在叨念「可瑪莉小姐可瑪莉小姐」，就像是在念咒語一樣。這下可以肯定她的精神狀態應該已經來到很不妙的境界了。

雖然是那樣，但成了這副模樣的可不是只有佐久奈‧梅墨瓦一個人而已。

在搜索隊這邊，不管是誰，情況都跟她差不多。

納莉亞、翎子、莉歐娜和普洛海莉亞——她們都是因為這次的意外事故消失不見的少女們，無論對哪個國家而言，都是無可取代的存在。

「佐久奈小姐的事情，我們就先別管了吧。若是一不小心刺激到她，不曉得她會做出什麼樣的事情來。說真的我也很害怕，有點想要跟她保持距離——」

「迦流羅小姐。」

「呀啊!?」

此刻那個佐久奈正一臉嚴肅地望著迦流羅。

她的眼睛裡頭一點溫度都沒有。身上散發出殺掉兩三百人也無所謂的氣息。

「是、是的。請問怎麼了嗎？」

「我們這樣不會拖到時間嗎？」

「咦？」

「我們要在咖啡廳待到什麼時候？已經過去三十三分五十八秒了喔？啊啊，就在這一刻將要邁入第三十四分。簡直是在浪費時間……可瑪莉小姐也許正覺得寂寞……啊啊……」

糟了。她看起來非常惱怒。

小春在這個時候用很快的速度站了起來，嘴巴裡面還塞著草莓，人則是躲到迦流羅的背後。

「迦流羅大人，她好可怕。」

「妳應該是我的護衛吧!?不管發生什麼事情，都有保護主人的義務啊！」

「我要暫時行使放棄義務的權利。」

「天底下哪裡有那種權利呀！」

「妳們在鬼鬼祟祟說些什麼呢？」

「咦!?我、我是在說這個聖代好好吃，可以拿來當成風前亭菜單的參考菜色～」

「可瑪莉小姐正在某個地方等人去救她。她在等我。為什麼神明要阻擋我的去路……果然還是得大開殺戒……」

佐久奈身上開始冒出一股寒氣。

常世這邊沒有魔力也沒有魔核。因此她們應該要避免濫用魔法才對。

可是迦流羅現在卻沒有餘力去給人這種忠告。

因為她現在害怕得不得了。

撐不下去了。我看我會就地被人變成冰雕吧——迦流羅正要準備放棄自己的人生，這個時候卻出現轉折。

「——打、打打、打打打、打擾一下!!」

店鋪裡頭突然響起一聲尖銳的人聲。

不管是迦流羅還是小春，甚至是佐久奈，還有其他的搜索隊成員，他們全都為此感到納悶，不知道出了什麼事，並轉頭看向說話的那個人。

那裡有個幼小的女孩……不對，站在那裡的人應該是一名少女才對。

她身上穿的衣服就像暗影一樣，顯得黑漆漆的。

跟這樣的打扮形成反差，肌膚可是比白極聯邦降下的雪還要白皙。

但是她似乎太過緊張不安，臉頰變得跟蘋果一樣紅。

因為她頭上戴著斗篷帽子，因此眼睛那邊看不太清楚就是了。

話說回來，不曉得她是什麼種族？

既不是和魂種，又不是翦劉種，也不是獸人，這點是可以肯定的，不過——

總而言之迦流羅努力讓自己用和善的心情去面對，臉上浮現微笑。

「妳怎麼了嗎？媽媽跑去哪了？」

「唔……！？！？！？！？！？」

就在那瞬間，那個黑色衣服的少女突然變得激動起來。

即便是遭到他國入侵成了人質且受盡羞辱的公主殿下，也不至於有這種表情，那是飽受屈辱的人才會有的表情。

女孩的手握成了拳頭的形狀，而且渾身顫抖，拚了命調整呼吸，口中發出「嘶——呼——嘶——呼——」的聲音。

「我、我就是基爾德．布蘭……！」

咦？她在說什麼啊？——迦流羅明顯感覺到自己的頭頂有問號浮現，這時那個少女「啪」的一聲，狠狠脫去斗篷帽。

她有一頭黑色的頭髮，搭上雪白的肌膚、泛紅的雙頰，還有水汪汪的泛淚雙眸。

倘若這裡有十個人，那十個人看見這位少女大概都會說她看起來「楚楚可憐」。

少女做了一個深呼吸後，緊接著開口。

「因、因為跟妳們約好了，所以我就過來了……！我、我來是為了……說明常世的、事情……」

「「「…………………」」」

說起搜索隊之所以一直待在咖啡廳的理由。

其實就是為了……跟常世這邊的引路人「暗影」基爾德・布蘭會合。

可是——該怎麼說呢……

……她好像跟想像中的很不一樣??

「『抱影種』……其實能夠操控自己的影子，將影子送到別的世界去……但我的任務是負責跟人聯繫，所以不太會讓本體過去那邊，也不習慣跟人直接會面……所、所以——若是跟妳們想像中的不一樣，在此跟妳們致歉……」

她不太敢看迦流羅一行人。

而是低著頭，蜷縮著背，手指跟手指纏繞在一起，光顧著坐在椅子上。

「若是變成影子，會覺得那是另一個自己，心胸比較能夠放得開……但是我很不擅長像這樣跟人面對面說話……我是很想跟當暗影的時候一樣，用帥氣的語氣跟人說話，可是站在客觀的角度想，像我這樣的小人物若是裝出高高在上的樣子，那肯定很可笑，因此我才會裹足不前而作罷……那、那個。我的頭髮上……是不是有沾到什麼東西……？」

「沒有啊，好乖好乖。」

小春跟著坐到基爾德隔壁，一直撫摸她的頭。

雖然讓人覺得有點意外，但不管是誰，總會有一兩樣自卑的地方。

還是不要對她挑太多毛病好了，否則那樣會顯得很可憐。

「原來基爾德是那麼陰暗的人啊，果然很像影子。」

「嗚……——」

「小春！不要說那種奇怪的話！對、對不起喔，基爾德小姐。」

「沒關係，反正我原本就是一個陰暗的人……」

基爾德回應時發出乾笑聲。

這個時候佐久奈有些惶恐地插了一句話「請問——」。

「方便的話，可以跟我透露可瑪莉小姐的相關資訊嗎……？基爾德小姐應該已經掌握了某些情報對吧？」

「是、是該這麼做。畢竟那就是我原本的目的，我這個人是不是很陰暗都不重要了……請各位看這個。」

基爾德將手伸進背包摸索一陣子，然後就拿出一份看似古老的羊皮紙。那樣東西被攤開來放在桌子上，迦流羅開始觀看這份羊皮紙。

這個好像是常世的地圖。

「上面有很多沒看過的國家呢。就連天照樂土和姆爾納特也跟我們熟悉的那兩個國家在位置上有些許差異……應該是說陸地的形狀原本就不一樣。」

「如妳所說。根據傳說，第二世界原本是杳無人煙的荒地，是複製了第一世界才會有如今的樣貌……」

「第一世界？複製？」

「啊、沒什麼，現在比起那個，還有更重要的事情……」

基爾德指向地圖上的某個點。

在距離常世中央……有一小段距離的地方，有個位置上寫著「捷爾村」。

「我想薇兒海絲和艾絲蒂爾．克雷爾，納莉亞．克寧格姆應該都在那裡。」

「什麼……」

這句話太震撼了，讓人的思考頓時陷入停擺。

原來他們已經找到可瑪莉一行人了嗎……？

「說的更正確一點，那並不是捷爾村，而是在附近的隱藏村落——『拉米耶魯村』。但這座村莊最近發生過戰亂，已經有派遣姆爾納特的士兵過去幫忙修繕。我們有夥伴混入村莊裡頭，根據他們帶回的消息……那三個人似乎平安無事。」

「三個人？」

佐久奈慌慌張張地插嘴。

「那其他人呢……可瑪莉小姐怎麼了……!?」

「普洛海莉亞・茲塔茲塔斯基跟莉歐娜・弗拉特，這兩個人都還沒有消息。另外就是黛拉可瑪莉這邊……我們的人有跟我們回報，說她已經被絲畢卡・雷・傑米尼綁走了。」

「什麼……!?」

發生這種事情未免太莫名其妙了，腦袋的處理速度都要跟不上了。

但不知道為什麼，基爾德卻一臉歉疚地垂下眼眸。

「我們有個夥伴是駱駝，那個夥伴說黛拉可瑪莉、納莉亞、薇兒海絲跟艾絲蒂爾這四個人好像都被傳送到同樣的地點，還曾經一起旅行過一段時間。聽說她們想要穿越沙漠，前往姆爾納特帝國，卻在半路上來到拉米耶魯村，還跟星砦戰鬥……最後就只有黛拉可瑪莉被那個『弒神之惡』綁架……」

「弒神之惡」——說的正是絲畢卡・雷・傑米尼。

那個恐怖分子從前曾經在六國之間引發一場混亂，如今她怎麼會跑來常世這邊？

「……逆月害我的家人慘死。」

佐久奈在這時開口說了那麼一句。那聲音足以讓人的靈魂都為之凍結。

「那些人對可瑪莉小姐還有薇兒海絲小姐……也做過很過分的事情。他們只把其他人當成道具看待。不能放過他們。」

佐久奈說完轉頭面向基爾德。

「基爾德小姐，為什麼會發生那種事情？是不是逆月又要傷害可瑪莉小姐？」

「絲畢卡・雷・傑米尼在想些什麼……目前還不清楚……我們是有放間諜去逆月裡，但好像還沒有查出端倪……再說敵人不是只有逆月而已。我是覺得星砦更危險……」

「咦？妳剛才說什麼了？」

「咿!?」

因為遭人用銳利的目光瞪視，基爾德嘴裡發出悲鳴。

也難怪佐久奈的表情會變得那麼恐怖。

這個少女可是因為逆月的關係失去家人，曾經度過一段血腥的人生。

「我以前待過那個組織，所以很清楚。逆月比那幫人更危險……迦流羅小姐，我們現在馬上出發，去找可瑪莉小姐吧。」

「就算妳那麼說。我們現在也沒有線索，這樣的話……」

「若是要線索……我這是有一些。」

此時基爾德怯生生地開口。

「剛才已經說過了，我們有送間諜到逆月裡。但是那個人真的很怠惰，有的時候會給情報，有的時候不會，我們甚至覺得他有可能已經背叛我們了——」

迦流羅嘴裡發出一聲輕嘆。

「讓這樣的人去當間諜好像不太妥當。假如他真的給予情報，最好也不要照單全收吧。」

「怪、怪了？難道上一代大神都沒跟妳說……？」

「嗯？請問妳指的是什麼？」

「剛才說的那個間諜……其實就是妳的堂哥天津覺明。」

「……」

在迦流羅的腦袋裡，好像有某幾樣東西破裂了。

……什麼？是覺明兄長？

一直以來都行蹤不明的那個覺明兄長？

「不過前些日子發生很罕見的事，那就是天津送信鴿過來了……但是內容很像是某種暗號，只寫了『月亮在金色的海裡』。」

「——先、先等一下!?兄長他也在常世這邊嗎!?妳是不是已經見過兄長了!?」

「咦？見、見是見過了，那個——因為我們同樣都是傭兵集團『滿月』的一員……天津他平常很照顧我……」

自從上一代大神消失之後——

透過大神遺留下來的信件，迦流羅才得知隱藏在這個世界上的天大祕密。

那就是上一代大神其實是跨越時空造訪此世的自己，也是來自未來的她。

信件裡面還說若是姑息逆月，這個世界將會毀壞。

並且提到若不希望可瑪莉消失，那他們就要把這個人看顧好。

可是裡面完全都沒有提到天津覺明的資訊。按照基爾德的話聽來，未來的自己應該知道兄長在什麼地方才對。

為什麼？

為什麼那個自己都不告訴她呢？

迦流羅的腦袋變得一片混亂，都快混亂死了。

「她剛才還說『時常受到關照』。搞不好人已經被基爾德睡走了。」

這下迦流羅的腦袋進一步遭到破壞，人準備當場死亡。

「那——我們就先切回正題好了……」

基爾德接著用畏縮的語氣繼續說。

「除了那些，雖然沒有確切的證據可以證明，但已經得到好幾個消息，說疑似看到像是絲畢卡・雷・傑米尼的人……畢竟她都打扮成那樣了，應該很顯眼才對。」

「那他們在哪？」

「在、在南方那邊……從這個地圖中央的『弒神之塔』開始算，還要再往南一些，將那些目擊情報綜合起來看，逆月應該正在南下……另外還有一件事，將『月亮在金色的海中』這句話也一併列入考量，我在想逆月也許正要去這個地方……」

基爾德指出某個方位——

那個地區正好就在拉貝利克王國和多馬爾共和國這兩個國家的國境交界處。

地圖上面還寫一些像是後來才加上去的雜亂文字，字面上寫著「礦山都市涅普拉斯」。

「這是近幾年才建造出來的人工都市，那是形同人類慾望漩渦的魔境……最近掀起一股熱潮，很多人都跑去那邊淘金，似乎還聚集了不少的傭兵……我已經接獲命令，要代替目前忙得分不開身的首領，跟妳們一起去搶回黛拉可瑪莉。」

「…………！」

這下目的地就確定了。

那裡有星砦、逆月和可瑪莉——

再加上好久好久以前就丟下曾經年幼的迦流羅，不知消失到哪去的心愛兄長。

雖然有好多事情等待他們去做，但只要前往南方，肯定就能將所有問題都解決掉——迦流羅有那種預感。

☆

在這個世界的南方——也就是多馬爾共和國的邊境地帶，有那麼一座城鎮。礦山都市涅普拉斯。

在政府主導下，這個地方開發了八年，從前這個地區就只是閒散的農村，如今已經轉化成利欲薰心的人所聚集的魔境了。

發生暴力事件只是家常便飯，人們都給這裡取了另外一個名稱——「戰場外最危險的地方」。

唯一還能夠保有像樣秩序的地方，大概就只有知事館。

那裡位在涅普拉斯的一級地段內，被厚厚的圍牆包圍，是座豪華的涅普拉斯知事府——就在知事府的辦公室內，有兩個人在那裡對望著彼此。

其中一個是頭上戴有金色裝飾品的少女。

她身上穿著暴露度頗高的異國風情服飾，人就坐在一張黃金椅子上，跟那些髮飾一樣閃閃亮亮的，那坐姿顯得很傲慢。裸露在外的肌膚是類似小麥的褐色，這種顏色去做日光浴也晒不出來，那表示她不屬於「大宗人口六大種族」中的任何一種。

「——所以呢？你們輸了？」

那個少女翹著二郎腿，腳尖轉來轉去，同時問了這麼一句。

「不，我們並沒有輸。」

回答她的是另一名少女，身上破破爛爛四處掛彩，很像是撿回一命的士兵。

衣服有明顯的破損，被人毆打所造成的傷似乎還沒痊癒，臉頰那邊依然是腫起來的。

這個人就是星砦的一分子，「骸奏」特萊梅洛・帕爾克史戴拉——這位旅行的琵琶法師看著那雙褐色的裸足，繼續說些聽起來像是在辯解的話。

「真要說起來，納法狄小姐，我們沒必要為這種局部的勝敗爭論。若是只考量因果關係，那我們星砦肯定會得償所願，看在外人眼中我們就像是戰敗撤退，但實際上——」

「妳廢話還真多!!」

「啊嗚！」

被人用塗了花俏指甲油的指尖戳刺，特萊梅洛的身體晃了一下。

那個褐色肌膚的少女——納法狄就這樣站了起來，煩躁的情緒全寫在臉上。

「我說妳啊，真的有在認真做嗎？尼爾桑彼也一樣，等到輸的慘兮兮才來求我

© riichu

幫忙，不覺得這樣太難看了嗎？」

「我再重複一遍，現在該在意的不是勝負問題。我們該想的是那麼做能否實現我們的宿願。」

「唉～討厭討厭！都這麼大的人了還找藉口，實在讓人看不下去！若是妳再繼續說些有的沒的，小心我把妳裝到棺材裡面，弄成木乃伊喔？」

「請先聽我一言。之前那樣撤退是基於戰略考量。就算繼續像那樣作戰下去也不會有機會獲勝的。『弒神之惡』是多麼難對付，想必妳不會不知道吧？」

「知道是知道，但是妳的態度讓人火大。若是想要借用我的力量，那妳就應該在地上爬，向我懇求才對吧？到時我還會順便踩個幾下呢？」

「不，以我們的關係應該……」

「難道妳不知道嗎？就算關係親密，該有的禮數還是不能省略吧？」

「能夠跟妳產生這麼一段緣分，我都覺得算是奇蹟了。我們的性格明明是水火不容，卻能夠以夕星帶來的信念為支柱，互相攜手合作。那位大人簡直就像是四海一家這個字眼的體現者呢。」

「別轉移話題！真是夠了——麻煩死了。」

納法狄翻動她的衣服，「砰嘶！」地靠回椅背上。

接著用銳利的目光俯瞰特萊梅洛，嘴裡說了聲「所以呢？」，換了個話題。

「現在妳要怎麼辦？夕星可是很生氣喔？」

「不曉得那個人有多生氣？」

「嗯～我想想喔～」

納法狄開始盯著斜下方看。

那裡坐著一個奇妙的玩偶，外觀有點像兔子這種生物。

跟那個玩偶視線交錯了一陣子後，這名褐色肌膚的少女就點頭說了聲「啊，是嗎？」。

然後她又轉頭看向特萊梅洛，臉上浮現不懷好意的笑容。

「真是可惜呀！那個人說希望特萊梅洛可以去死！」

「請先讓我洗刷汙名吧。」

「……嘖，妳這個人真是一點逗弄的價值都沒有。」

在辦公室裡，淡淡的夕陽餘暉灑落進來。

那個納法狄看似覺得無趣地嘆了口氣，並用手抱住兔子玩偶。

不是去拉玩偶的耳朵，就是去搓揉玩偶的肚子，用手毫不客氣地玩弄了一陣子後，她朝著特萊梅洛出聲，開口說了句「喂」。

「魔核那邊怎樣了？」

「都沒有新發現。而且我們借給阿爾卡軍隊的那個魔核，還被絲畢卡・雷・傑米尼搶走了。」

「那不就糟透了嗎——!!」

那隻玩偶被丟向特萊梅洛。

特萊梅洛用很華麗的姿勢接住那個玩偶，像是在嘲弄人一樣，嘴角跟著上揚。

「彼此彼此。妳都已經挖掘星洞八年了，但是到現在都還沒把魔核挖出來不是嗎？」

「這兩件事不能混為一談吧！我原本就反對耶!?不管阿爾卡的軍隊被強化到什麼程度，直接將魔核交給他們保管，怎麼想都還是太疏於防範了吧！」

「但這畢竟是夕星的決定。」

「唔……話是那麼說沒錯……」

「總而言之，作戰計畫已經邁入下一階段。也許妳認為我是來找妳哭訴，但其實我這邊早就想好計策了。」

特萊梅洛將那個玩偶丟回去。納法狄趕緊將那樣東西接住，同時開口道：

「……那妳還跑來我這邊做什麼。」

「因為我覺得涅普拉斯這裡的『星洞』很適合當成決戰地點。只要借用匪獸的力量，就連那幫人都不是對手。說這是租用場地的租金好像有點見外，但是我也會幫忙搜索魔核喔。」

「難道絲畢卡要來這裡？」

「『弒神之惡』故意把我放走。我想她早就準備要追蹤我了。她們肯定會來這裡吧。不，不是只有絲畢卡和黛拉可瑪莉而已——還有八年前撒下的悲劇種子，如今它將要回歸，綻放出美麗的花朵。」

「妳說的話我聽不懂。」

滋噹。這時納法狄聽見某種東西被撥動的聲音。

特萊梅洛將手指放在琴弦上，向後轉了個身。

「再說我之所以回來，還有另一個理由。是因為想要看看妳。」

「妳在說什麼啊？聽起來很噁心欸？」

「因為我們是要一起成就宿願的夥伴，我會擔心妳過得好不好。」

「…………」

「呵呵……等到把敵人收拾掉了，我就來去把困在第一世界的尼爾桑彼卿救出來吧。她好像還沒被殺掉。」

「這就難說了。畢竟那傢伙的精神面很脆弱，搞不好現在已經自殺了喔？」

「這怎麼可能——那我就先告辭了。」

這位旅行的琵琶法師「滋噹滋噹」地彈奏著琵琶，就這樣走了。

辦公室裡只剩下納法狄一個人，她抱住玩偶，抬頭看著天花板。

她的四周擺放著無數的棺材。

只要將遺體保留下來，人們就可以擁有第二次生命——在納法狄的故鄉，有這麼一套習俗。

星砦的成員對死亡有他們自己獨到的見解。

就算人類滅亡了，依然留有能夠拯救他們的方法。

「夕星，我們這麼做應該是對的吧。」

納法狄這聲呢喃顯得空洞，在黑暗帶來的寂靜中迴響著。

她是在對著玩偶說話，可是玩偶並沒有回答她。

吸

[7]

淘金熱

我們離開那個廢墟城鎮，朝著南方走了大約一個星期的時間，這才來到原本預定前往的礦山都市——「涅普拉斯」。

這裡四面八方都被山巒圍繞，是很熱鬧的城鎮。

根據絲畢卡所說，涅普拉斯似乎掀起了一股空前絕後的淘金熱潮。

不過人們的目的並不是為了黃金，而是為了一種叫做「曼陀羅礦石」的莫名其妙小石頭。

據說這種不可思議的寶石只會出現在有魔核的地方。

好像是在十幾年前才發現了這座礦脈。

在那之前涅普拉斯都還只是什麼都沒有的農村，大概從八年前開始突然急速開發，如今發展成人口達到數萬人的大都市。

來自全國各地的傭兵為了實現一夜致富的夢想，聚集到這裡來。

Hikikomari
the Vampire Countess
no
Monmon

這裡瀰漫熱情和慾望的氣息，感覺變得比以前還混濁。

就連我只是像現在這樣在街上走了一下子，就覺得胸口那邊有股灼燒感。

「——終於抵達了呢！來吧各位，我們趕快去恐嚇善良的一般市民，弄到今天的住宿費吧！」

「暫停暫停暫停！妳沒頭沒腦地說些什麼啊!?」

「我是在開玩笑的啦！」

「聽起來一點都不像玩笑話！」

「咦咦——不會吧!?聽起來不像在開玩笑嗎!?妳被人家稱作殺戮的霸主，果然只是空有虛名吧！但妳只要冷靜下來想想，就會看出端倪喔？若是殺掉無辜的人奪取他們的財物，軍隊和警察就會出動。那樣不是會對我們的行動造成阻礙嗎？」

「…………」

怎麼變成是我被當成不正常的人了……？

這個人是不是真的怪怪的啊……？

「……我說絲畢卡，我覺得自己好像沒辦法跟妳友好相處。」

「沒那回事。即便是互相憎恨的人，若是在暴風雨中遇到小舟即將翻覆，還是會互相幫忙的吧？」

「那妳是有要跟人互相幫忙的意思嗎？」

「當然有！所以才會把妳們抓起來啊？若是下次再逃跑，我就把妳們弄成不加麵衣的油炸物吃掉！」

翎子聽完嚇了一跳，瑟瑟發抖地躲到我背後。

我能夠體會她的心情，不管是誰，都不想被這種人吃了。

自從發生了那場廢墟騷動後——

原先逃跑的我和翎子，在轉眼間就被絲畢卡抓住了。

雖然現在才說那種話有點廢，但我覺得「這樣很正常啊」。

我怎麼可能從行動敏捷的恐怖分子手中逃脫，再說他們還是一整群的。

於是我跟翎子就被人強迫加入這次的「旅行小隊」，被迫朝向涅普拉斯走了一個星期左右。

但話又說回來，總比被殺掉好吧。

既然事情演變成這樣，那我就只能跟逆月攜手合作了。

這時絲畢卡看著翎子的臉，笑著說了一句「哎呀？」。

「妳怎麼了？是不是怕我啊？」

「我、我才不怕……」

「妳很怕對吧！為了不讓妳逃跑，我要讓妳戴上這個項圈！」

「快住手啦！若是害翎子覺醒，多了奇怪的性癖好該怎麼辦！」

「妳是不是也想要戴看看？那好吧，就讓妳們兩個人都變成我的寵物！」
「誰要當妳的寵物啊!!」
此時絲畢卡邊笑邊出手襲擊我們。
若是真的被這種傢伙飼養，不管有幾條命都不夠用——我為此湧現危機感，在那裡跑來跑去，結果待在附近的某個人嘴裡發出了一聲嘆息，說了聲「唉——」。
「……公主大人。我們在行動的時候，最好不要太醒目。」
這句話讓我嚇了一跳，並轉過頭張望。
對方是狐狸獸人——芙亞歐・梅特歐萊德。
她的眼神懶洋洋的，一雙眼一直盯著弒神之惡。
「怎麼啦，芙亞歐？難道妳想要忤逆我？」
「事到如今這些人已經不可能再逃跑了吧。」
「在涅普拉斯這邊，專門挑女孩子下手的凶惡犯罪行徑最近很流行，聽說是那樣喔。所以我要把她們管好才行！」
「難道妳還把她們當成一般的女孩子看待？另外——同盟是要處在對等立場上才有可能成立。」
「…………這麼說也有道理呢！」
啪鏗！

絲畢卡握在手裡的項圈被她捏爛了。

怎麼會有這麼猛的握力……不對，先不管那個了——

「芙亞歐……原來妳還是擁有正常人的感性啊……？」

滋噹。

我感受到某種東西切換的氣息。

「我本來就很正常啊！是想說公主大人若是帶著兩隻看起來不怎樣的寵物，會對她的品格造成損害！」

「什麼!?說我們看起來不怎樣……!?」

滋噹。

「……雖然公主大人的品格不是那麼重要，但既然都組成同盟了，用太過苛薄的方式對待同盟對象並非上策。若是過度虐待寵物，那寵物就會心生反感，反咬飼主的手吧？」

「可瑪莉小姐，這個人是不是雙重人格……？」

「不、不知道耶……？也許她是那種會扮演雙重人格的中二病也說不定……」

不管是哪一種，總之都很詭異就對了。

有那種上司，難怪會有這種部下。

「別管那些了啦！我們來開作戰會議吧！」

這時絲畢卡笑容滿面地抓住芙亞歐的手。

「我想要先找間店進去光顧，有沒有推薦的店鋪啊？芙亞歐。」

「怎麼可能會有。我可是第一次來這——」

就在這一刻，芙亞歐的話不自然地中斷了。

她的狐狸耳朵豎了起來，還朝向四周東張西望。

然後她的目光就停留在某個點上。

她看著一條死巷的盡頭。那個好像是……一座古老的水井？

「妳怎麼了？」

「沒什麼——」

滋噹。

又有某種東西切換的感覺傳來。

緊接著我就看到很奇妙的畫面。

那就是芙亞歐的表情已經不屬於兩種人格中的任何一種，而是扭曲成稚氣的樣子，就像害怕幽靈的小孩子一樣。

「……真的、沒什麼……我們趕快……去找店面吧。」

這種話實在很不像芙亞歐會說的，不對，應該是那種氣質很不像她。

這個人是哪位啊——我跟翎子停下腳步駐足，為此感到訝異，就連絲畢卡也睜大眼睛，一直盯著那個狐狸少女的臉看。

「看起來不像沒什麼事的樣子耶？妳是不是吃到什麼奇怪的東西了？」

「我沒事……早餐就是吃平常那些……」

「但是妳這樣子明顯怪怪的。現在的性格既不是『表面上的妳』，也不是『內側的那個妳』。」

滋噹。

那種有東西切換的感覺又出現了。

「──我都說沒什麼事了，別放在心上。」

這次是平常那個很像殺人魔的芙亞歐。

她將手放到太陽穴上，在那樣的姿勢下邁開步伐走了起來。

這是怎麼了？不管怎麼看，她的樣子都很奇怪──算了，還是別管了吧。

我看我目前還是別想太多，先來去找餐廳好了。

☆

於是逆月這邊就分成兩個小組。

簡單來講就是分成「主要隊伍」和「後勤部隊」。

跟星砦正面作戰，負責救出梅芳的工作由「主要隊伍」包辦。而我、翎子、絲畢卡和芙亞歐就在這一支隊伍裡。

而「後勤部隊」的工作是負責輔佐「主要部隊」執行任務，會在背後替我們蒐集許多來自涅普拉斯的情報。這一塊由天津、特利瓦和科尼沃斯負責。

為什麼我每次都會被分到負責進攻的團體裡？

算了，現在這種狀況也不適合在那裡抱怨，我決定不再多說。

事情就是這樣──

我們一行人來到涅普拉斯的酒吧，開始低調地開起會議。

「曼陀羅礦石的挖掘區──被人們統稱為『星洞』。按照《夜天輪》的指示來看，特萊梅洛和梅芳應該是在這裡！」

明明是大白天，店鋪裡面卻已經擠滿了人。

這裡大部分的客人都是看起來強悍的傭兵。像我們這樣的女子團體很明顯就像是來錯地方一樣，可是絲畢卡和芙亞歐似乎完全沒把這件事看在眼裡。

「也就是說！那幫人想要的是位在星洞地底的魔核！若是放任不管，世界可是會滅亡的！」

「那個叫做星洞的東西是在哪……？」

「在涅普拉斯的中心地帶。」

有人對翎子的提問給出回應，那個人就是特利瓦。

我們是在酒吧這邊碰面的。另外提一下，天津和科尼沃斯似乎在別的地方暗中行動。

「剛才已經做過確認了，在入口附近似乎有一大票傭兵把那裡擠得水泄不通。若是想要進去，好像需要先取得採礦權。」

「……感覺好麻煩喔，直接靠蠻力突破不就好了。」

「芙亞歐，妳實在太過暴力了。選擇強行入侵，這裡可是有個很棒的規矩，妳會被其他傭兵裝到袋子裡面海扁一頓。若是因此引發騷動，我們可能會被夕星感應到，我想這次還是應該要慎重行動才對。」

我好意外。還以為絲畢卡會說「那就什麼都別管了，直接闖進去吧！」，然後陷入大暴走狀態。

至少我可以確定這次來的如果是「第七部隊」，他們肯定會那麼做。

咦？那這樣說起來，那些人不就比恐怖分子更野蠻了？

「聽說這個採礦權只會發布給得到知事認可的傭兵。還有一點，就是這個知事好像是多馬爾共和國行政單位『縣』的管轄長官。在這個涅普拉斯縣裡還有知事府存在，聽說知事就是在那個地方處理相關的行政事務。」

特利瓦說完從懷裡拿出一張紙。

那個好像是涅普拉斯的地圖。在他所指的地方，標示出「知事府」這個地點。

「……不曉得知事是什麼樣的人？」

「聽說目前的知事好像是一個叫做斯特柏利伯爵的人。自從這個知事赴任之後，挖礦的規則就受到大幅緩和，據說這位知事受到那些傭兵鼎力支持。」

「哦──」

我一面喝著番茄汁，一邊縮了縮身體。

感覺我不是很擅長應付這類大人物。若是一不小心做出失禮的行為，往往都會惹怒他們──我在心裡為此感到鬱悶，這個時候特利瓦又用嚴肅的表情補充一句：

「啊啊，對了對了。」

「就算順利取得採礦權，在探索星洞的時候，還是需要多加留意。要小心不能被星砦的人發現──這點自然是不用多提，但是根據那些待在公會裡的傭兵所說，最近似乎還有一種叫做『匪獸』的怪物在那裡出沒。」

「那是什麼？」

「若要知道詳細情況的話，天津他們還在調查。這種猛獸在外觀上很像黑黑的影子──據說是那樣，在星洞裡，好像棲息了好幾隻那種野獸。『匪獸』會三不五時襲擊人，所以最近曼陀羅礦石的採礦工作因此而停滯。」

這個情報一聽就給人很危險的感覺。

該不會比拉貝利克的動物軍團還要凶暴吧？

「原來如此啊，那搞不好是星砦構築起來的防衛系統。」

「是有這個可能性。」

絲畢卡接著大大地點頭，說了聲「嗯！」。

「換言之多加小心就對了！謝謝你囉，特利瓦！多虧有這些資訊，我們才能夠來擬定接下來的方針！晚點再來想匪獸的事情，反正我們先去見那個什麼什麼柏利知事的，把採礦權搶過來就對啦？」

「不，可以的話，希望用比較和平的方式進行。」

「我可是頭號和平主義吸血鬼喔！」

絲畢卡一臉滿足的樣子，臉上的笑意擴大，還在吃芙亞歐點的油豆皮。

「蒐集情報的事情，辛苦你啦。讓我給你一點獎勵吧。」

「多謝誇獎，但我只是將您交代的任務做好而已。」

「不然給你我的糖果吧!?你應該也很喜歡這個吧!?」

「這個就不用了。」

「不要客氣啦！」

「咕呃！」

那個糖果被塞進特利瓦口中。

再來就聽見一連串「嘔噁噁噁噁噁!!」的慘嘔聲。

其實我隱約感覺到了，那就是逆月好像是一個黑心企業，這裡濫用職權的現象很普遍。

緊接著絲畢卡又拍拍手，說了一句「那麼接下來！」。

「我們首先要先前往知事府！趕快來去取得採礦權吧！」

我覺得要取得採礦權沒那麼簡單。

感到前途多災多難的我，將手邊的番茄汁喝了個精光。

☆

「可以呀。若是你們想要，我可以發布採礦權。」

這裡是知事館。

被高高的圍牆圍繞，整個建築物就像一座城堡一樣。

而且還散發一股「閒雜人等禁止進入」的霸氣，我們在櫃檯那邊提交申請，希望可以取得採礦權，結果申請書馬上就被拿去知事的辦公室審核了。

而且我們一下子就拿到採礦權。

不是吧，太過輕而易舉，反而讓人感到擔憂——

「——看妳們的表情，好像很狐疑的樣子？但用不著擔心，別看我這樣，我都有在確實審查。能看得出妳們跟那些利益薰心的傭兵不太一樣。」

在辦公室裡頭，擺了好幾個金光閃閃的棺材。

在那些棺材的圍繞下，有一位少女用囂張的態度坐在椅子上。

這個人就是斯特柏利知事——換句話說，她是在涅普拉斯這邊地位最高的人。

我原本還在想這個人不曉得是什麼樣的豪傑，但實際上見到知事才知道是個嬌小的女孩子，跟「知事」這個職位一點都不搭調。身上穿的衣服都是輕薄又閃亮的布片，裸露出來的纖細手腳則是活脫脫的茶褐色。她身旁不知道為什麼還坐了一個長得像兔子的玩偶。

這種類型的女孩子，在我身邊不是很常見。

而且我根本看不出她是什麼種族。

「怎麼了？我臉上沾到什麼了嗎？」

「咦？沒有，不是那樣……」

「希望這樣沒有打壞您的心情，知事。那邊那位黛拉可瑪莉會因為您擁有寬大的心胸而心懷感激的。」

這句話讓我發出一聲「欸？」。

現在在講話的人是絲畢卡・雷・傑米尼——照理說是她沒錯，但她用的卻不是平常那種堪比醉漢的大嗓門，而是宛如月亮一般的沉著音色。

這是在聖都雷赫西亞當教皇時所用的人格。

不，那也不算另一種人格吧，我看單純只是在裝乖而已。

話說這樣感覺好噁心。

她本人是這麼說：「若是要去見大人物，當然要隱藏本性啦！」——但是她的外表打扮依然是老樣子，那這樣根本就是光顧著把頭藏起來，卻沒遮屁股。

「噢是嗎？那好吧——有人對我表示感激，這也不是多討厭的事情。」

那個斯特柏利知事打開放在椅子旁邊的櫃子，拿出上面寫著〈採礦許可證〉的羊皮紙，再交給絲華卡。

絲華卡則是回了一句「謝謝知事」，將那樣東西收下。

「幸虧您是好溝通的人。聽說這塊土地的治安差到不行，您真不愧是統治這裡的人啊。」

「說這話是什麼意思，在諷刺我？妳這個人挺有趣的。」

那個知事露出有點嗜虐的笑容。

「至於將你們登載進採礦者名簿的工作，我們這邊會負責。你們什麼都不用做，只要盡情在星洞裡面探險就好。但是要小心匪獸喔？」

「您是說匪獸？我有聽說這種怪物會在星洞裡出沒。」

「說那種東西是怪物，確實像怪物沒錯。匪獸會不分青紅皂白襲擊人。若是感到害怕，不立刻逃跑可是不行的喔？尤其是那個看起來很弱小的吸血鬼。」

被人用手指指到的我嚇了一跳。

那就像是一種反射動作，我直接反嗆回去。

「我、我哪裡弱了!?本人可是只用一根小拇指就將高達一億的人口全弄成人串的最強吸血鬼喔!?」

「噗！——啊哈哈哈哈哈哈哈哈哈哈哈哈哈哈哈哈!!」

那個知事開始哈哈大笑。

的確，「將一億個人做成串燒」或許很滑稽。那樣小拇指未免也太長了吧。

「啊哈、啊哈哈、啊哈哈哈哈哈……真是的，別逗我笑啦！不過呢，像妳這樣拚命虛張聲勢的女孩子，我很喜歡喔。」

「喔……」

「會想要踐踏，讓那孩子跪下，讓她認清現實——想要讓她知道自己一直以來都是井底之蛙。然後關到棺材裡面飼養。」

「我說翎子，這讓我好害怕，可不可以借躲一下？」

「我、我是不會讓妳碰可瑪莉小姐一根小拇指的！」

翎子這時張開雙手擋在我前面。

看她那麼認真的樣子，真是可愛。我彷彿看見在佐久奈身上早已看不到的某種東西。

……奇怪？佐久奈和翎子應該一樣都很清純才對啊？

唔，我的頭……

好吧算了。

總而言之這個叫做斯特柏利知事的人，好像不只是單純的虐待狂而已。

這是因為她早就看穿我的戰鬥能力連蝸牛都比不上。

我看絲畢卡那種噁心的演技穿幫也只是遲早的事吧。

後來知事又開口說了一句「總而言之──」，要為這次的協商做個總結。

「如此一來你們也變成搭上淘金熱潮的採礦者了。我要先把話說在前面，若是裝死不交採礦稅，到時候可就別怪我囉？」

「我們當然不會做那種事情，我可以對神發誓。」

「是嗎？那另外就剩下一條注意事項了──」

那個知事從櫃子裡拿出另外一張紙，把紙的內容亮給我們看。

那張紙上面畫了奇妙的圖案。若是要用一句話來形容，就像是「一顆如發亮星星般的球體」。

咦？感覺這個東西好像在哪裡看過──

「這個是我們知事府在尋找的炸彈。是很久以前戰爭中曾經用過的未爆彈，很有可能就埋在星洞裡。你們若是找到，絕對不要動這個東西，要跟我聯絡喔。」

不對，那個應該是魔核吧？

這個知事到底有什麼企圖啊？

絲畢卡當下回了一句「我知道了」，並點點頭。

「若是爆炸會很糟糕對吧。一旦我們發現，一定會迅速聯絡您。」

「真的？」

「是真的。」

「嗯～～～～～……」

知事跟絲畢卡的視線交錯在一起。

看來她們兩人之間似乎引發一場連我都無法理解的角力戰。

最後那個褐色肌膚的少女翹起二郎腿，開口說了一句「那就謝啦！」。

「既然這樣，你們就在不會死掉的範圍內努力吧！這個涅普拉斯會有多大的發展，端看你們這些採礦者投注了多少心力。」

於是我們就拿著採礦許可證離開知事府。

如此一來我們將能進入疑似有星砦潛伏其中的採礦場「星洞」。

總覺得我開始緊張起來了。

在我所認知的那些殺人魔之中，特萊梅洛可以算是最頂級的超狂超危險殺人魔。

真希望我能活著回去——嗚嗚。我有種想上廁所的感覺。

「那個叫做斯特柏利的知事，還真是個獨特的人呢。」

絲畢卡這時用一隻手拿著紅色的糖果，嘴裡念念有詞。

「那種表現是心懷抱負的人才會有的。表面上裝成善良的統治者，心裡卻懷著某種龐大的陰謀，她身上正散發出這種氣息。」

「我有同感，那個人還說想要將我關到棺材裡。」

「這麼說好像有道理，但話說回來……絲畢卡小姐，剛才那個東西其實就是魔核吧……？」

這個時候翎子有些怕怕地提出疑問。

絲畢卡聽完回道「應該是喔」，臉上還露出邪惡的笑容。

「知事很有可能參與星砦的活動。目前還不知道那個人是星砦的成員，或者只是遭到利用——但是傭兵們除了要進行採礦工作，同時還被要求要搜索魔核吧。換句話說，魔核還沒有落入星砦手中。」

「是這樣啊……？那這樣我們不是應該更進一步調查知事嗎？」

「我再來跟天津和特利瓦下令吧。」

我不覺得剛才那個少女像是特萊梅洛那種殺人魔。

可是我這個人有單憑事物表象就妄下判斷的傾向，或許應該像絲畢卡那樣，培養洞察事物的眼力才對。

「我覺得我們或許應該先擬定一些手段。假如知事是星砦那邊的人，那我們潛入涅普拉斯的作戰計畫就已經被敵人察覺了。」

「那些要做不做都行，話說妳到底要演戲演到什麼時候？」

「——總之我想說的是！我們應該要對那個斯特柏利知事多加注意！或許剛才就應該先把她殺了！」

這傢伙突然開始變得話很多。

翎子在這時開口說了一聲「請問——」，說話前還一副難以啟齒的樣子。

「難道……絲畢卡小姐也是雙重人格嗎？」

「怎麼可能！我可沒有像芙亞歐那麼噁心！」

原本不發一語走動的芙亞歐，此時耳朵動了一下。這個狐狸少女在知事的房間裡，一直都像一尊不會說話的地藏菩薩一樣。絲畢卡沒去管這樣的部下，而是抬頭仰望藍天——

「我這只不過是在演戲。是出於憧憬才會磨練出來的演技——所以在以前當教皇的時候，有好幾次都差點穿幫，因此吃了些苦頭呢。」

「……公主大人。說這種話會讓人覺得噁心，最好別說。」

「妳好過分喔，芙亞歐！居然當著我的面說我噁心！我會假裝自己的人格屬於很文靜的那種，都是在行使作戰計畫，這樣才能夠欺騙他人——這也是原因之一啦，但其實我是想成為像尤里烏斯六世那樣冷靜沉著的人。因為那個人跟我正好相反，是屬於很冷靜的類型。」

「那妳是屬於很奇葩的那種人囉？」

「其實這也算不上奇葩啦。無論是誰，都會希望總有一天能夠成為他人。能夠將這點升華成烈核解放，據我所知就只有芙亞歐一個人。」

這些話實在太莫名其妙了，害我沒來由想要大叫。

另外我身上的尿意就快憋不住了。

我伸手指著設置在街角的公共廁所，開口說了某句話。

「……我可不可以去上一下洗手間？」

「是我說話太無趣對吧！若是妳沒有在五秒內回來，我會幫妳戴上項圈喔!?」

「不要啦！拜託等我五分鐘！」

絲畢卡哈哈大笑了起來。

我像是在逃跑一樣，就這樣跑向廁所去了。

☆

「星洞那邊有匪獸在徘徊，這樣下去採礦工作沒辦法順利進行。」

「你們有沒有聽說，據說最近還跑到洞穴外欸。」

「好像還襲擊人了吧？」

「難道沒辦法把牠們根除殆盡嗎？」

——這裡的牆壁很薄。

就在牆壁的另一側，也就是男用廁所那邊，有幾個閒聊的聲音傳入我耳中。

話說這些話的內容讓人好在意。雖然還出現陌生的單詞，但是我聽見「有人遭遇襲擊」，不然就是「要根除」之類的字眼，聽起來根本就超危險的。

另外我還聽見——「匪獸」。

特利瓦和斯特柏利知事都曾經提到這樣東西，難道真的有那種東西存在？是像暗影一樣的猛獸？並不是看錯，跟黑貓搞混嗎？

「算了先不管了。」

現在去想那些也沒用。

替馬桶沖完水之後，我離開那個隔間。

接下來我們恐怕就要前往星洞了吧。總之先讓我做個深呼吸，必須做好心理準備——然而我接下來卻目擊到奇妙的畫面，人因此定格。

就在我眼前，站了三名男子。

嗯？男子……？先等等——

「——不、不好意思!?這裡好像是女生廁所!?」

「我是女的啊？」

「啊……」

剛才我那麼說似乎非常失禮。

因為對方身上的肌肉實在太發達了，害我擅自把其中一人看成男的，可是按照聲音的音調和服裝來看，站在我眼前的這個人，肯定是一名女性的翦劉種。

那這樣說來，另外那兩個看起來像是她跟班的人，也是女的囉。

右邊那個人有長鬍子，至於左邊那個，上半身還是全裸的——

「不對不對!?另外那兩個人不管怎麼看都是男人吧!?」

「難道男生就不能進入女生廁所嗎!!」

「咕啊。」

我胸前的衣服突然被人抓住。

因為這個情況實在來得太過突然了，害我的腦袋反應速度一時之間跟不上。

這是在做什麼？在恐嚇取財嗎？如果要錢的話，全部都在絲畢卡那邊喔？——但我沒想到那個女性翦劉種說出讓人意外的話。

「妳應該就是黛拉可瑪莉・崗德森布萊德吧？」

「…………」

我的生存本能正在警鈴大作。

她們說那種話，感覺不像是要把我弄掉的手帕還我之類的。若是我當場乖乖做出回應，立刻回答說「沒錯就是我！」，我看我大概會被打成豬頭。

「那、那是誰呀？什麼黛拉之類的……」

「是懸賞對象啊，看看這個吧。」

那個女人拿了一張紙亮給我看。

上面畫了跟我很像的臨摹圖（超級像），旁邊還附上這樣一段文字。

〈通緝——若是將這兩個人殺了，可以得到一百萬諾克！〉

我眼前突然有種天旋地轉的感覺。

而且還不是只有我而已。上面是寫「這兩個人」。通緝令上面除了我，還畫了另一個熟悉的對象。一個戴著奇妙帽子的金髮少女——那是絲畢卡。當然這邊這個也是寫實臨摹圖，畫得實在是太像了，像到我想對畫這張圖的人拍拍手。

於是我決定裝傻到底。

「啊、啊哈哈哈……這兩個人看起來好可怕呢。不曉得是什麼樣的罪犯？」

「我怎麼知道。但只要把這兩個人殺掉，我們就可以拿到一百萬諾克。」

「諾克是什麼？」

「諾克就是諾克啊——我看妳肯定就是黛拉可瑪莉・崗德森布萊德吧？跟妳在一起的怪模怪樣小姑娘，是不是絲畢卡・雷・傑米尼？」

「才、才不是！我是基卡可瑪莉！」

啪鏗——!!

那時我身旁傳出某種聲音被破壞的聲響。

是跟在那個女人身邊的男人（有鬍子的那個）幹的，他赤手空拳弄破廁所的牆壁。

好誇張的臂力。搞不好力氣大到跟佐久奈一樣——這時那個女人用酷似飢餓毒蠍才會有的目光惡狠狠地看著我。

「我討厭別人撒無聊的謊。我看還是快點把妳殺了，送去給委託人吧。」

「先等等、等等啦！我不記得自己有做什麼該被殺手盯上性命的事啊!?再說那份通緝令是誰發布的啊!?」

「這些都不重要吧——喂，你們兩個上吧。」

其中一個男人拿出看起來像是鋸子的武器。

「「知道了，大姊頭！」」

若是被那種東西掃到，我肯定必死無疑。

這次的情況真的太莫名其妙了。為什麼馬上就有人要取我的性命啊。之前那些殺手都有更像樣一點的理由啊——我整個人僵住了，為此感到絕望。

「去死吧。」

此時鋸子正朝我的脖子一直線劈來。

我會死。這個念頭才剛浮現，瞬間卻有了別的轉折。

滋噹。

我感受到某種東西切換的氣息。

「咦——」

等到我回過神，眼前這個男人（裸體的那個）身體就已經歪了。

他好像是瞬間意識中斷的樣子。臉上表情充滿了疑問和困惑，都還來不及發出像樣的慘叫聲，人就倒在骯髒的地面上。另外一名男人（有鬍子的那個）還在納悶出什麼事了，但他轉頭看的時候，一切都已經太遲了，一把刀的刀背早已瞄準那個粗壯的脖子筆直砍去。

去。

「咕呃。」

有鬍子的男人邊旋轉邊被人擊沉。

為此感到驚訝的女人將手放開，沒有繼續抓住我胸前的衣服，頭跟著轉了過去。

至於她背後站的那個人——

「妳、妳這個混帳……這是在做什麼!?」

「那句話該是我說才對。想說怎麼那麼久還沒回來，過來看了才知道——妳在這種地方鬼混什麼啊。」

前半段的話是對著那個女人說的，後半段則是對我說的。

那對狐狸耳朵動來動去，狐狸尾巴也搖來搖去。

芙亞歐拿著已經從刀鞘拔出來的刀子，用很傻眼的目光垂望著我。

另外那個女人則是像在變魔術一樣，從懷裡拿出短刀。

「哈！原來是黛拉可瑪莉的同夥！我可是刻意放妳一馬的，結果妳蠢到自己跑來！順便跟妳說一聲，我們可是木級傭兵集團「黑蠍」喔!?妳這隻狐狸還是快點回到巢穴啃油豆皮吧——」

一把刀的刀柄直接命中那個女人的鼻子。

自稱是「黑蠍」團員的女人噴出鼻血，就這麼被人打飛出去，撞在牆壁上的力

道大到令人懷疑「那樣是不是會死啊？」。後來那個女人的身體稍微抽搐了幾下，但疑似過沒多久就失去意識了，看起來不太可能再衝過來襲擊我們。

才短短一瞬間，三個大壞蛋就被人擊退了。

我頓時渾身無力，當場癱坐在地上。

看來在千鈞一髮之際，我撿回了一命。

這全多虧這個狐狸少女——

我應該要跟她道謝才對。

可是以前差點被她殺掉，這種心靈陰影害我沒辦法在第一時間把話說出口。

然而一看到芙亞歐握著刀劍，邊靠近那些已經昏厥的「黑蠍」團員，我當下大感震驚，彷彿被人用蒟蒻敲頭一樣。

「等、等等啊！不能把他們殺掉！」

我想要過去抓住芙亞歐。

可是我卻沒有抓到她的身體，而是抓到那個巨大的尾巴。

澎呼!!——當下一股舒適的柔軟觸感襲上我的四肢百骸。

「咕!?」

就在同一時間，我好像聽見芙亞歐口中發出不可思議的悲鳴聲。

可是我現在沒有餘力去管那個了。

「這些人確實是壞蛋，但把他們殺掉是不對的！我們還要先經歷一番調查才對，把他們交給警察是最好的安排！所以妳把刀收起來吧！」

「妳、妳、妳、妳……是搞錯什麼啦！」

「唔哇!?」

——芙亞歐的尾巴「澎！」地大力彈動。我沒辦法抵抗這股力道，手一不小心就放開了。

此刻芙亞歐一副怒火中燒的樣子，轉過頭看我。

糟了。我搞不好會死。

可是她接下來對我說的話，完全在我的意料之外。

「……我怎麼可能殺了他們。這些人不過是連死亡的覺悟都沒做好的小角色。根本不適合拿他們來祭《莫夜刀》。」

「覺悟……？但妳不是會瘋狂殺人的恐怖分子嗎？」

這話讓芙亞歐一臉火大地轉身。

她無視我的制止，選擇靠近「黑蠍」那幫人，接著毫不客氣地翻動那些人的衣物。

後來她翻出錢包和公會證件。拿著那些東西在手掌中擺弄的同時，她看起來似乎覺得無趣，從鼻子裡「哼」了一聲。

「看樣子這些人真的是傭兵。三個人都是翦劉種。女人的名字叫做尤吉娜・史考賓，另外那兩個男人的名字分別叫做希爾格・海西跟漢拉・海西……這兩人該不會是兄弟？」

看來芙亞歐好像只是想要確認敵人的身分。

是我太先入為主了。

「對，對不起。我還以為妳要殺了他們。」

「……對於不想死掉的人，我從來不曾殺掉他們。」

「咦？」

芙亞歐將刀子收回刀鞘裡，再將雙手交疊放到胸前。

「我也是有屬於自己的信念。但是像妳這種人，八成無法理解——」

「可瑪莉小姐，妳怎麼了!?有沒有受傷!?」

「哎呀真是的！妳怎麼那麼快就被無賴襲擊啊！真不愧是涅普拉斯，大家說這邊治安差不是講假的！」

翎子和絲畢卡加緊腳步趕了過來。

直到這個時候，我才完全恢復神智。

芙亞歐剛才說的那些話讓人在意，但還有更該優先列入警戒的事項。剛才那幾個人突然跑來殺我，我一定要找出這背後的原因。那個自稱是「黑蠍」團員的女人都說了，我和絲畢卡好像已經成了殺手的追殺對象——

只是這時絲畢卡笑嘻嘻地說了一句「原來啊原來。」，伸手撿起掉落在地面上的紙片。

那是上面寫著〈通緝令〉的人物肖像畫，也就是剛才看到的那張。

「原來事情是這麼一回事啊！怪不得從剛才開始就一直有釋放殺氣的人在尾隨我，這下我知道理由了！」

「原來妳早就已經發現了!?那就該告訴我們啊!?」

「他們那樣要人不察覺也難！居然會有這種東西在外頭流傳，我想理由就只有一個——就是星砦的人早就想到我們會來涅普拉斯，事先準備好那種東西。」

咦？那這下不就糟糕了嗎？

我們的作戰計畫應該是——偷偷潛入星洞，把星砦殺個措手不及。

現在這樣等同從一開始就計畫告吹。

「——公主大人，又有人來了。」

芙亞歐在這時釋放出殺氣，嘴裡小聲說了那麼一句。

「是嗎？他們是覺得現在開始不用躲躲藏藏了吧。」

「又有人來了？這怎麼可能。」

心中產生不祥預感的我，放眼看向廁所的入口。

那裡站了好幾個男人，他們手裡握著的東西是——手槍？只是看起來比普洛海莉亞拿了那種還要粗糙許多。

「去死吧！」

那些人在同一時間一起扣下槍枝的扳機。

緊接著——彷彿像是要將大地蹂躪殆盡的冰雹，那些子彈朝著我們掃射過來。

「嗚哇啊啊啊啊啊啊啊啊啊啊啊啊!?」

茲噠噠噠噠噠噠!!——女子廁所這裡爆出驚人的聲響，之後就被打出一大堆孔洞。我已經懶得管這樣丟不丟臉了，當場蹲坐下去。那些窗戶都破了，玻璃四處飛散。我感覺行人好像都在慘叫，四處逃竄。這是在做什麼。下手未免也太狠了吧——

「公主大人！廁所外面來了好多敵人！」

芙亞歐使用《莫夜刀》將那些子彈打掉，同時口中發出叫喊。

翎子這時高聲喊著「可瑪莉小姐妳還好嗎!?」，展開她的鐵扇。她將那些原本要打向我的子彈全都巧妙地擋掉了。我現在可是淪落到連半點聲音都發不出來。

這時絲畢卡從懷中拿出一個來路不明的球體。

「我們撤退吧！這個地方太狹窄了，想要施展身手也不可能！」

她說完就隨手拋出那個東西。

芙亞歐和翎子似乎都察覺到絲畢卡的意圖了。

翎子忽然在那時抱住我。接著我眼前就變得白茫茫的。原來絲畢卡丟出去的東西是煙霧彈——當我察覺這個事實，我的身體也已經來到窗戶外了。

看來是翎子抱著我，把我帶出去的。

就連絲畢卡和芙亞歐也輕輕鬆鬆從窗戶那邊跳了出去。

而在廁所內部，那些殺手正發出怒吼，嘴裡喊著「臭娘們！」「居然敢耍我們！」——諸如此類的。

再來我就緊緊抓住翎子的身體，搖搖晃晃地站了起來。

「到、到底發生什麼事啦!?剛才那些人未免也太粗暴了吧!?」

這裡是涅普拉斯的小巷子。有一隻野貓受到驚嚇逃跑。另外還有一些行人在看我們，一副很納悶發生什麼事情的樣子。

那時絲畢卡笑嘻嘻地說了一句「這還用問！」。

「那些刺客都是來殺我和黛拉可瑪莉的啊！那幫人滿腦子想的都是錢！是一群為了金錢聚集而來的笨蛋——這樣才稱得上是淘金熱潮！簡直是太卑劣了！」

「現在不是在那邊悠悠哉哉地哈哈笑的時候吧！」

「她說得對，我們已經被包圍了。」

芙亞歐口中發出低吟，手裡拿起《莫夜刀》。

不知不覺間，小巷子裡已經聚集了一大堆男人。

翎子害怕地發出一聲悲鳴，嘴裡叫了聲「咿！」——這也不能怪她。因為這些人一個個都是被錢沖昏頭的殺人魔。

「這樣的歡迎方式還真是熱烈呢！是誰派你們來的!?」

某個臉上有刺青的男人在開口時嘿嘿笑。

「只要殺掉妳們，我們就可以拿到錢！抱歉啦，這次妳們要死在這裡啦！」

那些男人拿起刀劍，朝著我們突擊過來。看來好像是想要先做掉絲畢卡。

我那時下意識想要衝過去。絲畢卡是窮凶極惡的恐怖分子——但總不能讓她在這種地方被人不明不白殺掉。

「絲畢卡——！」

然而那些想法似乎都是我在杞人憂天。

絲畢卡從懷中拿出糖果，張嘴用嘴巴一口咬住。

接著手握成拳頭的形狀，腰部跟著壓低，目不轉睛地望著那些朝我們逼近的殺人魔——在他們即將要揮下武器之前，絲畢卡便扭動身軀，朝正前方直接出拳。

隨即帶來一陣衝擊。

我還以為整個世界會就此被毀掉。

那些男人口中發出慘叫聲，紛紛被打飛出去。這裡颳起一陣狂猛的旋風。四周那些建築物的玻璃窗全都在同一時間碎裂飛散，道路上鋪裝好的地面也通通被掀起來，就像紙屑一樣，在空中飛舞著。

我跟翎子就只能呆呆地杵在原地。

這可不是透過魔法。也不是烈核解放。

單純只是用拳頭打擊就有那麼大的威力——就連大猩猩都沒辦法辦到。

「公主大人的武器就是拳頭。」

不知道人是什麼時候來的，特利瓦已經站在我身旁了。

我是真的很想問，這個人是從什麼時候開始出現的啊——面對我的驚訝反應，他根本就沒看在眼裡，這個蒼玉種恐怖分子看起來活像是在跟人炫耀自家女兒的父親，開始滔滔不絕地說了起來。

「雖然那位大人不管是用魔法還是烈核解放，用起來都超乎常理，但更值得一提的是她的『腕力』和『握力』。面對一切阻礙，她都能靠自己的肉體機能將這些全部粉碎掉，具備究極的肉搏戰力——這就是絲畢卡・雷・傑米尼特有的戰鬥型態。」

這是什麼見鬼的戰鬥型態。要行使蠻力也該有個限度吧。

面對那些陷入動搖的殺手，絲畢卡除了盯著他們看，口中還用超大的音量「啊、哈、哈！」笑。

「看樣子那幫人還會陸陸續續湧現呢！你們的慾望究竟是有多深啊!?」

「什麼……」

現在還不到放心的時候。

陸陸續續有新的追擊者從小巷子的各個陰暗處現身。

糟了。敵人的數量太多——

「黛拉可瑪莉！那邊就交給妳啦！我會負責處理眼前這些對手。」

「咦……？妳說『那邊』是哪邊？」

我漫不經心地轉頭。

這一看馬上覺得自己會死。

那是因為我親眼目睹的景象是——有一大堆殺手從反方向那邊殺過來。

「殺了妳們————!!」

「哇啊啊啊啊啊啊啊啊啊啊啊啊啊啊!!」

「危險啊，可瑪莉小姐！」

一把鐵扇敲中男人的臉。緊接著那具失去意識的肉體就重重地倒落在地面上。

不知不覺間，翎子已經跨大步擋在我面前，像是要守護我一樣。

「翎子!?原來妳也能夠作戰啊!?」

「嗯、嗯嗯，因為我從小就接受鍛鍊……！」

說到這個才想到，她以前曾經是夭仙鄉的將軍。

可是我現在根本就沒空去佩服她。

因為殺手從四面八方飛撲過來。

翎子看了趕緊揮舞手裡那把鐵扇。其中有個人突破這層防衛網，拿著刀劍對準我突刺過來——然而她卻被芙亞歐用刀背打倒，就此失去意識。

「真是愛耍小聰明，看我讓你們安分下來。」

此時特利瓦發動烈核解放。

被傳送過去的針刺穿那些人的腳背，讓小巷子裡迴盪著人們的慘叫聲。

即便是那樣，這些人的攻勢依然沒有減弱的跡象。

我能夠聽見背後那邊傳來絲畢卡毆打人們的聲音，聲音斷斷續續的。我已經被這種情況弄到混亂不堪。人們為何要爭鬥——眼前這種活地獄甚至不由得讓人腦中浮現如此哲學的問題。

繼續這樣下去，我們會因為寡不敵眾被殺掉。

真希望能給出決定性的一擊——

「我想通啦~！原來發出通緝令的人是知事！」

那時絲畢卡高聲喊出這句話。

她正掐著一個男人的脖子，臉上笑吟吟的。

「那是什麼意思啊!?難道知事是星砦的手下!?」

「我也不曉得──可是放著不管的話，涅普拉斯裡頭的殺手就會一直追殺我們！不覺得這樣讓人有點鬱悶嗎？」

「豈止是有點啊!!根本就超可怕的!!」

「他們這是在小看我們，這樣不行！只要讓他們見識我方壓倒性的力量，那一切就解決了──黛拉可瑪莉！妳不用手下留情，把他們殺個精光吧！」

「啊？咦──」

絲畢卡說完就猛然伸出上面還沾著血的右手。

一些血沫噴了過來。

那些小水滴狀的血液噴向我這邊──

接著就這麼沾到我的嘴邊。

「可瑪莉小姐！」

翎子當下發出驚恐的叫喊聲。可是一切都已經太遲了。

一旦我攝取血液，從那一刻起，一切的事態發展將會就此改寫。

我的心跳加快。情緒變得高昂起來。

照理說不該存在於常世的魔力湧現出來。

整個世界也逐漸被紅色的光芒包覆。

☆

那些殺手原本認為這是「輕鬆的差事」。

知事朝那些在涅普拉斯從事黑暗工作的人發布信息，下達了通緝令——只要殺了兩個小女孩，就能夠獲取一大筆賞金，照理說這應該是像做夢一般的差事才對。

可是實際上做了，結果卻如何呢？

那兩個人都是不得了的怪物啊。

其中一個叫做絲畢卡・雷・傑米尼的，臂力強到很不尋常，只要靠一顆拳頭就能將精壯的成群傭兵打飛，那畫面簡直太可笑了。碰到這樣的對手，就連月級傭兵集團都不確定能不能敵得過。

至於另一個人——那個黛拉可瑪莉・崗德森布萊德。

「啊啊……」

殺手們碰到她可謂絕望到直仰天際。

那個身上散發深紅色殺意的吸血鬼正輕飄飄地飄在半空中。

沒錯，明明就不是神仙種，她卻飄在空中。究竟是使了什麼樣的奇術？而且她身體四周還有劈劈啪啪發光的紅色能量滯留。光只是站在附近，身上就會感到疼痛，皮膚好像被灼傷一樣。那個人散發出來的殺氣就是如此強勁。

怎麼會發生這種事情，在場眾人毫無頭緒。

但他們知道的是——自己已看清一項事實，那就是在這一刻，被狩獵的那方和狩獵者的立場已經倒轉過來了。

「這怎麼可能……是超能力者嗎!?」

「我、我們快撤退！這些人都是連匪獸也不放在眼裡的怪物！」

那些殺手全部作鳥獸散，試圖逃離現場。

他們要找麻煩卻找錯對象。這樣的對手，根本不是人類可以抗衡的。

可是那個怪物可不會放過他們。

「站住。」

對方的手指向下揮動。

在那之後，紅色閃電將這個世界吞噬蹂躪。所有的殺手紛紛發出慘叫聲，被炸飛出去。

周遭那些建築物逐步遭到破壞，行人口中也隨之發出驚叫，拔腿四處奔逃。

可是閃電就只會襲擊抱持殺意的傭兵。那些出手襲擊他們的人在地上連滾帶爬地逃竄。這種事情，哪裡是人類能做得出來的——！

「黛拉可瑪莉！這一切的元凶都是知事！知事就在那裡喔～！」

另一名綁著雙馬尾的吸血鬼開開心心地喊出這句話。

於是黛拉可瑪莉釋放殺意的去向就跟著轉變了。

她看向形同涅普拉斯象徵的知事府。並且慢慢舉起手，讓紅色閃電聚集在她小小的指尖上——

——難道這傢伙想要……

剩下那些還沒死的殺手們一想到這，全都不由自主起了雞皮疙瘩。

而黛拉可瑪莉也沒有讓他們失望，開口小聲說了句話。

「去給我反省。」

緊接著，這世界便奏起了毀滅之音。

瞄準知事府，一股巨大到誇張的射線就這麼從她的指尖發射出去。

☆

「披薩披薩～♪好吃好吃～♪有好多的起司洋蔥跟培根～♪」

就在這一刻，斯特柏利伯爵——亦即納法狄・斯特羅貝里正在知事府的辦公室裡吃披薩。

這是她的午餐。解決煩人的工作後，吃披薩會覺得特別美味——正如同那句話所示，她正沉浸在至高無上的幸福感中，一面享用那濃醇的起司。

此人正是「樞人」納法狄・斯特羅貝里。

不僅是星砦的成員，還是一位身兼盟主護衛的沙漠美姬。

然而她目前的主要工作是化身成知事，負責管理礦山都市涅普拉斯。

目的在於——「拿曼陀羅礦石當誘餌，引誘那些傭兵聚集到這個地方，讓他們去搜索魔核。」

又或者是——仰賴條例裡訂立的「採礦稅」，藉此籌措星砦活動所需的資金。

納法狄覺得她還挺努力的。

其實最辛苦的是就任成為知事。她在超級難考的公務員考試中考取資格，而且在競爭激烈的出人頭地鬥爭中勝出，最後終於來到這座礦山都市赴任。由於納法狄勤勉不懈地努力，星砦才會擁有穩固的根基。

那個特萊梅洛和尼爾桑彼應該要更加感激她才對。

也不想想是因為誰的關係，從事恐怖活動才不用為錢所困。

「若是沒有我，星砦早就完蛋了吧。哞哞。」

尤其是特萊梅洛那傢伙，還要她特別費心照顧。

那傢伙好像打算在星洞那邊設下陷阱，等著絲畢卡和黛拉可瑪莉自投羅網，但她若是像那樣拖拖拉拉，太陽一下子就下山了吧。

因此她才會放出刺客——透過發布通緝令，通緝那幾個人。

如今絲畢卡這票人應該正在遭受那幫要錢不要命的亡命之徒襲擊。

她不認為那些亡命之徒有辦法殺掉這幫人，但能夠弄下對方的一隻手帶來也好。

「涅普拉斯這邊沒發生任何狀況，星砦的作戰計畫也很順利呢。」

再來就要看他們該怎麼做才能找到魔核了。

那些傭兵意外地幫不上什麼忙。雖然特萊梅洛說她會幫忙處理——可是納法狄都找了那麼多年了，依然毫無成果。那傢伙也不過是這幾天才剛來，她不認為特萊梅洛有辦法做些什麼。

反正先把披薩吃完再來想其他的吧。

她咀嚼了幾下。再把披薩吞下去。

「——嗯？」

碰巧窗戶外頭在這一刻發出亮光。

正準備朝下一片披薩伸手的納法狄轉頭查看。

她想說好像有東西閃了一下，接著就發現窗戶外全被染紅了，彷彿染上鮮血一樣。

那是一股龐大的魔力反應。

究竟發生什麼事了？——她納悶地歪著頭，打算將披薩放到嘴裡，就在那瞬間……

窗戶突然間破裂。牆壁也被毀掉。

現場颳起一陣連相撲力士都會被吹飛的狂風。

滋咚咚咚咚咚咚咚咚!!——這陣衝擊大到連人的腦漿都在搖晃。

腳下踩的地方開始崩塌，披薩也滑落了，一堆瓦礫朝著她來襲，這陣風暴朝她橫掃而來。

「唔哇啊啊啊啊啊啊啊啊啊啊啊啊!?」

這讓納法狄從椅子上跌落下來，還在地上翻滾了好幾圈。

整件事情發生得太過突然，害她毫無防範。紅色的閃電籠罩了整間辦公室，將室內的所有物體砸爛，披荊斬棘地直衝而來。這下糟了。糟糕透頂。她會沒命的。若是不先想辦法重新站好……

「唔啊!?」

納法狄的後腦杓被瓦礫重重地打到。

這下她連頭都暈了。眼前全被染成血紅色。

怎麼會發生這種事情。這不可能——

然而她頓時變得渾身無力。

都還沒來得及搞清楚這一切，納法狄就昏厥了。

☆

等我回過神，我才發現市區街道已經變得像廢墟一樣。

周遭堆滿了一大堆昏厥的傭兵。

而且還有一些居民用恐懼的眼神看著我——

這下我懂了，全都懂了。

之前我已經發動過很多次烈核解放，所以一看就知道是怎麼一回事。

這肯定就是那個吧。就像以往一樣，我做了很多不妙的事情。

「啊、哈、哈、哈！做得好啊，黛拉可瑪莉！這樣才像是『殺戮的霸主』！」

絲畢卡光顧著在那邊呵呵大笑，還用力拍我的背。

我有種很想逃避現實的感覺。看起來應該是沒有出現死者。我記得自己在這方面還是有調節力道。可是被破壞的建築物不計其數。假如這全部都是我該負責的，那我可能必須找一條船跳上去，跑去遠洋釣鮪魚。

「啊啊啊啊啊啊!?怎麼辦怎麼辦!?這樣的損害金額，明顯不是我有辦法賠償的啊!?」

「那～～些都無所謂啦！我們趕快去知事府那邊吧！」

「現在哪有空管那個──唔哇哇，別拉我啦！」

我被絲畢卡拉著手，在涅普拉斯的巷子裡奔跑起來。

遠方有警報聲響起。搞不好是警察出動了。

路上的行人一碰到我們就好像看到惡魔一樣，紛紛發出慘叫聲逃跑。

看來剛才幹的好事已經鬧到下不下通緝令都沒差了。

「問妳喔，翎子……我是不是會被抓起來……」

「不、不會有事的！我會證明可瑪莉小姐是無辜的……！」

跟我跑在一起的翎子聽完故作堅強地鼓舞我。

在她後方的芙亞歐則是開口吐槽，說了一句「她不可能完全無罪吧」。妳明明就是恐怖分子，不要說那麼正派的話好不好。

「沒問題的啦！畢竟整個世界都被搞得天翻地覆了！大家快看──那個就是知事府喔。」

看樣子我們已經抵達目的地了。

就在那個時候，眼前畫面害我看到眼珠子都快掉出來了。

不久前才剛造訪過的壯麗知事館已經遭到破壞，模樣慘兮兮。

天花板都沒了，內部裝潢完全裸露在外──四周全部蓋滿了瓦礫，至於那些在知事府裡頭工作的人，現在都變得跟無頭蒼蠅一樣，陷入手忙腳亂的狀態。

「絲畢卡……？這些都是我做的……？」

「對啊！可是不會有人找妳興師問罪啦。」

絲畢卡除了在舔糖果，還心情大好地走動。

就在瓦礫堆後方——有一個空間散落著看似昂貴的家具殘骸。

我想這個地方應該就是斯特柏利知事的辦公室吧。

就在房間正中央，立了一張椅子。

是那個褐色肌膚的少女曾經坐過的華麗椅子。看來這張椅子勉強算是沒有遭到破壞——不料此時絲畢卡嘴裡發出一聲「嘿咻」，接著就坐到那張椅子上。

「喂絲畢卡！妳在做什麼——」

「從今天開始我就是知事！」

「啊？」

我以為是自己重聽。但事情並非如此。

絲畢卡整張臉堆滿笑意，開口大言不慚地說了以下這番話。

「我——是——說！本人要代替斯特柏利伯爵，成為涅普拉斯縣的知事！這座礦山都市全部都歸我管了！就連黛拉可瑪莉剛才犯下的極惡罪行，我也既往不咎啦！」

「「「…………………」」」

這下無論是我還是翎子，甚至是芙亞歐，通通都像石像一樣定格。

就只有神不知鬼不覺間現身的特利瓦在那裡拍手，嘴裡附和「真是太棒了呢！」。

自從我們抵達涅普拉斯之後，這才過了幾小時——

卻發生很莫名其妙的事情，那就是我們這群人竟然成功拿下這座都市。

☆

「——哈啊!?」

納法狄・斯特羅貝里在這時清醒過來。

她覺得自己好像做了一場很討厭的夢。在夢裡，她被巨大的龍捲風捲了起來，還被捲向天空的彼端。那場夢實在太過真實。直到現在她的眼睛都還在打轉，而且不知道為什麼，後腦杓那邊一直有股抽痛感。

還是來喝點水，緩和一下吧——才剛打定主意的她正準備站起來，在那瞬間卻出了狀況。

「怪、怪了？」

——那就是她的身體沒辦法按照自己的意思行動。

不知道是怎麼搞的，手腳都被繩索綁住了。不管她再怎麼掙扎，繩索也都沒有解開的跡象。看來這好像是用曼陀羅礦石編造出來的堅固繩索。靠納法狄的臂力是不可能弄斷的。

這下她更是一頭霧水。

而且她好像還被扔在冰冷的地面上。

到底發生什麼事了？她曾經跟黛拉可瑪莉和絲畢卡會面，後來在午餐的時候吃披薩，接著眼前就出現一大片紅色的魔力，然後……

「——然後星砦的野心就被粉碎掉啦！可喜可賀，可喜可賀！」

「唔——!?」

就在納法狄的頭頂上方，有人用開朗又稚氣的聲音說了那麼一句話。

當下納法狄像是突然間受到刺激一樣，將臉抬了起來。

整個辦公室都已經被破壞到破破爛爛的了。中央有一張椅子佇立——那是納法狄平常會坐的椅子，也是知事在坐的——如今卻有一個綁雙馬尾的吸血鬼大剌剌地坐在上頭。

她正是絲畢卡・雷・傑米尼。

這個人翹起二郎腿，嘴巴裡還在舔紅色的糖果，並用不屑的眼神俯瞰納法狄，那種眼神很像是在看垃圾一樣。

「發、發生什麼事了!?這裡應該是我的房間才對……」

「『我的房間』?才不是呢!從今天開始將會變成『本人的房間』!」

這下納法狄的腦袋才跟著高速運轉起來。

那道紅色的光芒將這個世界毀壞。絲畢卡現在又坐在椅子上。而且她身邊待的那些人分別是愛蘭翎子,芙亞歐・梅特歐萊德,特利瓦・克羅斯,以及——人縮成一團,表情看起來一臉歉疚的黛拉可瑪莉・崗德森布萊德。

這下納法狄總算明白一切了。

那個東西是……原來那道光是——黛拉可瑪莉放出的魔法。

而她現在徹底落入這幫人手中,被他們抓起來了。

簡直是種屈辱。太屈辱了。

不過——話說回來,他們為什麼要鎖定知事府?是不是已經看出她是星砦的人了?而且那個人還說「今天開始這裡是本人的房間」?這情況未免也太莫名其妙了——但這種時候就要虛張聲勢。她手邊沒有棺材。也就是說沒辦法殺了這些人。

「是、是喔~原來這些——都是你們搞的鬼?你們覺得這樣做對嗎?」

「當然可以啦?反正妳是邪惡的恐怖分子!」

「說這什麼話?我要先聲明一下,叛變可是重罪喔?若是被知事府的衛兵找到，你們會有什麼下場？到時可不是被人活活剝皮那麼簡單——唔咕!?」

這時納法狄的頭突然被人踩住。那鞋子踩得她好痛。

至於某個態度一直很囂張的吸血鬼，她則是誇張地高聲大笑，嘴裡「啊、哈、哈！」地笑著。

「從今天開始我就是知事啦！涅普拉斯的法律就由我來制定！」

「什麼……知、知事應該是我才對啊？若是妳繼續亂講話，小心我把妳關進大牢——」

「芙亞歐！我看還是讓她見識見識妳的力量吧！」

「真是的……」

待在絲畢卡身邊的狐狸聽了便讓自己的眼睛發出紅色光芒。

「砰呼!!」一聲——這周遭忽然開始瀰漫起煙霧。

最後在煙霧後方現身的是——身上穿著沙漠風服飾的褐色肌膚少女。每天納法狄都會在鏡子裡看到這位「納法狄．斯特羅貝里」，現在這邊沒有鏡子，那個她卻站在眼前。而且對方還開口說了一句話，用的語氣和納法狄本人如出一轍。

「我是斯特柏利伯爵！這個涅普拉斯的知事喔！」

「先……先等等啦————!?」

被人踩著的納法狄大聲尖叫。

原先還裝出從容不迫的樣子，如今那張假面具被粉碎掉了。

因為她已經明白絲畢卡和黛拉可瑪莉懷了什麼樣的狠毒企圖。

「芙亞歐的烈核解放是【水鏡稲荷權現】，這種能力能夠原封不動複製他人的姿態。這下妳的地位和權利全都屬於逆月啦！」

「妳、妳這個混帳，居然敢做出這種事……！」

「妳就去蹲大牢吧！但妳大可放心，我還不會殺妳！因為我們還需要拷問妳，逼問跟夕星有關的情報！」

「什麼夕星，我不知道啦！我可是清廉的知事啊！」

「只要經過拷問，就連這部分也是可以釐清的喔？」

對方臉上有著甜美的微笑。

那簡直就像是惡魔會有的笑容。

這個惡魔用鞋子的尖端戳弄納法狄的額頭，同時再度開口。

「多謝妳為了我，讓涅普拉斯發展起來！如今這個繁榮的城鎮全～～～～都是屬於我的了！一路走來辛苦了♪」

「…………」

納法狄腦裡好像有類似走馬燈的東西在運轉。

她想起以前每天為了準備公務員考試，每天都讀書讀到很晚。在發表上榜考生名單的看板上看見自己的名字時，她高興到都跳起來了。而且為了打通人脈，她還到處走動，送點心給那些上司和同事吃。為了讓涅普拉斯發展起來，她揮汗如雨地工作。努力工作完就會在辦公室裡享用披薩，那真是至高無上的美味——

如今她的精神面被逼到瀕臨崩潰。

「啊啊啊啊啊啊啊啊啊啊啊啊啊!!絲畢卡．雷．傑米尼————!!我一定會把妳殺了————!!」

「啊、哈、哈、哈!!喪家之犬心懷怨恨在那裡狂吠，這真是天底下最讓人舒坦的旋律~!!去吧特利瓦，這傢伙太吵了，趕快把她帶走!!」

「遵命。」

於是納法狄就被特利瓦拖走，從辦公室離去。

這些人都是惡鬼。別人拚了命努力才得到成果，他們卻三兩下就奪走了。

話說回來，納法狄原本以為自己是在幫特萊梅洛的忙，這下不就反過來給她添麻煩了嗎？

不曉得星砦接下來會有怎樣的下場？

除了為自己的疏忽懺悔，納法狄還就此被人關進大牢裡。

※

後來那幾天，涅普拉斯知事府張貼出正式布告。
內容差不多是像下面寫的這樣。

・不再需要上繳採礦稅。
・也不再限制挖礦的量。
・應該這麼說，廢除一切稅收規定和規矩。

居民們都為此感到開心，這點自然不在話下。
但是把下面這個比喻為交換條件，不曉得恰不恰當，那就是知事對外宣稱「赦免那些毀掉知事府的人」。
然而居民對於這樣的政令都沒有出現太大的反彈，最後還是接受了。
而且那些原本被分發至涅普拉斯黑市的通緝令通通都作廢，絲畢卡和黛拉可瑪莉被殺手追殺的可能性也就此消散。
事情就是這樣，逆月抓了那個斯特柏利知事（假冒的）當傀儡，打造出全新的政權。

絲畢卡・雷・傑米尼這套即興創作出來的作戰計畫，可以說是進展順利吧。

接下來就只要把那個夕星和特萊梅洛殺掉，一切就搞定了。

打從涅普拉斯成了絲畢卡的囊中物，後來又過了幾天。

城鎮裡的人都不約而同對斯特柏利知事所實施的德政表示讚賞。

但是他們並不清楚——前些日子真正的斯特柏利知事已經被關進大牢了。而且來了一個來路不明的吸血鬼，頂替成為知事。

這整件事情真是有夠混亂的。

但是把知事府炸爛的人確實是我，那個絲畢卡也很敢，居然利用這點成功奪權。是說芙亞歐擁有的能力實在太過凶惡。只要那傢伙變化成知事的樣子，再做出指示，那所有事情都能按照逆月的意思進行下去。

「嗯～都沒半點進展呢！」

在破破爛爛的辦公室裡——或者是說辦公室的中央，人就坐在知事椅子上的絲畢卡伸了一個大大的懶腰。

翎子在這時說了聲「請用」，將一杯紅茶放到桌子上。絲畢卡也沒有為此道謝，而是拿起來咕嚕咕嚕地喝完，這位涅普拉斯的新上任支配者倒是笑得很開心，開口說了一句「這下困擾了呢」。

「知事府這邊完全沒有留下任何一點跟星砦有關的資料。照理說應該是在某個地方才對啊——但是黛拉可瑪莉卻把整棟建築物都破壞掉了！為了懲罰妳，妳要來當我養的狗！」

「我怎麼可能當啊。」

「但直到現在都找不到資料，對我們損傷很大！如此一來，我們就只能想辦法從斯特柏利知事口中問出來。特利瓦，你那邊進展得怎樣？」

「情況不是很樂觀呢。」

特利瓦在啜飲紅茶的同時，眉頭還皺了起來。

「我是有拿針刺她進行拷問，可是她並沒有出現太大的反應。而她就是星砦的『納法狄・斯特羅貝里』這點，是能夠靠間接證據來推證，不過……」

其實還有一件事，就是納法狄這個名字，聽說是特萊梅洛說溜嘴的。

那個琵琶法師的口風好像不是很緊，沒想到她還有這樣的一面。

「原本還以為這女孩就只是一個頭腦不好的小鬼頭。」

「不管用什麼樣的手段，她都不願意吐露。這樣下去或許得花點時間。」

「也是啦！不管對那個小姑娘做什麼都沒關係，一定要讓她把情報吐露出來！」
我們到現在都還沒有掌握夕星的所在地。
那就好像浮雲一般的存在。不曉得她到底是怎樣的人物？
反正依我看，肯定又是很不正常的凶惡殺人魔。
「公主大人，那接下來該怎麼辦。」
這次換芙亞歐提問。這時絲畢卡從椅子上頗有氣勢地起身。
「還能怎麼辦！既然事情都變成這樣了，我們就只能直接找上門啦！」
「找上門？是要去哪裡……？」
她那對青色的眼睛發出如星星一般的光芒。
「當然是去那個魑魅魍魎橫行的『星洞』囉！」

☆

所謂的星洞，指的就是在涅普拉斯中心地帶出現的空洞。
聽說自從開始挖掘後，截至目前為止花了八年的時間。
有許許多多的傭兵不分晝夜持續開挖，結果現在那裡的面積變得非常遼闊，甚至大到被人稱為「地下大迷宮」。近期人們擔心會地層下陷，因此對於漫無目的擴張開始心生警惕。

事情就是這樣，如今我們來到了這座大迷宮的入口。

雖然我連聲嚷嚷「我不想去我不想去！」，絲畢卡還是說了句「小心我殺了妳」，並用這句話來威脅我，於是我明白抵抗也沒用。不管再怎麼掙扎，我都只能去協助逆月。自從我把知事府毀掉的那一刻起，我就成了這個恐怖組織的共犯了——

「這裡好熱鬧啊……好像天照樂土的天舞祭。」

翎子在這時發出感佩的呢喃。

就在入口附近，有一大堆傭兵駐紮，準備要賣東西給他們的露天攤商也排了許多，那模樣看起來還真的很像辦慶典。由於絲畢卡推行放任政策，導致此地好像掀起一陣空前絕後的採礦熱潮了。

「……嗯？」

此時我不經意看見芙亞歐站在某個攤販前方發呆。

在看什麼啊？她在看的是……「稻荷壽司」？

「妳怎麼了？是不是想吃那個？」

「…………沒有。」

「可是妳應該很喜歡稻荷壽司吧？連在餐廳裡也點油豆皮來吃。」

「別把稻荷壽司跟油豆皮混為一談，小心我殺了妳。」

也太可怕了吧。

事情會演變成這樣，部分原因自然是因為我跟人溝通的能力很差，但是這個狐狸少女的精神面實在太有殺人狂色彩，我想這也是一大問題所在。

看樣子要我跟她好好相處果然很難。

我的生存本能可是在大叫「別跟她交朋友」。

總之芙亞歐的事情，我就先別管了吧。

「好強好強！這裡看起來人山人海呢！而且這些人看起來，腦子裡面好像都只有錢的事情！要是人類全變成這樣，那就完蛋了呢！」

「不要用那麼大的音量說那種話啦！那邊有很可怕的人在瞪我們耶！」

「那就瞪回去啊！來吧，我們要出發探險了！」

我聽了不由得發出嘆息聲。

「喂，我們該不會要突然開始玩真的，就此展開調查吧？我還沒有做好心理準備喔？」

「雖然直接把這次的行動當成野餐，去把夕星或特萊梅洛宰了也是挺有趣、挺無腦的，但我們這次是要稍微小試一下水溫。在特利瓦問出情報之前，先做點事前調查。看看星洞是什麼樣的地方，匪獸又是什麼樣的存在，還有這裡是不是真的埋藏了魔核——不覺得親眼確認一下是很重要的嗎？」

話說到這邊，絲畢卡悠悠哉哉地邁開步伐走了起來。

而且一來到櫃檯那邊，她就充滿自信地放話，開口說了句「我們要買四張兒童票!!」。

這裡又不是什麼主題遊樂園。

連櫃檯後的大叔都擺出很狐疑的表情耶。

「……看來妳們手上是有採礦許可證沒錯，但妳們幾個進去當真頂得住？」

「沒問題啦！這個叫做黛拉可瑪莉的女孩，外表看起來柔柔弱弱，實際上卻是能夠用小拇指將一億人串成一串的最強吸血鬼！」

「別說了。聽了覺得好丟臉，拜託別再說了。」

「而且她還要順便征服世界，預計要將所有的人類都殺光！」

「妳是在寫《六國新聞》喔!!」

「……那還真是不得了，不過現在裡面出了點事。」

沒把絲畢卡瞎說的話當一回事，櫃檯大叔的眉頭皺了起來，嘴裡念念有詞。

「發生什麼事了？」

「那裡有匪獸出沒。」

翎子在這時「咻咻」地拉拉我的衣服。

我因此朝某處仔細觀望，這才看到廣場上聚集了一群奇妙的人。

人群中的人全都一臉困擾的模樣。在他們之中，甚至還有一名女性身上多了份悲愴感，此人正纏著那些傭兵，像在對他們訴說些什麼。

「……那是怎麼一回事？」

「最近匪獸還會跑到星洞外，就在剛剛，牠們跑到這座廣場上搗亂。有好幾個傭兵都受傷了，弄到最後還被匪獸逃走。聽說有一個孩子被拖到星洞裡。」

「什麼……！」

「在那邊哀求傭兵的人，就是孩子被匪獸抓走的母親。她四處拜託傭兵，希望他們能夠救救自己的孩子，只可惜……」

那些傭兵都沒有願意出動的跡象。

雖然覺得可憐，卻堅決擺出「與我無關」的態度。

「至於那些被匪獸抓走的人，說這種話有點過分，但目前為止都沒有平安歸來的案例。想必那些傭兵也不希望接下吃力不討好的買賣吧。」

「這是在搞什麼……」

原來世界上還真的有名叫匪獸的怪獸在肆虐，這點令人驚訝，可是那些大人眼見有小孩子被抓走卻漠不關心，我聽了也是驚訝到合不攏嘴。

「那些傭兵——」

此時芙亞歐面無表情地盯著廣場看。

「是打算對小孩子見死不救？明明現在連那孩子是生是死都還不確定。」

「若要說的難聽些，那情況確實如妳所說。可是傭兵們也是在做買賣的。若是碰到做起來吃力不討好的工作還隨隨便便接下來，那他們就不用賺了。」

「…………」

「事情就是這樣，目前裡頭有匪獸在徘徊的可能性很高，因此不推薦進入星洞裡。就連那些傭兵似乎也挺不爽的喔？難得的採礦日就這樣被毀了。所以妳們幾個還是乖乖回家吧——啊，喂——」

我沒有把大叔的話聽到最後，而是朝著那群人走去。

那些傭兵用某種眼神瞪著我，像是在說「這傢伙是哪號人物」，但我全都無視。

我來到拚命在跟人哀求的女人面前，手緊緊握成拳頭狀，並抬頭仰望她。

「那個小孩子……有什麼樣的特徵……？」

「咦……」

對方看著我的目光，彷彿像是在做夢一樣。

我自己也很清楚。在常世這裡，黛拉可瑪莉・崗德森布萊德並沒有身為七紅天應有的知名度，頂多就只是一個「一億年來難得一見的美少女」罷了。

「請告訴我吧，我會前往星洞。」

「那怎麼可以……妳在說什麼啊？妳不也是小孩子嗎……？」

「雖然我是小孩！但我可是將軍，還是一名傭兵。」

我從口袋裡拿出公會證件。

一看到那樣的東西，女人就屏住呼吸愣住了。

「妳真的……願意去嗎……？」

「我願意。」

雖然不曉得像我這樣的人能不能幫上忙。

但即便如此，我還是要盡全力努力看看。

「——大家快看啊，真是不敢相信耶。」

那時突然有人出聲鼓譟，吹起了口哨。

周遭的傭兵全都指著我發出嘲笑聲。

「這傢伙不要命了啊。」「在玩正義英雄扮裝遊戲？」「那個小鬼已經死了吧？」——雖然那種感覺不是很明顯，但我一直以來都知道這座城鎮充斥著混濁氣息。

我能感覺到人心正逐漸腐敗。

是不是被金錢蒙蔽了雙眼才會那樣？還是人們原本就這樣呢？

不管怎麼說，人們散發出來的惡意都足以讓人感到挫折。

「——喂，看來妳替我們接了多餘的工作。」

芙亞歐在這時站到我眼前。

她一臉不悅地瞥了我一眼。

「我們快點走吧，現在沒空在這裡拖拖拉拉的了。」

「啊、唔嗯。」

那個人搖著尾巴走向星洞。

這是什麼感覺？總覺得那傢伙……實際上好像是不錯的人……？

但她是曾經傷害過迦流羅的極惡恐怖分子，之前發生吸血動亂的時候，聽說還曾四處作亂……只是這下我也弄不明白了。不曉得逆月究竟是什麼樣的存在？

「可瑪莉小姐，絲畢卡小姐已經進到星洞裡了喔。」

翎子在這個時候慌慌張張地來到我身邊。

「她還說『那可能是星砦搞的鬼！』，在那裡大發雷霆。也許那個人的正義感很強也說不定。」

真的是這樣嗎？其實我也搞不懂絲畢卡這個人。

被那傢伙牽著鼻子走的芙亞歐和特利瓦，應該也很辛苦吧——不對先等等。我去同情恐怖分子做什麼。可能是因為我現在有點累才會那樣吧。

「……呵呵，可瑪莉小姐很直率呢。」

「直率？什麼意思啊？」

「就跟之前幫助我的時候一樣，總是希望給予碰到困難的人一些助力。所以跟可瑪莉小姐待在一起，心中就會浮現勇氣。」

「那是妳太看好我了，我們現在要趕快去救助那個被抓走的孩子。」

「說得也是，我也會努力的。」

於是我就跟翎子一起行動，跟上絲畢卡和芙亞歐的腳步。

這下無論如何都得攻略星洞了。

星洞、梅芳、匪獸，還有被抓走的孩子——雖然聚集了許多不安的要素，但我現在卻連感到害怕的餘力都沒有了。

☆

我們進入那個被視為入口的大洞，一個遼闊的紫色異世界就此呈現在眼前。

撫上肌膚的空氣好冰冷。

人們的腳步聲重重交疊，還有一種像是生物的呻吟聲，那聲音震動著我的耳膜。

這裡的道路意外地寬敞，甚至大到足以讓我們一行人並排在一起走動。

這附近一帶都還算是位在入口旁的通用道路，看起來整理得很平整。

聽說平日這裡擠滿了傭兵，但如今出現了匪獸騷動，所以看不到半個人影。

「……這裡比想像中更加明亮呢。」

「原來曼陀羅礦石會發光啊。好漂亮……」

翎子在說這句話的時候，語氣顯得很陶醉。

在星洞內部，處處都有紫色的亮光增添色彩。

那是埋藏於岩壁裡的曼陀羅礦石在發光。

有了這些，看來就沒必要特地準備火把了。

「這周遭一帶的礦石都是不能夠採集的。說穿了就是要拿來當成光源。再說這裡的礦石純度很低，那些想要挖到好物的傭兵自然也不屑一顧。」

一名身上穿著白衣的少女現身——她是蘿妮・科尼沃斯，這人一直盯著星洞的地圖看，同時對我們做了上述這番說明。

她早我們一步潛伏在星洞裡，一直在蒐集情報。

「另外還要補充一點，那就是曼陀羅礦石的光輝都是源自於魔力。但是常世的人不知道如何使用魔法，因此這些寶物在他們手中簡直是暴殄天物。」

「無知真的很可憐呢。話說回來，科尼沃斯，那個冰鎬是拿來做什麼的？」

「嗯？我是想說可以拿來採礦啊。」

「不是說這邊的礦石不能夠採集嗎？」

鏘!!鏘!!

科尼沃斯聽了這話，毫不留情地拿起冰鎬敲了幾下，臉上浮現一抹詭異的笑容。

「涅普拉斯已經變成逆月的東西了。現在哪還需要去遵守那些規矩——喔，挖到了挖到了！這個不錯喔！」

這個人沒問題嗎？

晚點應該會被其他傭兵痛毆吧？

「呵呵呵……妳們快看，這個光芒真是太棒了！只要能夠好好利用這樣東西，我就可以從事新的研究！若是能夠弄出發光的菇類，應該很有趣。」

「不好意思——！這裡有一個違法採礦的小偷在喔!?」

「噢哇啊啊啊!?公主大人，不要告密啦!!」

絲畢卡說完還在那裡哈哈大笑起來。

至於為此感到傻眼的芙亞歐，她則是瞪著那兩人看，嘴裡說了聲「喂」。

「現在沒空在那裡玩了吧，快點把匪獸的情報交出來。」

「唔咕……」

看來這個穿白色衣服的少女，平日在組織裡好像沒什麼地位。

我開始明白逆月內部的權力架構是長什麼樣子了。

科尼沃斯接著說了一聲「知道了啦」，一臉不服氣的樣子，開始翻閱手札。

「廣場上的騷動，我也看見了。有一種黑色的野獸突然憑空冒出來，接著就陸續續襲擊待在廣場上的人。那些傭兵不服輸地出面應戰，但野獸的動作太快，所以他們沒能殺掉這隻野獸。當這些人忙著應付，那隻野獸就叼走一個孩子，逃到星洞裡了。感覺牠看起來真的很像是某種猛獸。」

「難道那不是普通的動物嗎？」

「這個問題問得好，黛拉可瑪莉。」

我好像看見眼鏡後方的那對眼睛亮了一下。

「若是親眼見識過，應該就能看得出來，會知道那絕不可能是一般的動物。因為那玩意兒全身看起來是一片漆黑，而且還能夠自由自在變換形體，不具備固定的輪廓。」

「那果然不是黑貓之類的……」

「若是像妳說的那樣，那就沒什麼意思了。雖然基本型態跟動物很相似，但那不是生物，更接近一種魔法現象。或者說有另一種可能，就是透過某個人的意志力打造——不管怎麼說，肯定都跟星砦有所關聯。」

那些理論啊、邏輯啊，我不是很有興趣。

但是這裡潛伏了會襲擊人們的怪物——這項事實卻讓我心跳飛快。

「不知道被抓走的孩子有沒有事……」

「不曉得耶！搞不好現在已經被吃掉了喔？」

「別說那種沒良心的話啦！要快點找到他……」

「等我們找到了，黛拉可瑪莉妳也有可能被吃掉喔！」

「唔，的確是……那我們有辦法解決這次的事件嗎……？」

「妳用不著感到不安，黛拉可瑪莉，妳身上還有烈核解放不是嗎？只要使用【孤紅之恤】，就連那種匪獸都是小菜一碟。」

科尼沃斯臉上掛著笑容，看起來一副很樂觀的樣子。

「其實我對【孤紅之恤】很有興趣，難得有這個機會，很想親眼拜見一下。吸血種、翦劉種、和魂種、神仙種——這四個種族，我都有做紀錄，再來就只剩下蒼玉種的完全型態和獸人種族了。剛好那邊有一隻狐狸，妳要不要吸吸看？」

「咦？等等……」

科尼沃斯推著我的背，逼我站到芙亞歐前方。

這害我暴露在銳利的目光中。

我嘴裡不由得發出一記呻吟，開口「唔……」了聲。

「…………」

「…………」

這樣未免太尷尬了。若是我在這個時候主張「我怎麼可能去吸她——」，對芙亞歐來說或許很失禮，但若真的去問她「我可以吸嗎？」，好像又怪怪的。

看不下去的翎子伸出手戳戳我的背。

「……若是真的碰到危急狀況，要不要吸我的血？」

「說、說得對！正所謂有備無患！」

「……哼。」

此時芙亞歐搖著她的尾巴，將臉轉向一旁。

絲畢卡則是感興趣地瞇起眼睛。

「我說芙亞歐。妳最近好像變得比較安分了？」

「並沒有。」

「另一個孩子怎樣了？」

「在說『裡面』那個嗎？沒什麼……」

芙亞歐眼裡盯著閃閃發亮的洞穴天頂，看了一陣子後，口裡吐出小小的嘆息。

「……那傢伙好像陷入沉眠了，她的情況似乎不太對勁。」

我當下心中有種不可思議的感覺，開始觀察那個狐狸少女。

感覺她似乎很困惑，還參雜了一些恐懼——以一個冷血殺人魔來說，她具備一張情感莫名豐富的臉龐，這點很耐人尋味。

☆

星洞這裡並不是只有一條路。

有好幾條坑道密密麻麻地交錯，形成一座地下迷宮，初次到訪的人肯定會迷路。是因為那些傭兵想要找到「屬於自己的掘礦洞穴」，才會隨隨便便挖掘，一再重複後造成這樣的結果。據說直到現在，他們都還在開挖新的道路。

我還聽說連負責管轄星洞的知事府都無法掌握全貌。

地圖上描繪的就只有主要路線，除此之外的支線——也就是那些傭兵擅自打造出來的無數細小道路——以構造上來說不可能全部網羅起來。

「唔喔喔喔喔喔喔喔!?好棒好棒!!這裡有好多高純度的曼陀羅礦石!!我們是不是可以把這些全部偷走!?可以對吧!?」

科尼沃斯就好像小孩子一樣，在那邊雀躍地跳上跳下。

自從我們開始探索星洞後，時間已經過去一小時，此時我們來到一個開闊的空間裡。

這裡應該是主要道路的最前線吧。

四處都有採礦道具散落一地，還放了休息用的椅子跟桌子。

而且這裡的洞穴天頂很高，甚至能夠讓拉貝利克王國的長頸鹿輕鬆入內。

看來我們一行人在不知不覺間，已經來到地底深處。

此外——最醒目的莫過於佇立在正前方的紫色牆面。

那裡布滿了科尼沃斯所說的「高純度」曼陀羅礦石，發出來的刺眼光芒甚至會讓人想要遮住眼睛。

好吧的確，若是有那麼漂亮的石頭，就算高價賣出也不奇怪。

畢竟連我都想要了。若是把那個拿去做成首飾或是項鍊，應該很適合薇兒——不對，現在哪有閒工夫去想那個。

「科尼沃斯！妳知道被抓走的孩子在哪嗎!?」

「妳在說什麼啊，黛拉可瑪莉，那種事情晚點再談吧!?應該要趁其他採礦人都不在，把這些礦石全都挖走啊！」

這傢伙是怎樣……是在體現逆月到頭來還是逆月這個道理嗎？

我看我就別管那個研究者了。

我跟翎子開始分頭調查這座廣場。

這裡已經是最前線了，意思就是再走下去也沒路，因此敵人很有可能就躲在某個陰暗角落。

「……都沒有呢，我看果然還是在更深的地方吧。」

「唔唔唔……」

我們都已經搜索一遍了，卻沒看到疑似是我們要找的人影。

既然這樣，我們就只能連同別的道路各做一遍地毯式搜索吧。

此時絲畢卡高喊了一聲「真是困擾啊！」。

「不管是魔核還是星砦都沒找到！我看全部炸掉好了？我說科尼沃斯，給我威力大到能夠炸掉一個國家的炸彈吧～!?」

「怎麼能夠用炸的啊。若是把這些貴重的礦石全部炸飛，對人類來說可是一種損失。」

「這種石頭有什麼好的？人類的喜好還真是奇怪。喝啊！」

「妳不也是人類嗎——不要把那個捏爛啦!?那可是最大的一塊啊!?」

這些聲音不停在洞穴裡嗡嗡嗡地迴盪。

星洞被礦石發出的亮光照射，閃亮到讓人眼睛不舒服的地步。

「……梅芳是不是也被匪獸抓走了呢？」

此刻翎子正一臉不安地看著那個紫色壁面。

「我也不曉得……但我覺得有那個可能性。」

「說得也是。希望大家都能平安無事……」

我感到躊躇，認為不該說些不負責任的話來鼓勵別人。

雖然是那樣，一個勁地悲觀看待也不是好事。

不管是要哭，還是要感到悲傷，都應該等我們把星洞調查完再說。

「我們走吧，翎子。」

「嗯……」

我將手放到翎子背上，為了尋找其他的路線轉過身去。

只不過——

「——等等，好像有某種聲音。」

芙亞歐在說這句話的同時，將手放在刀的刀柄上，再來便一動也不動。

她臉上表情透著一絲不尋常的氣息，這讓我也不由得停下腳步。

「有聲音？是不是我們幻聽啊？」

「空氣裡有微妙的震動感。」

開始感到緊張的我豎起耳朵傾聽。

就算她說空氣在震動，我也感受不到。

我只聽到我們的腳步聲在四處迴盪，還聽見絲畢卡和科尼沃斯在拌嘴的聲音，

以及一種不明物體在頭頂上徘徊的氣息——

「都——說——了！不要把貴重的曼陀羅礦石捏爛！」

「可是這個拿來鍛鍊握力很適合啊？」

「繼續鍛鍊下去是想怎樣啊！妳這個人真是蠻不講理！」

「說的也有道理喔！可是不明事理的人，應該是科尼沃斯才對。」

「不對，不明事理的人是公主大人才對！那個曼陀羅礦石也許是會為世界帶來一場革命的能源啊!?難道妳還想靠握力掀起革命嗎!?」

「沒有沒有，而且我看妳好像都沒發現死亡的腳步正在逼近喔。」

「嗯？死亡？——」

絲畢卡一臉愉悅地指向科尼沃斯頭頂上方。

那個身上穿著白衣的少女若無其事地抬頭，仰望洞窟的天頂。

緊接著我就看見——有一個巨大的「暗影」正要襲擊她。

「等等——」

我受到極大的驚嚇，連動都動不了。

反倒是芙亞歐彈動舌頭發出一聲「嘖！」，拔腿跑了過去。翎子也趕緊從懷裡拿出鐵扇——可是一切都已經太遲了。

那個暗影就像是要把科尼沃斯砸爛一樣，直接墜落下來。

接著就聽見一陣「嘶咚————————!!」——那驚天動地的撞擊力道令整座星洞

為之震撼。

無論是我還是翎子都紛紛發出慘叫聲，人向後栽倒。有一些沙塵從頭頂上方嘩啦嘩啦地掉了下來。可能是因為屁股先著地的關係，我的腰好痛。

我支撐著翎子，同時讓自己搖搖晃晃地站起來。現場揚起的沙塵占據了所有的視野。

就在沙塵後方，佇立了一道巨大的黑色暗影。

「原來如此……這個就是匪獸啊？」

芙亞歐當下臉上浮現一抹桀驁不馴的笑容。

匪獸的實體比想像中還要大上許多。我原本以為大小頂多來到大型犬的程度，但牠的身高甚至超越了體型偏大的大象。

有兩隻前腳，兩隻後腳。

形狀跟狗很像，但就如傳聞中所說的那樣，身體都是黑的，就像是影子一樣，只呈現出一道輪廓。

「咿……」

翎子接著用手遮住嘴巴，人向後退去。

那個匪獸嘴裡正在咔滋咔滋地咀嚼某種東西。

牠到底在吃什麼啊？這裡是不是有掉飼料？——因為那景象太具有衝擊性，於是我就選擇逃避殘酷的現實，後來那傢伙的喉頭發出一聲「咕嚕」，將某樣東西吞下。

絲畢卡接著拍拍手笑了起來。

「啊、哈、哈、哈！科尼沃斯被吃掉了呢！」

喂。喂喂。

現在還有心情笑啊……!?當我心中的恐懼爆發開的瞬間，那隻匪獸也在大地上踩了一下。

那團黑色物體就此朝我們逼來，速度快得跟一陣風一樣——而且還是針對我和翎子。

「哇啊啊啊啊!?」

我又一次跌坐在地。

看來那種野獸吃了科尼沃斯一個人還不滿足。我看我接下來也會被牠當場咔茲咔茲地吃掉吧。真沒想到來這邊的死亡初體驗會是被猛獸吃掉——

不對，等等。

現在這種場合，哪是在那邊悠悠哉哉地說什麼「第一次死」。

這裡可是常世啊？沒有姆爾納特的魔核喔？死了就死了耶？

© riichu

事到如今我才察覺這項事實，並為此感到愕然，碰巧就在那瞬間——

「可瑪莉小姐！」

有一陣高亢的聲音在星洞裡響起。

如同孔雀一般的輕盈衣裳隨風擺動。

是翎子拿著鐵扇敲打匪獸的臉，這才阻止了牠。

得救了——其實我連為此感到安心的餘力都沒有。

因為那個匪獸突然發出聳動的咆哮聲。隨後翎子嘴裡便喊出一聲「呀！」，腳下一個踉蹌。才短短一瞬間，剛才那種勢均力敵的局面就被瓦解了，那具小小的身軀就好像一顆球，就此被震飛出去。

「翎子——」

有一股殺氣。

我甚至都不敢回頭看那些夥伴。

就在我眼前，有一隻野獸佇立著，黑漆漆的雙眼發出凶光。

這之中有憤怒與悲傷，以及痛苦，這些負面情感形成強烈的波動，拍撫著我的肌膚。

我就好像被蛇盯上的青蛙一樣，整個人完全動彈不得。

怎麼會有這種東西。

牠的氣息未免也太邪惡了吧？

「等、等等……」

對方怎麼可能等我。

匪獸的前腳慢慢抬了起來。若是被那種東西壓到，我看不會只有骨折而已——為了承受即將到來的衝擊，我緊緊閉上雙眼。

就在那瞬間——

「妳是想死嗎？」

「鏘！」的一聲，我聽見某種聲響，好像是因為某種東西閃過的關係。

緊接著現場就揚起一陣驚心動魄的叫聲。

我害怕地睜開眼睛觀看，結果看見那個匪獸露出苦悶的表情，在地上痛苦打滾。

我心想這怎麼可能，視線跟著朝上方看。牠的黑色前腳被砍斷了，在星洞的半空中螺旋飛行了好幾圈，這一幕正巧映入我的眼簾。芙亞歐將附著在刀身上的漆黑瘴氣甩掉，若是有小孩子看到她露出那種眼神，肯定會號啕大哭，而她正用這種眼神瞪視敵人。

「看來你已經做好送死的覺悟了。」

芙亞歐壓低身體，加快速度。

可是匪獸也很快就振作起來。

我彷彿聽見某種噁心的嗶嗶啵啵破裂聲，那隻野獸的前腳斷面開始隆起，很像被放到烤窯的麵包麵團一樣，接著一隻形狀像刀刃的新前腳就長出來了。

芙亞歐的刀從側面掃了過去。

兩個金屬物體（？）撞擊在一起，現場因此颳起一波壯絕的烈風。

芙亞歐發現單憑一道攻擊無法粉碎這隻腳，於是她先抽身，重新讓自己站穩，然後再度衝刺過去，這次瞄準任何防備都沒有的軀體——可是匪獸似乎也在那瞬間看出敵人的企圖，這次牠的軀體嗶嗶啵啵冒出第五隻腳，用來抵擋攻擊。

而且牠再次發出震耳欲聾的咆哮聲。

芙亞歐讓耳朵垂下，以利自己能夠捱過那陣過大的噪音，再來就用採礦道具堆成的小山當成踏腳處，縱身來個大跳躍。

她瞄準野獸黑漆漆的背脊，用力拿刀刺了下去。

這次野獸發出痛苦的吼叫聲。

每當芙亞歐用刀子挖砍那個傷口，匪獸就像被撈到陸地上的魚，不停地扭動身軀。牠在地面上踩來踩去，用整個身體撞擊牆壁，四周都被那陣衝擊橫掃，大到還以為是出現地震。

我呆呆地張著嘴，渾身陷入僵硬狀態。

有隻匪獸在這裡作亂。而且科尼沃斯還被吃掉。然後芙亞歐展現出超乎常人的戰鬥能力——我是不是在做夢啊？

「可瑪莉小姐！我們要幫幫芙亞歐小姐才行……！」

翎子在這時慌慌張張地跑了過來。

雖然她臉頰上有被劃傷的痕跡，但是看起來沒有什麼大礙，我因此鬆了口氣。

那些先姑且不談，我是很想過去助陣。

可是就算我衝過去對付敵人，也只會像螻蟻一樣被壓爛吧？

「那個好像是意志力凝聚而成的！」

也不知道是什麼時候來的，絲畢卡已經在我隔壁舔起糖果了。

她眼裡閃動狠戾的光芒，嘴邊一邊笑著，很像在觀賞運動賽事。

「而且這股意志力非比尋常。是因憤怒和悲傷所產生出來的能量喔。弄出這種東西實在是太惡質了，真不曉得是哪位恐怖分子弄出來的！」

「那些都不重要吧！現在更重要的是芙亞歐撐不撐得住啊!?」

「芙亞歐很強。若單論身手，她在朔月裡可是數一數二的。只是之前被黛拉可瑪莉狠狠教訓一頓，好像害她喪失自信就是了！」

「別說那種讓人很難接下去的話好不好!?」

「她沒問題的啦！在她的野心實現之前，這孩子可是不會認輸的……咦？」

就在這個時候，我看到某種令人驚訝的畫面。

那就是匪獸的身體長出好幾隻新的手。

不對——那個不像是手，更像是觸手的樣子。

「唔……」

直到這個時候，芙亞歐首次發出乍聽之下很難受的聲音。

那不計其數的觸手不停地蠕動，就好像海葵一樣，芙亞歐早就待在匪獸背上了，那些觸手朝著她的身體纏繞過去。不管再怎麼砍都沒用。而且被砍斷的地方還會形成分支，產生新的觸手，那些觸手全都卯起來襲擊，想要將獵物捆綁起來。

芙亞歐的腳尖隨即浮到了半空中。

刀子也從她手中掉落。

才一轉眼的功夫，她就被捆綁起來了，就此呈現倒吊狀態。

「這下糟了！快看那個！」

我看了這一幕不由得屏住呼吸。

那個匪獸又從身上嗶嗶啵啵擠出新的觸手，讓這個觸手變化成槍的形狀。

至於槍口瞄準的位置——自然是動彈不得的芙亞歐，還有她的心臟。

這讓翎子發出悲鳴聲。就連我都跟著慘叫。

這樣下去不行。即便這傢伙是殺人魔，還是曾經欺騙迦流羅和花梨的卑鄙小人，現在的我都已經沒空去想那些了。

「翎子！抱歉了！」

「咦？──咦咦～～～～!?」

我伸手抓住翎子的肩膀，對準她的臉頰，慢慢將臉靠了過去。

絲畢卡在旁邊像是在看熱鬧的一樣，發出「喔喔！」的起鬨聲。

「妳要上了是吧，黛拉可瑪莉!?去把那傢伙痛扁一頓吧！」

就算妳不說，我也會那麼做。

我鎖定翎子臉頰上那個淡淡的傷口──

接著伸出舌頭舔了一下。

──撲通。

我感覺自己心臟開始急速跳動。

接著我的身體便湧現一股七彩斑斕的魔力，讓這個星洞裡的廣場變得更加光亮。

隨後洞穴的天頂還發出嘎吱嘎吱的聲響，在那陣巨響的相伴下，整個天頂都崩落下來。

※

「……哎呀。」

特萊梅洛・帕爾克史戴拉停下拿著冰鎬敲擊的手。

看來上層那邊好像出現騷動了。

是不是那些傭兵又起紛爭——

就在這個時候，跟她一起採礦的小小野獸們全都不約而同跳了起來。

那些動物都像黑色的影子一樣——牠們都是匪獸。

小野獸用身體去摩擦特萊梅洛的腳，一直想跟她訴說些什麼。

「……我知道了。原來是這樣啊？絲畢卡和黛拉可瑪莉……總算來到星洞了。」

那些匪獸能夠透過意志力彼此相連。

只要有一隻獲得情報，瞬間就能傳達給所有的個體。

根據這些小型野獸所傳達的情報看來，絲畢卡和黛拉可瑪莉她們正在上層跟中型個體作戰的樣子。

特萊梅洛脫下安全帽，用手帕擦拭汗水，臉上還多了一抹淡淡的笑容。

看樣子被她料中了。

© riichu

也不知道是不是從拉米耶魯村就開始尾隨，還是透過別的手段才得知的，總之那幫人是在找星砦的大本營。

『若是想要達成我們的願望，那麼構成阻礙將會是「弒神之惡」、「深紅的吸血姬」，以及「天文臺」。』——夕星曾經如此大力主張。

而如今在這三個阻礙裡，已經出現兩個了，眼下在這種時候一併處理掉會更有效率。

「你覺得呢？羅剎。」

就在特萊梅洛身旁，有一塊巨大的黑色物體蹲坐著。

那是哀傷的意志力聚集體。

透過夕星的烈核解放催生而出，是究極的匪獸——名為「羅剎」。

牠只會發出像野獸才會有的低吼聲。

那是在暗示「時候未到」。

「原來如此。那麼現在要先優先採集魔核對吧。雖然很累……但我們一起加油吧。」

滋噹。滋噹。

虛無的琵琶彈奏聲在星洞裡擴散開來。

特萊梅洛重新握好冰鎬，再度對準牆面揮動了好幾下。

既然要借用星洞裡的匪獸，代價就是她必須幫忙搜索魔核。
話說回來，眼下那個褐色肌膚的少女在做什麼呢？
常世這邊沒有通訊用礦石這種東西，就算想要跟她聯絡一下也辦不到。
反正她肯定是在辦公室那邊吃披薩吧。
現在她就只要專心處理好自己的工作就好。

※

受到七彩魔力的觸發，天頂崩落下來。
大量的瓦礫化作豪雨，就這樣下了下來——同時還伴隨一陣「噗滋噗滋噗滋」的詭異聲響。將芙亞歐困住的觸手陸陸續續被切斷。那些暗影留下的殘骸就好像蜥蜴的斷尾一樣，不停地掙扎蠕動，我嘴裡發出好大的喊聲，朝著敵人勇敢地進擊。
「你覺悟吧〜!!」
我這樣根本一點都不帥氣。
照常理來想，我應該會像蒼蠅那樣被拍爛才對。
可是這下子我總算能確定了。
只要吸食翎子的血液，就會發生很奇妙的事情，那就是運氣會變得特別好。

「噗欸！」

一些觸手就跟鞭子一樣，朝著我甩了過來，我卻因為跌倒的關係碰巧避開了。待在我背後的絲畢卡在那裡興高采烈地嚷嚷「好強喔！超遜的！」。妳很煩欸。一起下場作戰啦。

「快看前面！危險！」

再來我又聽見一聲「滋啪！」，那是有點清脆的聲響。

一些觸手從我正面逼來，都被翎子用鐵扇一刀兩斷了。

「謝謝妳。」——其實我根本沒空去說這句。

那是因為匪獸的身軀被瓦礫壓垮後，變成了扭曲的形狀，而且接二連三地長出新的觸手，要朝我發動奇襲。我在想這下完蛋了，然而下一秒——我的身體卻突然飄到半空中。

「咦？咦、咦咦咦咦咦咦!?」

「快抓住我。若是掉下去就糟糕了……」

「翎子，原來妳會飛呀!?但是我聽說在常世這邊沒辦法使用魔法啊!?」

「夭仙原本就是一種『會飛的種族』。就跟移動手腳一樣，我們原本就知道要怎麼飛。」

這世上還真是充滿不可思議的事情。

翎子就這樣抱著我飛升，眼看我們越飛越高。

有無數的觸手過來追擊我們。

啊，這下死定了——我當下只覺得自己會完蛋，但就在這瞬間，翎子也開始高速飛行，她四處飛來飛去，藉此閃避匪獸的攻擊。

一下往右一下往左。緊急上升又突然迫降。

不然就是像那些雜耍大師一樣，來個空翻。

每次翎子緊急改變方向，我都能聽見「咻！」的聲響，那是觸手在空中劃過的聲音。同一時間，從我的胃腑中也湧上各式各樣的不妙物體。

「翎、翎子，拜託妳稍微降一下飛行速度……」

「對不起！可是我們不能停下來！」

「妳的三半規管到底是什麼構造啊……？」

這時觸手用力撞上我們背後的牆壁，砸出一記「啪鏗！」聲，帶來莫大的衝擊。

我連眼珠子都在打轉了，但還是知道要緊緊抓住翎子。

若是掉下去會死。不，就算不掉下去，我覺得我也會死。因為我現在不舒服到快要死掉的地步。

咦？我好像看到某種閃亮亮的東西囉？那個該不會是花田吧？

啊哈哈，我似乎聽見死神的腳步聲了。

「做的好，愛蘭翎子！」

那時我聽見來自芙亞歐的高昂吶喊。

我的意識正逐漸遠離，勉勉強強才能讓視線對焦在地面上——這一看正好看到芙亞歐朝著匪獸給予強烈的一刀。

因為有我和翎子當誘餌，匪獸身上才會出現致命的破綻吧。

那股疼痛似乎讓牠難以忍受，使得牠發出龐大的咆哮聲，就連空氣都為之震動。

芙亞歐接著反刀劈開匪獸的軀體。

傷口那邊彷彿像在流血一樣，有瘴氣飛散開來。

芙亞歐依舊面不改色，持續發動猛攻。那股魄力簡直就跟鬼神沒兩樣。黑色野獸的身軀變得跟豆腐似的，逐漸支離破碎——

「不行……牠又快速再生了……！」

翎子看到這一幕發出絕望不已的呢喃聲。

就跟她說的一樣。不管我們再怎麼攻擊，那些瘴氣都會像瘡疤一樣，將傷口覆蓋住，這可不是一般的生物——看起來好像有痛覺，但物理性攻擊似乎又起不了實質作用。

「那這下該怎麼辦才好……？我們要飛到什麼時候……？我已經快不行了……」

「哇啊!?妳振作一點，可瑪莉小姐!?」

「——很簡單啊！碰到這種對手，牠身上一定會有『核心』存在！」

此時絲畢卡嚷嚷著插嘴，一副心情特好的樣子。

那傢伙坐在休息區的椅子上舔糖果。妳是在看我們笑話嗎？

「我一直在觀察，發現那個黑色身軀的某處有核心——也就是被放進巨大的曼陀羅礦石喔！看來匪獸這種生物的動力來源好像是來自曼陀羅礦石，對那種礦石灌注某種意志力就會作動！」

我也有發現。匪獸的額頭那邊一直散發淡淡的光芒。

我想那個就是充當原動力的曼陀羅礦石吧。

「芙亞歐！把那個東西毀掉！」

「我知道啦。」

一些觸手出面抵抗，都被芙亞歐斬開了，她繞到匪獸的頭部去，刻不容緩地出刀砍下。那黑色的皮膚被人劃開，黑色瘴氣啪喇啪喇地冒了出來，芙亞歐將這些瘴氣撥開，繼續劈砍了無數次。

匪獸口中發出慘叫聲，橫著身體倒在地面上。

芙亞歐認為這是個好機會，接著她大力跨出一步，刺出強而有力的一刀。

這下子——散發紫色光芒的礦石總算從被人劈開的頭部內側冒出。

那個就是曼陀羅礦石。

「來吧，做好送死的覺悟——」

或許就是因為到了最後一刻，才會掉以輕心。

芙亞歐又說了她常掛在嘴邊的那句話，下一刻就有一些觸手從她背後偷偷靠近，將芙亞歐的右手捆住。

「什麼——」

就連刀子也被那些觸手控制住了，而且她的腳踝還被綁住，人因此而跌倒。

絲畢卡這時怒氣沖天地大罵「妳是在大意什麼啦!!」。

現在這個問題可不是生氣就有辦法解決的。

我要快點過去幫她——只不過來到這個時間點上，我也已經迎來極限了。

有些酸溜溜的東西在我口中瀰漫開來。

「唔噗……」

「咦?可瑪莉小姐——呀啊啊啊!?」

剛才我喝下去的番茄汁通通吐到翎子的胸口上。

對不起。我晚點再把衣服洗一洗還妳。

但這場悲劇還沒結束。

嚇了一跳的翎子鬆開手。

當然我身上剩下的力氣也不足以繼續抓住她。

於是帶著那些嘔吐物，我整具身軀進入自由落體狀態。

翎子在呼喚我的名字。絲畢卡還是在那笑個不停，動作有夠誇張的。至於芙亞歐，她則是帶著驚訝的表情抬頭看著一直下墜的我。

嗯……？「一直下墜」的我？

直到這個時候我才發現一件事。那就是我墜落的地點似乎正好瞄準匪獸和芙亞歐的正上方。

「黛拉可瑪莉！快點做出緩衝姿勢！」

我哪知道要做什麼樣的姿勢才能夠緩衝。

於是我就成了從樹上掉落的蘋果，以那種姿態自然而然地墜往地面——

哐鏘!!

緊接著我的腦袋就迎來一股超強的撞擊力。

「好痛——!?」

一聲悽慘的咆哮在下一刻迸發於我的身側。

是匪獸在叫。我掉落的地方並非地面，而是掉在匪獸的身體上。

再這樣下去，我會被那些觸手幹掉。

要快點逃跑……

雖然那麼想，我的意識卻開始逐漸遠離。

待在上空處的翎子不停地喊著「可瑪莉小姐、可瑪莉小姐！」。

我用盡力氣伸手——

碰巧就在這瞬間。

在一記「砰乓!!」一聲後——那些黑黑的瘴氣全都煙消雲散了。

究竟發生什麼事了，本人我根本一頭霧水。

而我的身體再度掉落，啊啊這次我肯定會死吧——就在我打算放棄人生的下一刻，一股熟悉的七彩魔力從我身上擴散開來。

透過翎子的血液所發動的【孤紅之恤】到此宣告結束。

「……妳這傢伙就只有運氣好。」

事情就是這樣，我發現自己不知不覺間落入了芙亞歐的懷抱中。

她一臉傻眼的樣子，但是那表情看起來又像參雜一點安心的成分在裡頭。

照這個樣子看來，好像是她接住我的。

我要跟她道謝——想到這邊，我試圖動動嘴唇，但剛才頭部的大力撞擊導致我沒辦法好好把話說出口。

翎子的聲音還在耳邊迴蕩，而我卻靜靜地暈了過去。

[9] 邪惡的另一面

「可惡……為什麼我會遇到這種事情……」

這裡是知事府的地牢。

身為涅普拉斯縣的知事，同時還是星砦的一員——這位「柩人」納法狄・斯特羅貝里趴在髒汙的地面上，氣得咬牙切齒。

她失去身為知事的地位。夥伴也沒有要來營救她的跡象。就連那個她很看重的兔子玩偶也不知道跑哪去了。

如今會發生這一切，起因都是因為她太小看那幫人。

——納法狄小姐，妳確實強大。但還是有可能因為輕忽而自取滅亡。

特萊梅洛那個笨蛋，居然敢對她做出這種忠告，如今納法狄想起這檔事。

換作是平常，她會不以為然地忽視，並說「啊——好啦好啦，妳說的都對」，但實際上陷入絕境後，她才能夠體會那個女孩所說的話有多麼大的價值。

次。

「肚子好餓……」

算來算去她也已經被關在牢裡五天左右了。

在這段期間內，那個叫做特利瓦・克羅斯的卑鄙小人蒼玉種曾經來拷問她好幾次。

那個人拿針在她身上刺來刺去，還對她逼問一些話，例如：「妳是不是星砦的一員？」「夕星在哪裡？」「星砦的目的是什麼？」「妳還有幾名同夥？」

可是疼痛這種東西在納法狄身上起不了作用。

所謂的砂朧種，他們能夠暫時讓身體的一部分──說的更準確一點，應該是能夠讓全身上下大約九分之一的部分──全都變換成沙子。若是知道有物理攻擊會打到自己身上，她就能夠透過這種「沙化」作用讓那些攻擊無法造成傷害。

但話又說回來，肚子真的超餓的。

現在也差不多到晚飯時間了吧──

「晚上好，我拿晚餐過來了。」

「！」

這句話讓納法狄回過神，頭跟著抬了起來。

那個特利瓦・克羅斯拿著放了披薩的盤子現身了。

納法狄的肚子頓時發出「咕嚕」聲，她想壓抑也壓抑不了。

那可是披薩啊？有肉和起司的美好香氣飄來，濃郁到讓人懷疑的地步呢？

可是她不想讓對方看出自己見獵心喜。

於是納法狄就故意裝出不以為意的樣子，接著開口：

「是、是嗎～？原來今天是吃披薩？平常都是給我硬邦邦的黑麵包，今天你是發什麼神經了？」

「我在想偶爾換換口味也不錯。莫非妳討厭吃披薩？」

「也沒有特別討厭啊？但還不至於到非常喜歡的地步。」

「是這樣啊？」

納法狄的視線都釘在那個披薩上。

她口中早就被口水淹沒。而且喉嚨還擅自發出吞嚥聲。

好想吃。看起來好美味。想吃。想吃。想吃——此時特利瓦拿叉子插住盤子上的一塊披薩，緊接著將那塊披薩放到自己的嘴邊。

「我要開動了。」

然後他將那塊披薩一口咬下。

「居然是你要吃的！？！？」

這讓納法狄一把抓住牢籠的欄杆，嘴裡大聲鬼叫。

特利瓦此時一臉納悶地歪過頭，開口回了一句「怎麼了？」。

「那是我的晚餐啊。」

「什、什、什麼……」

她懂了。原來是這麼一回事。這傢伙的個性根本爛透了！——納法狄這下變得兩眼充血，一直瞪視著那個享用披薩的特利瓦。那傢伙甚至還很貼心，為美食做出如下評語——「番茄醬和起司的雙重奏真是濃烈又美味啊」。

「是嗎～……看起來好像挺好吃的。可是你一個人有辦法把全部的披薩都吃完？量好像有點太多了吧？這樣會胖喔？」

「沒問題。等到我吃到一半，剩下的都會拿去丟掉。」

「這樣太浪費了吧!!」

「這個披薩都是用涅普拉斯收到的稅金買的啊？那些錢多到用不完，不會有問題的。再說挪用公款才能享用到的披薩，吃起來真是美味呢。」

「……………」

納法狄開始憤怒了起來，這未免也太屈辱了，緊接著全身顫抖。

怎麼會有這種事情。她納法狄‧斯特羅貝里竟然會被人玩弄於鼓掌間——

「妳想吃嗎？」

特利瓦選擇在這時朝她靠近。

拿著披薩在納法狄的眼鼻前晃來晃去，臉上掛著親切的笑容。

「要我施捨給妳也行，只要妳先將星砦的情報全盤托出。」

「…………」

披薩。星砦。披薩。星砦。披薩。星砦。披薩。星砦。披薩。星砦。披薩。

肚子餓的感覺和憎恨皆令納法狄的腦袋幾乎要失去正常判斷力。

披薩就在眼前晃來晃去。那個披薩上頭有看起來很好吃的超～濃稠起司。

她彷彿聽見理智崩塌的聲音。

夕星，我究竟該怎麼辦才好？

納法狄在那之後受到本能驅使，手從鐵欄杆間伸了出去——

過了幾分鐘。

這位納法狄在監牢裡頭啃著黑麵包，一面啜泣。

「嗚……嗚嗚嗚嗚……嗚嗚嗚……那個臭小子——……………!!」

她的肚子正在「咕嚕嚕」地泣訴，說肚子好餓。

在此同時，因逆月燃起的怒火也燒了起來，像把火一樣熊熊燃燒。

真沒想到對方會使用那麼卑鄙的手段。雖然納法狄在緊要關頭堅持住，沒有出賣人格，但下次對方若是再做一樣的事情，她敢保證自己一定會出賣自我。

而那個始作俑者特利瓦只扔下一句「我們還要舉辦宴會」，人就走了。

好像是想要拿涅普拉斯這邊的資金來好好樂一樂。

不可原諒。等到她逃獄，一定要將那幫人的頭劈個腦袋開花。

只不過——

眼下找不出逃離的方法。

少了棺材，納法狄就跟普通的少女沒什麼兩樣。

再這樣下去，涅普拉斯會被人蠶食鯨吞。

不僅如此，恐怕連位在星洞深處的某樣重要物品都會被奪走。

「他們是要愚弄我到什麼程度才甘心…………嗯？」

納法狄在這時忽然察覺一件事。

那就是在監牢深處的牆壁剝落，裡面的土層外露出來。

怎麼會這樣——

對了。是因為黛拉可瑪莉的魔法。

遭受那麼大的衝擊，就算地牢的一部分崩塌也不奇怪。

直到這個時間點才發現此事，讓她真想詛咒自己的愚蠢。

「就讓你們見識見識我認真起來的樣子……！」

納法狄拿出用來在麵包上塗奶油的湯匙。

就算弄到滿身汙泥也無所謂。雖然對於他人的疏失，要她替人收多少爛攤子都能不厭其煩，但是自己闖下的禍若是不自己收拾乾淨，她心裡就會過意不去。

☆

後來翎子跟我說了，說我似乎是一頭撞上匪獸的核心。

那陣撞擊力導致曼陀羅礦石遭到破壞，像影子一樣的巨大身軀也就此粉碎掉。

這整件事情聽起來實在是太扯了，透過神仙種血液發動的【孤紅之恤】有一種破天荒的效果，那就是可以讓運氣變好。

而我能夠發動自殺攻擊，成功用頭錘殺掉那個野獸，從某個角度來看也算是必然的結果吧。

另外——

從四散的匪獸體內找到好幾個人，除了那個被抓走的孩子，還有好幾個在涅普拉斯這邊失蹤的人。

大家都沒有生命危險，被帶到醫院以後，聽說很快就醒來了。

絲畢卡是這麼說的——「他們都只有被奪走意志力」。

我也不是很懂，但大家都沒事真是太好了。

至於那個孩子被抓走的母親，一看到我恢復意識了，馬上就跑過來我這邊，眼睛裡含著淚，不停對我說「謝謝妳」。

另外她還說——

「真不曉得該如何感謝妳……願意接受我懇求的，就只有崗德森布萊德小姐一個人。而且妳還真的把那孩子救出來了……」

「這、這只是誤打誤撞啦！是因為我剛好用頭錘撞死那個野獸。」

「居然用頭就可以撞死匪獸……!?原來妳很強啊……」

而且還不是只有這個人來找我。

有很多人從匪獸的肚子裡獲救，那些都是失蹤人口，而他們的親朋好友通通跑來找我了，那氣勢簡直像是要把門檻踏破一樣。

那些人號啕大哭，除了對我連聲道謝，在這之中甚至還有人開始叫喚「崗德森布萊德大人！」，那樣子活像在跟神明祈禱一樣。

我怎麼覺得事情開始朝奇怪的方向發展了？

明明只有弄出一些嘔吐物，然後掉下來而已。

雖然被當成神明看待（並非我的本意）這件事我已經習慣，但這樣實在是太難為情了。

「——太好了呢，黛拉可瑪莉！涅普拉斯這邊都在聊妳的事情喔!?」

「一點都不好。事情怎麼會變成這樣……」

「他們好像還幫妳取稱號了！叫妳『石頭可瑪莉』！好羨慕喔～聽起來好帥～我也想要那種稱號～！」

「別說那種言不由衷的話啦！」

什麼叫做「石頭可瑪莉」。在這世上去哪找腦袋比我更靈光的人啊。

絲畢卡在那裡笑嘻嘻地開我玩笑，我則是將目光轉開不再看她，嘴裡發出一聲大大的嘆息。

這裡是涅普拉斯的醫院，我待的是其中一間個人房。

由於跟匪獸發生激烈碰撞，我後來昏倒了，還跟那些得救的人一起被緊急送往醫院裡救治，聽說是這樣。

雖然如此，我的傷勢卻不是很嚴重，這點值得慶幸。

只不過頭上腫了一個大包，但我在一小時內就恢復意識了。

我想這恐怕也是七彩魔力帶來的效果吧。

「謝謝妳，翎子。我之所以能夠得救，都是多虧翎子的血。」

「嗯，若是妳還想吸，隨時都可以跟我說……」

翎子當下紅著臉，一副手足無措的樣子。

另外還有一件事，那就是她身上穿著在市場上買來的T恤。

因為她被我反胃吐出的番茄汁噴到了。

我一想到就覺得很可恥，於是把目光別開。

「總、總之，除了我都沒有其他人受傷，真是太好了。那些被匪獸吃掉的人，就只是失去意識對吧？」

「對啊！匪獸的目的好像不是要吃人肉。」

絲畢卡又拿出新的糖果，同時笑著補上這段話：

「牠恐怕是吸食他人的意志力來轉換成能量。只要心靈還健在，意志力就會源源不絕湧現，那些野獸之所以會襲擊他人，原因就在於想要把人養在肚子裡吧。就好比是在養會生蛋的雞一樣。」

「怎麼會有這種怪物啊……」

「那些從肚子裡跑出來的人，身上都有『星痕』——也就是星星形狀的痕跡。這代表他們受到夕星蠱惑，罹患了消盡病。換句話說，那些匪獸都是星砦的爪牙。」

這樣的做法未免太惡質了。

看來星砦果然是非比尋常的恐怖分子。

「除此之外——在這次的探索過程中，不管是特萊梅洛還是夕星都沒有現身。他們應該待在更深的地方，就像在等待春天到來的蟲子，把自己關在那裡——《夜天輪》是這樣顯示的。那我們就必須朝這個巢穴放水，讓他們溺死。對吧，愛蘭翎子。」

「咦？啊——」

翎子變得支支吾吾的。

「先不談溺死……我們連梅芳都還沒找到……」

對喔。我們兩個的目標還沒有達成。

眼下這種情形，要徹底安心還太早——

就在那時，我突然想到一件事。

「……對了，科尼沃斯還好嗎？那傢伙也被匪獸吞下去了。」

「科尼沃斯被人逮捕了。」

「啊？」

「因為她無照採礦，才會受到懲罰！若是對有罪的人太寬容，人們對知事府產生的信賴感將會動搖，所以我就報警了！」

「咦咦……」

這下就連翎子聽了都嚇得不輕。

我看她肯定是在拿人尋開心。

看到我們兩人陷入呆滯狀態，絲畢卡也沒把我們的反應放在眼裡，而是開開心心地站起來，說了聲「那接下來～！」。

「經歷了這次事件，我們已經知道星洞和匪獸有什麼特性了。不用再等特利瓦拷問出結果——那裡肯定是星砦的大本營。再來我們只要把敵人找出來，將他們通通擊潰就行了。」

「我們還要進星洞啊？」

「可不是只有進去而已喔！我還要濫用知事的職權，舉辦一場活動。活動的名稱就叫做『大探險』。」

「那是什麼？」

「過一陣子就會正式公布。」

我心中有著濃濃的不祥預感。

如果是這傢伙想出的活動，肯定會跟危險二字沾上邊。

絲畢卡用力抓住我的手，臉上浮現笑容。

「總之那就代表決戰之日將近！為了替大探險做準備，我們來開行前聚會吧！現在馬上出院，黛拉可瑪莉！」

「啊？我還沒有睡夠耶？」

「住院費用可是一筆不小的數目喔！只要妳有辦法支付一萬諾克就可以繼續住！」

我怎麼可能付得出來。

再說我也不想讓他們拿涅普拉斯收的稅金來填補，我看我還是乖乖出院吧。

☆

礦山都市的夜晚很熱鬧。

熱鬧的市區街道滿是醉漢，這裡有各式各樣的商店林立。

到處都飄著酒和餐點的味道，洋溢著笑聲和怒吼聲，裡頭甚至還參雜哭哭啼啼的聲音。

不過這裡的人，外表看起來都很可怕。

若是又在廁所那邊被人糾纏，這次我敢說自己一定會號啕大哭，我看我還是低調行動好了——原本是那麼想的，絲畢卡卻用大到很扯的聲音說「這裡有很多人在走動，看起來都很像殺人犯呢～!!」，那句話跟用吼的沒兩樣。

快住口。拜託妳別說了。

為了假裝自己不認識這個人，我和絲畢卡拉開距離。

「別跑！若是敢逃跑，小心我用手指刺妳的眼珠喔!?」

「噢哇啊啊啊啊!!我不逃!!我不會逃的，拜託不要用手指戳!!」

我明明不願意，絲畢卡卻強行拉住我的手，硬要把我帶往建造在大街正中央的熱鬧酒吧中。

而且被帶過來的人還不是只有我一個。

除了看起來怯生生的翎子，另外還有芙亞歐、特利瓦，都是逆月的成員，他們也一起來了。這次連天津都來報到。順便說一下，科尼沃斯還待在警察局的監牢內，於是她這次缺席。

「總之先來杯生啤酒吧！」

一坐到位置上，絲畢卡就用很大的音量點餐。

「……妳可以喝酒嗎？絲畢卡幾歲了啊？」

「正確年齡是多大，我已經忘了。但至少超過六百歲了吧。」

「少說謊了，人類怎麼可能活那麼久。」

除了說些話吐槽，我不忘翻閱菜單。

啊，這裡有蛋包飯……！

而且上面還寫著「黃金風味」喔。這讓我很好奇，我就來點這個吧。

此時絲畢卡呵呵笑，回了一句「妳在說什麼啊？」。

「夭仙明明也可以活很久！順便跟妳說件事，我有一半吸血鬼血統，另一半來自夭仙。」

「絲畢卡小姐……就算是夭仙，也沒辦法活六百年的。」

「只要有足夠的氣魄，就能夠活很久啦！人若是想死，那得等到他們放棄，說出『啊啊老夫已經撐不下去了』這種話才死。這個世界的法則，假如要靠人類的意志力來改寫，想改寫多少都行，只要持續許下心願，想著『我想活下去』，那永遠長生不老也不是不可能。」

「真無趣。」

坐在絲畢卡正對面的人是芙亞歐。

「有很多人心裡是希望活下去的，卻還是死掉了，這樣的人要多少有多少。公主大人說那種話，等同是對弱者的侮辱。」

「原來芙亞歐是這麼想的啊！但我不那麼認為喔！而且這兩種說法都是對的啊。這個世界上有多少人的意志力，就會存在多少的真理！」

「……妳的想法實在太一意孤行了。」

「芙亞歐！妳別再忤逆公主大人。」

此時特利瓦一臉慌張地插嘴。

「很抱歉，看來這隻狐狸直到現在都還沒有身為朔月的自覺。」

「其實那也無所謂，今天可是開開心心的飲酒大會！我們要養好用來打倒星砦的體力！來吧特利瓦，你也點些東西吧。」

「感謝您用如此寬宏大量的方式處置——可是這間店的菜色，不管是哪一樣看起來都很難吃。我不覺得有付錢點餐的價值。我看我就點水跟豆子好了。」

「什麼？你對我選的店鋪有意見嗎!?」

「實在抱歉。那我是不是應該切腹？」

「那樣會給這間店添麻煩吧!?你連這點都不懂啊!?當作是懲罰，這次點的全部都讓特利瓦來請客！」

「……屬下……遵命。」

特利瓦當下的表情顯得很不甘願，感覺比切腹更不甘願，這點令人印象深刻。

天津在這時不屑地笑了一下，嘴裡「哼」了一聲。

「既然如此，我就來點餐吧。首先就請店家把菜單上寫的所有東西全都送過來。」

「天津，你這傢伙……！」

「怎麼了？特利瓦。只是要你出這點程度的小錢，根本不痛不癢吧？你明明當過白極聯邦的共產黨黨員，卻因為太吝嗇，導致私有財產多到用不完不是嗎？」

「哈！這是窮人在仇富？我只是為了老年生活著想才會多存錢，這麼做哪裡不對了？在我個人來看，那些重要的資產如今要消失在你的胃袋裡，這才是我最不願意看到的事情。」

「被你用那種小鼻子小眼睛的方式養套殺，我看這些資產才更不情願吧。」

「真是嘴上不饒人……那我倒要請你睜開眼看清楚，看看這些品質低落的菜色吧。若是要我付錢，我寧願到更像樣的店鋪裡消費。喔不，我這不是在貶低公主大人的品味，請您別介意。」

「在我看來，我覺得這些菜比你煮出來的還要好吃喔。」

「什麼……說那種話才是侮辱！你這傢伙就只是坐著等吃飯而已，根本沒資格說那種話吧!?」

「我也曾負責做過飯，還記得那幾次大致上都有受到好評。」

「明明就只有科尼沃斯讚不絕口！啊啊那我知道了，我再也不會做燉菜給你吃。而且往後我只會在天津那盤菜下毒。」

芙亞歐在這時開口說了一句「你們吵死了……」，嘴裡「嘖」了一聲。

眼看啤酒杯送上桌，絲畢卡便拿起那個酒杯，連跟人乾杯都省了，開始咕嚕咕嚕地喝了起來。

「——噗啊！好了好了，你們別吵了啦！若是不趕快點菜，就要耗到明天囉!?到時候連兔子跟烏鴉都不會停下來等你們喔！」

「說得也是。那就把所有的菜色都——」

「噢對了，如果吃剩的話判死刑！」

「……那我點一碗烏龍麵就好。」

這下天津一臉認真地修正軌道。特利瓦則是笑得像是勝利者一樣。

我看我也來點個蛋包飯吧——才剛想到這邊，絲畢卡就突然出手，緊緊抓住我的側腹。

「也就是說——！跟黛拉可瑪莉相比，我可是年紀比妳大上很多的大姊姊喔！」

「別、別摸我啦！而且妳沒事在說些什麼啊!?」

「我在說年齡的事啦！今後妳可要確確實實對我表示敬重～！」

她的聲音比平常還大上三成。

我看她的臉都已經變得紅通通的了，疑似才喝一杯啤酒就醉了。

至於那些逆月的成員，他們看起來似乎都對絲畢卡的舉手投足有所顧慮。

恐怕是因為這傢伙不僅身為組織的盟主，還能夠在瞬間殺掉在場所有人，擁有超強的力量。

可是面對這個在當恐怖分子的少女，我心中卻懷抱著奇妙的感覺。

總覺得這傢伙真的很像小孩子。

還是說她單純只是不懂得怎樣跟別人拉近距離呢？

我在想絲畢卡這種女孩若是待在一個班級裡，應該會顯得格格不入。

姑且不論她心中真正的想法是什麼——她在用字遣詞上會有過度裝大人的感覺，而且她那種開朗的笑容明亮到讓人心裡發毛的地步，還會突然做些沒頭沒腦的事情，想要嚇唬別人，跟別人明明就不是很熟，卻會跳過好幾個階段，像現在這樣用很微妙的方式跟人進行肢體觸碰，諸如此類的。

在我這個旁人看來，會覺得有時的她挺讓人心痛。

哎呀不對，她可是腦袋有問題的恐怖分子，我在這裡分析她又有什麼意義。

既然都說她就是這種人了，那就這樣吧。

「那麼——大家都已經想好要吃什麼了吧！店員快來～我們要點餐了～！」

當下絲畢卡笑著揮揮手補上這句。

總而言之，我看我現在還是先來擔心被她抓住的側腹會不會被當場捏爛好了。

☆

這次我去上廁所，直到上完為止都沒發生什麼事。

雖然翎子很擔心，並且對我說「我跟妳一起去」，但是那樣我會很害羞，於是我就婉拒了，為了避免讓那些小混混看扁，我還讓自己的眼神變得銳利些（跟以往的自己相比），打算來去雪恥一下。

「唉～……絲畢卡那傢伙，沒事這麼亢奮做什麼……」

來到水龍頭那邊洗手的我，嘴裡發出一聲輕嘆。

從某個角度來看，這場飲酒聚會就像是地獄一樣。

若是害恐怖分子不開心，很可能就會被殺掉。
於是我跟翎子就變得活像籠子裡的倉鼠一樣。
如果是不久之前的我，早就夾著尾巴逃跑了。
為什麼直到現在都還沒演變成那樣，原因是——
難道單純只是因為「我們是擁有相同目的的同盟夥伴」？
還是因為我逐漸明白那些人是什麼樣的人？
「……不管怎麼說，我還是先回座位上吧。」
放翎子一個人是失策。
我怕絲畢卡會捉弄她，把她弄哭。
等我用手帕將手擦乾，我就小跑步地離開洗手間。
「等等。」
這時出現一道聲音害我像兔子一樣跳了起來。
難道又有小混混來糾纏我!?——我戰戰兢兢地轉頭，看向聲音的源頭。
就在女生廁所入口旁的牆壁附近，有個身穿和服的男子將雙手環抱在胸前，人就站在那邊。
「天、天津……？有什麼事嗎？」
「崗德森布萊德女士——不，黛拉可瑪莉。我有點話想跟妳說。」

他的目光比迦流羅還要銳利許多，正用那種眼神盯著我看。

現在想想會覺得這個人身上有諸多疑點。

他為什麼會跟逆月相處得那麼融洽？還有他不回迦流羅身邊的理由是什麼？

最重要的是——為什麼他會有媽媽的信？

「抱歉，我要找機會就只能趁現在。趁公主大人還沒發現，我們一起閃人吧。」

「閃人……是要閃去哪裡？」

「也沒很遠。」

——烈核解放【今昔渡月橋】。

天津拔刀了。

我瞬間嚇到，但就只有短短一下子，因為他已經用俐落的動作舉起刀身揮舞。

當刀刃在空中劃過，空間就彷彿被劈開，開始浮現出黑色的「切痕」。

我被這種狀況搞得一頭霧水，只能呆呆地站在原地，結果那個切痕用肉眼都看不清的速度迅速擴大——

出現在我眼前的景象就好像映照在水面的月亮一樣，變得朦朦朧朧的。

「——嗯??」

春日裡的夜風沙沙地吹拂著。

涼爽的蟲鳴聲橋敲動我的鼓膜。

……咦？這裡是什麼地方？

我提心吊膽地確認四周狀況。

看來我好像站在一個稍微隆起的小山丘上。眼下有一片農村風光，農村裡蓋了好幾座茅草屋。

而在夜空中飄浮的是——閃閃發亮的星星，還有細細的雲。

直到這個時候，我才發現事情不太對勁。

好奇怪。直到剛才為止一直都能看見滿月，現在那個滿月卻突然不見了。

「——看樣子我們已經順利回來這邊了。」

「喀鏘」一聲，我聽見有人把刀子收回刀鞘的聲音。

天津則是一臉淡然地站在那兒。

「這邊？那是什麼意思……？」

「就是月齡和常世正好相反的世界。也就是我們原本居住的世界。若是要劃分，會有人稱之為『現世』或是『第一世界』。」

「什麼！？！？！？」

你是說這裡是我們原本居住的世界……咦？真的嗎？

那這裡就不是常世了？原來要回來那麼簡單？這個人剛才到底做了什麼？——當我心中的困惑來到最高點，就快要慌亂到手足無措的那一刻，天津又開口說了句「妳先冷靜下來」，藉此安撫我。

「在滿月或是新月的夜晚，能夠搭起連接世界的橋梁——那就是我擁有的烈核解放。能夠將尤琳・崗德森布萊德寫的信交給妳，也是透過這種力量才能實現的。另外這裡是跟涅普拉斯相對應的地方。但來到這個世界裡，好像就變成平淡無奇的農村了。」

「怎麼會!?不是吧，我是真的很想問為什麼……!?」

「聽好了，接下來要說的話，妳一定要對公主大人保密。絕對不能洩漏。否則妳會因為不可思議的力量而死。」

「…………」

迦流羅的祖母好像也說過那種話……

算了先不管了。我要先冷靜下來。像這種時候正好可以從對方身上套出情報。

於是我先做個深呼吸，接著抬起頭，直直地望著天津。

「……我明白了。我不會對任何人說的，那你可以對我說明整件事情的原委了嗎？」

「我原本就有這個打算。」

天津轉眼看向眼下那片村莊。

現在大概是吃晚餐的時間吧，家家戶戶都傳來人們在談笑的聲音。

「至於我想告訴妳的事情——簡單來說，其實就是『別失去對絲畢卡・雷・傑米尼的戒心』。」

「我並沒有打算對她卸下心防……」

「這就難講了。即便是面對敵人，妳也會同情他們，是個天真到不行的女孩。」。

我沒辦法反駁。就算是會互相殺來殺去的人，只要能夠好好溝通，他們還是能夠彼此諒解——我在以往的人生中，一直都懷抱著這種想法。

「我原本還在煩惱該從哪裡開始說……就從這裡開始好了。我以前是天照樂土的五劍帝，卻因為上一任大神下令，才會潛入逆月。」

「意思就是你在當間諜？果然天津你壓根兒就不是逆月的人。」

「噢對了，這件事妳千萬別跟公主大人提起。」

那當然，我聽完這話點點頭。

「多謝……上一任大神曾經說過，『若是對弒神之惡置之不理，這個世界會滅亡。』。這可不是她自行想像的。而是實際上真的能夠看見未來的人所說的話，所以我想應該沒錯。」

「難道上一任大神很擅長占卜？」

「………原來如此。迦流羅都沒有跟妳說是嗎？……這下麻煩了……」

天津當下露出厭煩的表情，似乎是真的打從心底覺得麻煩。

「你所說的上一任大神，就是臉上有貼符咒的那個人對吧？」

「對，而這位前代大神其實就是從兩年後的未來返回的天津迦流羅。」

「啊？」

「妳可以試著回想一下，那兩個人的聲音和動作很像對吧？而那個人——就是為了改變命運，逆轉了十二年的光陰，藉此回到過去的天津迦流羅，這點我可以保證。」

「………咦？」

咦————!?

我的驚叫聲響徹這個新月之夜。

有一些村民被嚇到，紛紛從家裡跑出來。

他們全都是獸人。這裡搞不好是在拉貝利克王國境內。

但我就只能睜大眼睛，沒辦法再說第二句話。

天津此時看似拿我沒轍地發出一聲嘆息，接著就跟我說明天舞祭的真相，還有上一任大神的真實身分，甚至是她最後有什麼樣的下場，也都跟我解釋了。

「──事情就是這樣，上一任大神完成自己的任務後，人就消失了。」

「嗚、嗚嗚嗚嗚嗚、嗚嗚嗚嗚嗚嗚嗚……!!」

我已經在不知不覺間號啕大哭起來。

因為剛才說的那些，聽起來實在是太悲傷了。

我真沒想到上一任大神還懷抱這樣的祕密……不對，仔細想想會發現其實早就埋了很多伏筆吧，但那個時候的我因為天舞祭的事情，已經用盡了心力，根本沒有心思去想那些。

為了避免這個世界被恐怖分子破壞，天津迦流羅才會犧牲屬於自己的時間，將未來託付給過去的自己。

換作是我，肯定沒辦法做出這樣的選擇吧。

迦流羅真的是很偉大的大神。

「早在十多年前，那位大神迦流羅就出現在我眼前。當然一開始對方說她是『來自未來的天津迦流羅』，我一時之間也很難相信。因為那個時候的迦流羅還很膽小，不過是個氣焰囂張的小屁孩。任誰都無法想像這種人會成長到那個地步吧。」

「『這種人』是哪種人，我是不曉得啦……」

「不要緊，以前的迦流羅不是重點。總而言之我一開始還無法相信就對了，但最後對方拿出證據讓我看，我才不得不信。而且那位大神迦流羅還跟我說出未來景象，說恐怖分子將會毀掉這個世界。」

我看那才是一時之間讓人難以置信的事吧。

聽說都是因為玲霓花梨成為大神的關係，天照樂土才會被逆月奪走，還一天到晚對其他國家宣戰——

「我是在十六歲那年接獲命令，前去調查逆月，在我十八歲的時候，我辭任不再當五劍帝，接著離開天照樂土，成功混入逆月。至於跟我同個時期加入的，還有之前被妳解決的奧迪隆・莫德里。」

在逆月裡頭，有好幾個人都是冷血無情的恐怖分子。

就連我的朋友都是受害者，那段經歷甚至左右她的人生。

「為了讓絲畢卡・雷・傑米尼認可，我做了很多努力。甚至做過妳聽了會很嫌棄的壞事。但我也是逼不得已的——我並不打算說這種話來讓那一切正當化。但至少我敢說為了完成大神迦流羅所下的命令，這些都是必要措施。」

「那麼……後來你就如願接近絲畢卡了？」

「對，只不過……」

天津話說到這邊，稍微頓了一下。

「那個小姑娘根本沒想過破壞世界的事情。那傢伙的思考重心全都放在『房間裡』。就跟從前的妳很像。」

「這是什麼意思啊？表示她也當過家裡蹲嗎——啊！」

「妳沒必要隱瞞，我早就知道妳當過家裡蹲。」

「…………」

總覺得這樣好難為情喔。

天津在這時說了一句「那些先別管了」，將話題拉回來。

「我不認為絲畢卡會毀滅世界，那傢伙就只是想要前往常世而已。」

「畢竟她說過想要讓常世變成和平的樂園……咦？可是天津不是能夠前往常世嗎？那你怎麼不帶絲畢卡過去那邊？」

「我能夠帶的東西，在尺寸上是有一定限度的。再說——我認為也沒那個必要花功夫去替敵人實現心願。我就只有跟那傢伙透露某樣情報，情報內容是『叫做夕星的恐怖分子正在常世那邊作亂』。」

接著天津看似困擾地皺起眉頭。

「……說老實話，比起公主大人，我覺得夕星更加危險。」

「你說的夕星……應該是星砦的首領吧。」

「沒錯，都是那傢伙害的，常世這邊才會深陷戰亂之中。若是沒有妳的母親出面阻擋，現在那些爭鬥甚至有可能侵蝕這個世界。」

「對、對喔！那天津你是不是跟媽媽認識……!?」

「以前我還在當五劍帝的時候，曾經跟她廝殺過，那個時候就認識了。大約六年前，那個人受到天災干擾，被傳送到常世去。後來她得知一個叫做夕星的人挑起戰亂，之後就忙著應付這方面的事情。若是對他們置之不理，他們甚至有可能進攻到這個世界。就好比是那個蘿莎・尼爾桑彼，眼下她就把夭仙鄉弄得一團亂。」

「不、不對，先等等。那媽媽她……」

「她沒事，還沒有死。」

「我不是要問這個。不對，那也是想問的問題之一，但是媽媽……為什麼都不回來這邊……？」

「因為她一直在作戰。為人們微小的幸福而戰……才會選擇犧牲自己。」

真不愧是尤琳・崗德森布萊德。

跟我這種家裡蹲吸血鬼就是不一樣。

不過──

「可是……她有時候也能夠回來這邊露個臉吧。」

「想必妳也知道，要在這個世界和常世之間往來，是很困難的吧？再說要透過我的烈核解放來搬運，那個搬運的東西體積要很小。身高太高，我是沒辦法搬運的。」

「那你為什麼能夠搬運我？」

「因為妳身高太矮。所以才能夠勉強被判定成『行李』。」

「不好意思喔，我的大小跟行李一樣！」

「這樣反倒值得慶幸吧？如此一來，妳還能夠直接回到原來的世界喔？」

這句話害我稍微詞窮了一下。

這麼一說才發現——之前一直讓我那麼心心念念的故鄉景色就呈現在眼前。

可是手邊還有一些事情等著我去完成。

「……我還不能回來，因為我必須前往星洞。」

「我想也是，那我繼續說吧。」

天津倒是很乾脆，說完這話就將手交疊放在胸前。

「我除了在逆月這邊當間諜，也有在協助傭兵集團『滿月』。按照我在這兩個組織活動的經驗來看，夕星明顯更危險……事實上根據大神所說，特萊梅洛・帕爾克史戴拉未來將有可能在第一世界這邊大肆作亂。」

「原來是這樣？那她果然會用絲線把人……」

「那傢伙身上還有一種隱藏能力。」

「那是什麼？還有什麼啊？」

「發動條件還不清楚，但那種特殊能力似乎可以讓她操控黑暗的瘴氣。大神迦流羅曾經說過一件事，未來會因為那傢伙的緣故，導致納莉亞・克寧格姆喪命。」

這下我連一句話都說不出來了。

無視僵在原地的我，天津繼續把話說下去。

「那就代表星砦真的很危險……只不過我曾經跟大神迦流羅進言，告知『夕星是比絲畢卡更該注意的對象』，她卻沒有採納。因為那個人強硬主張『我看見的是絲畢卡・雷・傑米尼毀滅世界的景象』。據說在未來，就連那個特萊梅洛也會去追隨絲畢卡。」

「唔唔唔……？這到底是什麼意思……？意思是說特萊梅洛會成為逆月的一員……？」

「這世上的事情原本就很難劃分清楚。誰是敵方，誰是友方，目前還看不出來。」

抬頭仰望新月高掛的天空，天津說著嘆了一口氣。

「只不過——眼下這種情況形同是在迷霧中探索，我能夠相信的就只有那個人。既然那個人都這麼說了，我想這應該是真的。所以我才會來給妳忠告，要妳『別對絲畢卡放鬆警惕』。」

「……是喔，原來是這麼一回事。」

「而且據說不久之後，妳還會因為跟絲畢卡作戰而丟掉性命。」

「你不要用雲淡風輕的語氣說那麼恐怖的話好嗎……？」

這句話肯定是假的——我無法如此主張。

因為那傢伙將我虐殺的影像，在我的腦子裡重播到不能再重播。

此時天津斜眼看著我。

他身上的和服在春季夜風中搖盪，張嘴靜靜地說了一句話。

「別相信逆月那幫人。絲畢卡自然不在話下，就連特利瓦和科尼沃斯，他們身上也都帶著邪惡的意志力。若是妳跟他們太過親近，可能會吃上苦頭。」

「……那天津跟芙亞歐呢？」

「我也不是值得信賴的人。是一天到晚在欺騙他人的壞蛋。至於芙亞歐——以目前來看，那傢伙是最危險的吧。」

「可是她曾經救過我耶？」

「自從來到涅普拉斯，她的樣子就怪怪的。總覺得那個人好像在為一些事情鑽牛角尖。」

我聽了依然毫無頭緒。

比起我，天津跟她認識的時間更久，既然他都那麼說了，應該就是那樣了吧。

這時天津轉過身並補上一句「我要說的就是這些了」。

「——總之妳要多加小心，黛拉可瑪莉·崗德森布萊德。若是妳死了，迦流羅會很悲傷。」

☆

天津後來再度發動烈核解放，周遭景色也變回常世的酒吧。

那個絲畢卡整張臉紅通通的，巴上來糾纏我，嘴裡還說「妳跑去哪了啦～！」。酒味好重。這個人完完全全喝醉了。

仔細看會發現她手上還握著遛狗繩，那個繩子跟翎子脖子上的項圈連在一起。翎子眼裡含著淚水，對著我說「快救救我」。

我看這下免不了一戰了。

當我高聲喊了一句「不准欺負翎子！」時，絲畢卡回我說「這孩子已經歸我飼養了！」。暴怒的我決定跟對方講道理，跟人解釋自己的身分好歹是翎子名義上的結婚對象。絲畢卡聽了爆出大笑，翎子則是面紅耳赤，紅到慘不忍睹的地步，因此感到害臊的我坐回位子上，開始喝起剛才喝到一半的烏龍茶。可是絲畢卡好像在裡頭加了大量的辣椒粉，害我像個噴水池一樣，把那些茶通通噴出來，迎面被這些烏龍茶噴中的特利瓦，臉上開始陣陣抽搐，身上散發憤怒的波動，看見這種景象，絲畢卡又笑得更大聲了——

這場飲酒大會就在那樣的情境下落幕了。

等我回到旅館房間，疲憊感一股腦地湧上來。

那個叫做絲畢卡的傢伙是怎麼搞的？

跟我家的妹妹有得比，根本就是一個瘋婆娘吸血鬼啊？

天津居然能夠在那傢伙身邊當那麼多年的間諜，真是值得尊敬。

「唉……還是去洗澡吧。」

在我發出一聲嘆息後，我決定前往旅館房間附設的浴室。

「既然都要住了，我們就花人民的納稅錢住昂貴的旅館吧！」——由於絲畢卡開了這個金口，我們才沒有繼續住之前住過的那種便宜旅社，而是換成有附設澡堂的高級旅館。

總而言之，我還是先來泡泡澡，洗刷這一身疲憊吧。

天津剛才帶來那麼多具有衝擊性的情報，害我的腦袋快要無法負荷了。

喀嚓。

我把浴室的門打開，發現全裸的芙亞歐就站在裡頭。

「…………」

「……………」

她的金髮都溼透了，臉頰上也有紅暈，尾巴吸收了水分，變得比較小條。

身上還在冒著暖呼呼的蒸氣，那個人就這樣一直看著我。

就連我也不由得盯著她的身體看。

她身上傷痕累累。

不管是胸口還是側腹都有，如果只是跌倒，絕對不可能弄出這些傷，但這樣的傷口卻有好多好多。

我心中頓時一驚。難道是跟匪獸作戰才會——

「……妳在看什麼？」

「哇啊!?對、對不起！」

我趕緊將目光轉開。

芙亞歐啪噠啪噠地踩出腳步聲，朝床鋪那邊走去。接著在包包裡翻來翻去，拿出睡衣和內衣褲，一副完全沒有把我看在眼裡的樣子，而是開始穿上她的衣服。

「為、為什麼芙亞歐會在這裡？」

「……妳是沒聽說嗎？這裡是雙人房。」

既然是雙人房，為什麼會是這樣的組合呢？

我大致上能夠猜想得到。肯定是絲畢卡那傢伙覺得這樣比較有趣，才會擅自替我們決定。

「……奇怪？我們應該是從酒吧那邊一起回來的吧……？」

「我看妳是眼睛有問題吧。我早就已經獨自一人先行離開了……酒吧裡的那種氛圍，很磨耗人心。」

當我還在為這句話感到困惑時，芙亞歐已經把睡衣都穿好了。

那是獸人專用的款式，在腰部那邊有開一個尾巴專用的洞。

……我不知道該拿什麼樣的態度來對待她。

只不過，有件事情我想要先確認一下。

「芙亞歐，妳是不是受傷了？」

「……？我沒有受傷。」

「可是妳身上有傷——」

這時我聽見對方明顯動了動舌頭，發出一聲「嘖」。

「……那無所謂。」

「怎麼可能無所謂!?妳要趕快去醫院！」

「這些都是舊傷，不是匪獸弄出來的。」

這下我被搞糊塗了。

雖然她說那些是舊傷……但只要有魔核在，應該是能夠治好啊。

話雖如此，芙亞歐卻彷彿看透了我的心思，開口嘲諷地「哼」了一聲。

「所謂的肉體損傷——也就是變化，若是經過一定的時間，就會被看成是『人體的一部分』，魔核的回復效果就沒辦法起作用。每次我受傷，都是在魔核的效果範圍外讓那些傷口自行痊癒。因此會留下傷痕是很正常的。」

「為、為什麼要做那種事情？」

「因為疼痛會讓人成長。」

我看這傢伙可能是個傻瓜。

疼痛這種東西，無論是誰應該都很討厭才對。因為那種東西就像毒藥，會逐漸麻痺心靈。

只是——既然那些傷都不是今日作戰導致的，我繼續嘮叨說些有的沒的也是於事無補吧。

「妳快走吧，我要睡了。」

「……那尾巴——不用弄乾嗎？」

對方用殺人魔才會有的目光瞪視我。

我害怕到很想跑去躲起來當家裡蹲，但這毫無疑問是個機會。

這個人已經救過我兩次，我卻還沒跟她道謝。

於是我鼓起勇氣，讓我的嘴脣動起來。

「今天謝謝妳救我。多虧有妳，我才沒有死掉。」

此時芙亞歐「砰呼」一聲地將臉埋到枕頭裡。

她好像是喜歡趴著睡的那種人。

而且尾巴還搖來搖去的，一副嫌麻煩的樣子，接著她「啊啊……」地嘆了一口氣。

「……妳是我要殺的對象。若是被那種怪物給殺掉，那可就麻煩了。」

「難道——妳還在為天照樂土的事情記仇？」

「因為妳的緣故，我才會蒙受那種恥辱。我恨妳入骨——可是……我現在不會殺妳。因為妳還沒有做好赴死的覺悟。」

這話讓我不由得歪過頭。

「……那種話，妳之前也講過，究竟是什麼意思呢？妳好像不會……不分青紅皂白地亂殺人？」

「如果我那麼做，那就跟禽獸沒兩樣了。我不是禽獸。」

天津曾經說過芙亞歐「好像在為什麼事情鑽牛角尖」。

聽人這麼一講，我才覺得她好像真的哪裡怪怪的。

不知不覺間，之前那種輕浮的第二人格再也沒有出現。

雖然是這樣，在我們去餐廳之前出現過的第三（？）人格也沒有出現——但這些晚點再說好了。

我覺得趁這次機會加深對她這個人的理解，似乎也不是壞事。

於是我去翻包包，拿出放在包包裡的稻荷壽司。

芙亞歐看起來一副很想吃的樣子，所以我就在剛才喝酒聚會前先買起來了。

「芙亞歐，為什麼妳會有那種想法，可以告訴我嗎？」

「煩死了，小孩子趕快去睡覺。」

「這個是第一攤、第二攤。我這裡還有稻荷壽司喔。」

「！」

芙亞歐的尾巴跟狐狸耳朵都豎起來了。看來她好像很感興趣。

接著芙亞歐隨便找個藉口，跟我說「若是放到壞掉很可惜」，然後就從床鋪上窸窸窣窣地起身。

「——芙亞歐妳是雙重人格嗎？另一個人怎麼樣了？」

「她在裡頭睡覺。自從來到涅普拉斯，『裡面那位』的活動就靜止了。以往她應該早就跑出來搗亂——」

芙亞歐一邊吃著稻荷壽司，一邊說著這些。

她表情上並沒有什麼特別變化。還是老樣子，是恐怖分子會有的凶惡神情。

但是看她尾巴規律地搖來搖去，是不是代表心情有稍微好轉一些？

「——現在沒有反應，因此『表面上的我』才能時常掌握主導權。但這樣很累。」

「不，其實一般人就應該像這樣，這樣才正常……但妳是從什麼時候開始變成這樣的？總不可能一生下來就有外在人格跟隱性人格吧？」

「是從幾年前開始的。印象中以前好像具備更多的人格，但是不知不覺間，通通凝聚成『隱性人格』了。」

那是什麼意思啊。我不是心理學專家，這其中構造是怎麼運作的，我完全沒概念。

總而言之目前的芙亞歐是「外在人格」。

對我而言，現在這種人格還比較好溝通。

「這樣啊。可是在自己體內還有另外一個自己，真是難以想像……感覺會很辛苦。」

「那也不一定。基本行動方針並沒有變——『裡面那位』也是根據『人們應該要能夠死得其所』的思想來行動的。」

「所以妳才不願意殺掉還沒做好死亡覺悟的人？」

「對，先前被我殺死的那些人，都是一些懷著必死決心來找我的人。沒有一個例外。」

芙亞歐說到這輕輕地嘆了一口氣。

「……已經夠了吧。說穿了其實就只是這樣罷了。並不是多有趣的事情。」

「那芙亞歐妳為什麼會跑來加入逆月？目的是什麼？」

「……我的目的是變強。至於會加入逆月的理由……都是因為公主大人撿到我。」

「被絲畢卡撿到？那芙亞歐妳是在哪邊出生的？拉貝利克王國嗎？」

「…………」

我好像問得太多了。

她是在生氣，還是不知道該如何回答？眼下她的表情變得如此僵硬，害我看不出任何端倪。

中間停頓了一下子，芙亞歐才又繼續說下去。

「雖然我出生在拉貝利克王國的農村，但是那個村莊已經沒了。被滅掉了。於是我變成無處可去的孤兒。」

「咦……」

「不只如此，運氣不好的我遇到暴風雨，等到我清醒過來，才發現自己趴在一個陌生的地方。當時撿到我的人就是公主大人。雖然我不是很喜歡那個女孩，但是她對我有恩，所以我才會追隨她。」

芙亞歐開始將手伸向第三個稻荷壽司。

她剛才在那場喝酒大會上好像沒有吃什麼東西，現在肚子應該很餓。

我聽了也不知道該如何回應才好，於是就陷入沉默。

她聊起村莊毀滅的話題，聽起來實在是太沉重了。

可能是這份寂靜讓人感到尷尬的關係，此時芙亞歐用僵硬的語氣朝我「喂」了一聲。

「……妳活著的目的是什麼？或者是說——妳的生存目標是什麼？」

「這個嘛……」

我稍微煩惱了一下，接著才說出答案。

「……應該是想要休假吧？另外就是——希望世界能夠和平之類的。」

「有這種想法的人還滿多的。」

「妳不否認嗎？」

「去否認也沒有意義。反正妳的意志也不會動搖吧。人跟人之間，永遠不可能互相理解——特利瓦曾經這麼說過。我覺得他說的很對。」

「妳就別拐彎抹角否認了……」

「我這不是在否認，妳的理想可以說是全人類的願望吧。」

那句話讓我用驚訝的表情望著芙亞歐的臉。

「只要這個世界能夠變得和平，那人們就不會再因為戰爭感到悲傷。無論是公主大人還是我，甚至是其他逆月的成員，大家都是如此希望的……雖然我們懷抱這樣的心願，要實現卻沒有那麼容易，因此我們才會苦心掙扎，最終被人當成恐怖分子看待。也因為這樣……看到像妳這種能夠用純粹之心高唱世界和平的人，會覺得很耀眼。」

芙亞歐說的那些話，都是發自真心，沒有半點虛假。

也許——也許……

只要有某種契機，我就能夠跟這個狐狸少女真正的交心也說不定。

雖然她已經是無可救藥的恐怖分子了，還是曾經踐踏迦流羅夢想的殺人魔，但我依然可以跟她和解對吧。

「——說、說得也是！」

我將稻荷壽司的包裝盒拿過來，放到芙亞歐嘴邊。

「無論是誰，一定都很希望世界能夠變得和平起來！就連常世這邊也是一樣的，只要能夠變得和平起來，大家就能夠自由自在吃稻荷壽司了。」

「不，稻荷壽司其實沒那麼要緊……」

「來吧快吃吧！這裡還有很多！」

「不用了。妳自己吃——唔。」

我拿起壽司塞到芙亞歐的嘴巴裡。

她一開始還在抗拒，但很快就安分下來，開始紅著臉咀嚼起來。

面對一個殺人魔，我做這種事情實在太大膽了。

但我也因此明白她不是會亂殺人的那種人。人們都應該死得其所——會有這樣的想法，肯定是出自她的真心，一定是那樣。

芙亞歐將那些稻荷壽司「咕嚕」一聲咬一咬吞下去，接著又惡狠狠地瞪我。

「……若是妳一直在那胡言亂語，小心我把妳殺了。」

「可、可是那個很好吃對吧……？」

「…………」

她沒有肯定我的說法，但是也沒有否認。

搞不好我們能夠變成好朋友——我心中開始湧現淡淡的希望。

芙亞歐身上沒有敵意。當然也沒有殺意。

甚至不像恐怖分子，身上飄散出安穩的氣息。

正因為如此，我才敢更進一步。

「……若是希望世界和平，那是能夠達成的。我覺得應該沒那麼難。」

「這都是在痴人說夢。就連這邊這個世界也都充斥著醜陋的戰爭不是嗎？」

「常世的戰爭很快就會結束。因為……我媽媽也在這邊努力著。」

「——」

此時芙亞歐的表情瞬間凍住。

可是我卻沒有發現到。

由於對方願意把自己的事情說給我聽，那我也該拿出誠意，跟她多說一些事——在那過度氾濫的善意驅使下，我開始滔滔不絕地說了起來。

「那個人真的很厲害。為了讓世界變得和平，現在也在某個角落作戰。其實我一直以為她死掉了，直到最近才知道她人是平安的。」

「是嗎？」

「那個人留了訊息給我，跟我說『要幫助有困難的人』。所以我才會想努力看看，試著為世界帶來和平。想著若是未來有一天能夠變得跟媽媽一樣就好了……只不過像我這樣的人，永遠都不可能追得上她。」

「……是嗎？」

「我覺得好像很快就能跟她見面。可是一旦真的重逢了，我也有可能會說不出話來。因為我不知道該對她說些什麼才好……對了，芙亞歐要不要也去見見媽媽？皇帝曾經說過，媽媽她好像很喜歡戰鬥，搞不好妳們會很合得來喔？」

那時我聽見某種東西被劃開的聲音。

那是某樣東西切到我臉頰的聲響。

我先是感到一陣刺痛，緊接著就有天旋地轉的感覺。

再下來又聽見一聲「砰呼」，我感覺自己好像撞在毯子上。

其實我根本不曉得發生什麼事了，就這樣被人推倒在床鋪上。

然後我耳朵那邊「唰!!」了一下——有一把刀子刺過來。

「咦……」

就在不遠處，芙亞歐的臉龐出現在那邊，眼睛裡面有一股殺意在滾動。

接著她發出低吟聲，讓人聽了不寒而慄。

「父母親犯下的罪孽，不應該由子女來承擔。可是聽了那些，實在太令人不悅。」

「妳、妳怎麼突然這樣……芙亞歐。」

「尤琳・崗德森布萊德就是毀滅我故鄉的人。」

我的心臟差點為此停擺。

並沒有間隔太久，某些記憶已經自動自發地在腦海中回放。

那是有櫻花花瓣在飛舞的東都——在如夢似幻的世界中央，有個滿身是傷的狐狸耳少女大聲叫喊著，喊到聲嘶力竭的地步。

——我才不管別人有什麼夢想！我只是想追求屬於我的夢想而已！

——我要變得比任何人都強，一雪前恥！

——那個尤琳・崗德森布萊德把我的故鄉毀掉了，我要找她報一箭之仇！

滋噹。

這時有某種東西切換的感覺出現。

「——抱歉，芙亞歐這次鬧得有點太過頭了。」

我當下只覺得一陣錯愕。

因為這句話是出自芙亞歐口中。

那個具備芙亞歐姿態的人正一臉擔憂的樣子，眉頭都皺了起來，還將手伸向我這邊。

「妳有沒有受傷？哎呀，臉頰那邊被劃傷了。不好意思。」

「什、什、什麼——」

「芙亞歐也是有很多苦衷的。」

這不是之前那個很亢奮的「隱性人格」。

也不可能是對人冷言冷語的「外在人格」。

我甚至覺得這像是別人借用她的身體在說話似的。

難道說，這是沉眠在她體內的第三個人格，或是第四個——

滋噹。

某種東西切換的感覺又出現了。

「——失禮啦！妳被劃傷到流血了呢！」

這次這個是「隱性人格」。

芙亞歐變得笑容可掬，將插在床鋪上的刀噗滋一聲拔出來。

我拚了命才讓自己不要全身發抖。因為她身上散發出來的濃密殺氣一直纏繞在我身上，揮之不去。

看來我好像踩到大地雷了。

我忽然覺得自己變得很不了解這個少女。

「『表面上的她』會有精神脆弱的一面，這點令人困擾。若是身為『隱性人格』的我沒有出面支持她，她甚至有可能連站都站不好。」

「……那妳、那妳——」

「別害怕。我不會殺妳的——只不過是涅普拉斯的瘴氣對我的精神面造成不好的影響罷了。」

「那剛才那個人格是怎麼一回事……？」

「原先『隱性人格』是分成好幾個人。經過一段時間早已被整合——卻不知道為什麼，最近會三不五時復活。恐怕這一切都是瘴氣在作怪。身為『隱性人格』的我遲遲沒辦法浮現出來，以及人格混雜且用奇怪的方式呈現，都是因為在礦山都市那邊湧動的悲傷意志力所導致，最終才會有那樣的結果——」

滋嚐。

又有某種東西切換了。

「——真煩人，頭好痛。我要先去睡了。」

「芙、芙亞歐！」

「妳也快點睡吧。」

在那之後，不管我對芙亞歐說什麼，她都沒反應。

人格的事情姑且不談——

到頭來，也許我們還是註定無法相容。

我不覺得是媽媽毀了芙亞歐的故鄉。

但目前至少能確定芙亞歐對尤琳・崗德森布萊德是抱有恨意的。

我為此感到心煩意亂，同時將手放到臉頰上。

而且我一直睜著眼睛，都沒有睡意。

也不知道這個狐狸少女究竟是背負了多大的痛苦。

☆

「——太好啦～～～～～～～～～～～～～～!!我逃獄了————————!!」

現在是半夜。知事府後方有個庭院，一名少女出現在那，朝著月亮狂吠。

她全身衣服都破破爛爛的。身體各處被泥巴弄得髒兮兮，而且身上各個地方還出現細小的擦傷。她右手握著前端已經挖爛的湯匙，她的腳邊則是有一個勉強能夠讓人通過的洞穴。

這個人就是被逆月幽禁起來的少女——納法狄．斯特羅貝里。

她花了一個晚上挖掘地牢的牆壁，然後拚死拚活爬到地面上。

「呵呵……呵呵呵呵……給我等著。我會把你們殺了。」

她身上燃起熊熊的復仇之火。

那些人將納法狄擁有的一切全都奪走。而這次那幫人甚至還計畫要從星砦手中奪取一切。她一定要親手把這些人做成木乃伊。

可是為了實現這點，她需要擁有棺材。

兩手空空的話，納法狄根本不是絲畢卡和黛拉可瑪莉的對手。

總而言之目前就只能先在建築物內部探索了。

希望還沒有被處分掉——納法狄將湯匙扔掉，像個忍者一樣，偷偷摸摸地走動，想要繞到後門那邊去。

然而——

「是誰在那邊!!」

「呃！」

她一下子就被衛兵發現了。

那是穿著制服的雙人組。那我要不要重新回到監牢裡!?——那一瞬間，納法狄陷入焦躁狀態，但是冷靜下來想想，她發現自己根本沒必要感到焦急。因為她可是斯特柏利伯爵，換句話說，對這些人而言，是他們應該要乖乖服從的上司。剛好可以趁這次機會證明目前那個知事才是假的。

「辛苦了——這邊沒什麼異常狀況。」

「斯、斯特柏利知事!?您怎麼會在這種地方……而且還是那種打扮——」

「我只是稍微跌了一跤。啊——沒事沒事，我完全沒有受傷。話說你們兩個，有沒有看到我的棺材？」

那兩個衛兵互相看了看彼此。

不過他們很快就換上懷疑的目光，用這種視線盯著納法狄看。

「是您自己說『這已經不需要了』，後來拿去燒了不是嗎？」

這下糟了。

竟敢隨隨便便把別人的私人物品燒掉！——如此這般，納法狄氣得想抱頭，這時卻突然發現那兩個衛兵正用奇妙的目光盯著她看。

「……不好意思，知事，請問『披薩的配料』是什麼？」

「嗯？你們說什麼？」

「這個是暗號。知事您已經對我們下令了吧？說有可能會出現長得跟您一模一樣的冒牌貨，才要先想好暗號。」

什麼……

那幫人的腦袋未免也轉太快了吧……

「……我、我想想喔～是什麼呢？剛才我跌倒了，記憶變得很混亂～不好意思，那個暗號能不能就這樣算了？」

「不行，來吧，『披薩的配料』是什麼？」

「…………………………………………………………洋蔥？」

那些衛兵身上的氣息忽然間變了。

看她的眼神像是在看可疑人物。

再來知事府內響起了足以讓人驚醒的喊叫聲。

「——這個是冒牌貨!!把她抓起來!!」

「我才是本尊啦————!?」

納法狄說完一溜煙逃跑。

那些衛兵蜂擁而至聚集起來。而且還口出惡言，嘴裡嚷嚷道「殺了她！」，以公務員身分來說，這算是很不恰當的用詞，那些人開始追趕納法狄。這下納法狄連眼淚都流出來了。照理說那些人以前都是她的部下，現在卻——

可惡。可惡。可惡。

給我記住————!!

幾分鐘過後。

納法狄好不容易才甩開那些追殺她的人。

她累癱在骯髒的小巷子裡。由於她跌倒好幾次，身上變得傷痕累累。幾天前她還是知事，過著豪華絢爛的生活，如今卻好像逃跑的犯人一樣，陷入悽慘的境地——為什麼她會淪落到這種地步？

「可惡……居然敢玩弄我！」

這下梁子結大了。她被逆月玩弄於鼓掌之間。

怎麼能夠容許這種事情發生——

然而納法狄又親眼目睹更加絕望的畫面。

她看見巷子裡的告示欄。

那裡張貼知事府頒布的公告。

「這……這是什麼!?」

納法狄將那張紙狠狠地撕下來。接著看起公告上的文字，看得有夠專注。那上頭寫著縣知事斯特柏利伯爵有個企劃案，即將要舉辦叫做「大探險」的活動。

他們又擅自做些有的沒的——然而納法狄連吐槽這件事的餘力都沒了。

紙上面是這麼寫的——

◆〈「大探險」公告事項　大家一起殺掉罪犯吧！〉

盤踞在星洞的匪獸導致一些人受害，而且有與日俱增的趨勢。前些日子星洞前方的廣場中有中型個體出沒，發生年幼孩童被抓走的事件。日後依舊在涅普拉斯都市中頻繁地現身，前來襲擊人類。

根據知事府的調查得知，在操控匪獸的正是名為「星砦」的恐怖組織。他們潛伏在星洞深處，企圖破壞涅普拉斯的公共秩序。不能夠對他們放任不管。

因此知事府這邊才會發布公告，對涅普拉斯的傭兵下達「討伐令」。無論是否具備採礦權，人們都要盡可能組成人數最多的傭兵大隊，去星洞裡探索，找出星砦的根據地，將他們和那些匪獸一併剿滅，以上就是作戰計畫的內容。目標有兩人——分別是「夕星」和「特萊梅洛·帕爾克史戴拉」。他們就是破壞涅普拉斯的萬惡根源。

當然還會有豐碩的參加獎，以及討伐報酬。為了涅普拉斯的未來，還請各位務必要貢獻自己的力量。

「……………………事情好像不妙了？」

確實不妙。

納法狄的手止不住地發抖。背後冷汗直流。

她太小看絲畢卡・雷・傑米尼了。

她確實是擁有邪惡意志力的可惡吸血鬼，但納法狄連想都沒想過對方會那麼不留餘地推行這樣的作戰計畫。納法狄拚死拚活取得的地位、財產和權力，全都被她搶奪得一乾二淨，更沒想到那個人還想利用這些資源，滅了納法狄——

「——怎麼辦啊啊啊啊啊啊啊啊啊啊啊啊啊啊啊!?」

她開始抓著頭亂叫。

特萊梅洛目前還待在星洞的地底。

除了採集魔核，大概還在做些用來殺掉黛拉可瑪莉和絲畢卡的準備，但是納法狄不認為特萊梅洛擁有足夠的餘力，能夠對抗整個涅普拉斯的傭兵。

這下到底該怎麼辦才好。

夕星，快告訴我答案吧——

噗咚。

此時在她的背後好像有某種東西掉落。

嚇了一跳的納法狄轉頭張望。接著就看見——一個熟悉的兔子玩偶就坐在那裡，納法狄驚訝到下巴都快掉下來了。

「你是……夕星!?夕星!!」

大吃一驚的她將那個兔子抱了起來。

肯定是夕星沒錯。她能夠操控意志力，讓這個玩偶做些小動作。

納法狄開始號啕大哭起來，嘴裡說著「太好了太好了♪」，臉還在兔子的肚子上磨蹭。

「夕星夕星夕星——！快聽我說！那個絲畢卡做出不得了的事了！這樣下去特萊梅洛會死的！我該怎麼做!?」

那隻兔子玩偶傳遞出一股意志力。

這股源自於星星的力量，能夠讓納法狄的心沉靜下來。

最後納法狄獲得解決一切問題的答案。

「——咦？要用魔法石？尼爾桑彼的那個？但若是真的那麼做了，星洞可能會——」

那個玩偶稍微震了一下。

夕星要納法狄放心，並在她旁邊耳語，告訴她說『不會有事的』。

於是納法狄不再感到不安。

既然夕星都這麼說了，那就不會有任何問題。

「——我懂了，如果是特萊梅洛，她會沒事吧。我明白了。」

黎明的光芒逐漸照亮涅普拉斯。

手裡抱著那隻玩偶，納法狄陰險地笑了。

此時不經意地，她感覺到有某個人靠近。

※

「黑蠍」的隊長——尤吉娜‧史考賓煩躁地走在巷子裡。

她滿臉通紅，被自家小弟（鬍子男和半裸男）支撐著，走起路來搖搖晃晃，就這麼在晨光普照的涅普拉斯大街上前進。

「……大姊頭，妳實在喝太多了。」

「不喝那麼多，誰還幹的下去啊！我們去下一間！」

「不，都已經早上了。今天還是先休息……」

「少囉嗦！」

尤吉娜用力拍打囉哩八唆的小弟，要他閉嘴。

她已經連喝好幾間酒吧了。

說白了就是在喝悶酒。

一直以來，尤吉娜都是過著一帆風順的小混混生活。

她會盯上弱者和鄉下來的土包子，把那些人拉到巷子裡，恐嚇勒索一番。由於她的嗅覺比平常人還要好上一倍，因此能見好就收，在衛兵還沒來之前，如狡兔般逃逸無蹤——這樣的日子，她已經過了兩三年。

還差那麼一點點，她就能夠成為小混混界的王者。

但是那群小丫頭讓這一切全都泡湯了。

那兩個人的名字好像叫做……黛拉可瑪莉和芙亞歐。

原本應該只是把懸賞對象殺掉的簡單工作，卻不知為何被人反將一軍，最後還導致「黑蠍」的名聲掃地。

「絕對不能放過她們……！下次再被我遇到，一定要把她們殺了！」

「有這股魄力就對了！我替妳拍拍手。」

那時尤吉娜聽見有人在「啪啪啪」拍手的聲音。

就在垃圾箱旁邊，站了一個打扮浮誇的少女。

她有褐色的肌膚，搭配金色的髮飾，手裡還抱著兔子玩偶，就像是在嘲諷一切，目光顯得尖酸刻薄。

可是她外表明顯不對勁。

她全身都是泥濘，而且遍體鱗傷。衣服還有好幾個地方破掉了，更誇張的是，腳上什麼都沒有穿。跟那種高高在上的態度很不搭調，看起來一副很窮酸的樣子。

而且這個人好像在哪裡看過——

「大姊頭！這個人是斯特柏利知事！」

「知事……？」

這怎麼可能——可是被人這麼一講，她才看出那個人確實是知事。

她是為涅普拉斯帶來發展的罕見明君。

那個人臉上有著充滿自信的笑容，噠噠噠地踩著腳步靠近。

「你們幾個是『黑蠍』傭兵集團的人吧？聽說還讓涅普拉斯這邊的治安變差了。」

「哈！難道是來逮捕我們的？勞煩知事大人親自動手，還真是惶恐啊。」

「不不，我是來獵才的。」

獵才？——那三個「黑蠍」傭兵集團的人不解地歪頭。

納法狄則是發出輕笑聲。

「我想要除掉黛拉可瑪莉・崗德森布萊德和芙亞歐・梅特歐萊德。」

「！」

「你們願不願意幫我？應該很恨她們吧？」

這時尤吉娜不由得後退一步。

她確實很想殺掉黛拉可瑪莉和芙亞歐——可是這個少女身上散發出來歷不明的

氣息，那究竟是什麼？感覺比身經百戰的傭兵還要狠戾。

「……妳這傢伙到底有什麼目的。」

對方再次發出一連串輕笑。

早晨的陽光照耀在那名少女臉上，可是她看起來就好像死人一樣，沒有任何一絲情感。

接著斯特柏利知事又開口了。

「我們『星砦』的宿願就是希望人類滅亡。身為盟主的夕星要我籌措資金，並且擔任護衛——不過這次的工作是要殲滅敵人。有些人企圖毀掉涅普拉斯，都是些蠢蛋，我就把話講白了，這次就是要滅了黛拉可瑪莉和絲畢卡。想必你們會願意提供協助吧？」

[10]

大探險

Hikikomari the Vampire Countess no Monmon

涅普拉斯的中央廣場熱鬧非凡。

不管朝哪個方向看去，全都擠滿了傭兵。

那些人看起來都很危險，一副迫不及待的樣子，而且充滿殺氣和慾望。

我大概看了一下，覺得人數將近有千人。

光是像這樣子躲起來觀望，我都覺得自己快暈了，人潮就是如此之多。

至於這些人為什麼會聚集到廣場——

全因接下來我方要為絲畢卡所企劃的「大探險」發表開幕宣言。

那些傭兵的視線集中在廣場上設置的演講臺上頭。

說的更正確一點，應該是瞄準張開雙腿大剌剌站在演講臺上的少女——斯特柏利知事。

「諸位！很高興看到各位齊聚一堂！」

此時知事洪亮的聲音傳入我耳朵裡。

傭兵們全都用認真的表情專心聽她說話。

「想必各位都知道，涅普拉斯陷入困境了！那些匪獸會從星洞冒出來，折磨善良的市民！」

匪獸。這是在說那些黑色的野獸。

這幾天以來，那些野獸在星洞外頻繁地出現，一直不斷襲擊人類。

「我們已經很清楚元凶是誰！就是叫做『星砦』的恐怖分子！那幫人盤踞在星洞的深處，調教匪獸，不僅讓那些野獸去襲擊人，甚至還企圖從我們這裡奪走曼陀羅礦石的採礦權！」

斯特柏利知事話說到這邊，用力將手握成拳頭的形狀，顯得義憤填膺。

那些傭兵也跟著大喊：「不能放過他們！」

知事開口回應這些人的話，嘴裡說著：「確實不可原諒對吧!?」

「既然有人想要阻礙涅普拉斯的發展，破壞和平，那我們就要給予他們應有的制裁！所以我才會推出企劃案『大探險』，主角就是你們這些傭兵！」

關於「大探險」的公告，早就已經在涅普拉斯各處張貼出來了。而聚集在這裡的人，都是跟知事的想法起了共鳴的一群人。

「只要能夠打倒一隻匪獸，就能夠拿到十萬諾克！找到星砦的大本營，可以拿到一百萬諾克！幹掉夕星或特萊梅洛的人，我們會奉送一千萬諾克！另外還有一件事，假如你們有誰發現『閃閃發亮像星星一樣的球體』，一定要跟知事府這邊報備！只要報備了，就能拿到一百萬諾克！」

那些傭兵的雙眼全都亮了起來。

我看得出來——那是眼裡只有錢的人才會有的眼神。

於是那些聽眾又變得更加期待了。緊接著斯特柏利知事就將食指犀利地豎起，朝這些要錢不要命的人勇猛宣示。

「——來吧，讓我們一同作戰吧！讓我用知事的名聲擔保，允許諸位順從自己的慾望，在星洞內盡情發揮，我會給你們大開方便之門！」

唔喔喔喔喔喔喔喔喔喔喔喔喔喔喔喔喔————!!

斯特柏利!!斯特柏利!!斯特柏利!!

廣場這邊的氛圍變得好熱烈，感覺氣溫都上升五度了。

我覺得這些人跟第七部隊很相似。

果然不管到哪個世界，狂戰士都是同樣的德行——我心中抱持一份毫無益處的感慨，然而站在我隔壁的絲畢卡卻突然上前一步。

「做得好啊，芙亞歐！這下子那些傭兵就會很有幹勁了！」

「但他們那樣不會太有幹勁嗎……？根據以往的經驗，我好像能夠預測，像他們那種人，大部分都會展開毫無節制的破壞行動喔……？」

「這妳就不懂啦，黛拉可瑪莉！我們的目的就是要他們像那樣毫無節制的搞破壞！」

這句話讓翎子回了一聲「咦咦——……」，她好像嚇到了。此時絲畢卡從口袋裡拿出她喜歡的糖果，再將那個含到嘴巴裡。

「好啦，破壞星砦的準備工作總算做好了！我們走吧，黛拉可瑪莉！開開心心的殺戮時間就快到囉！」

「那種東西不用這麼快到來也無所謂啦——等等，不要拉我的頭髮！」

我就這樣被絲畢卡拉了又拉，拉向廣場那邊。

☆

我再次有了體認，總覺得絲畢卡・雷・傑米尼的行動力高到像怪物一樣。

「大探險」——這種行動說穿了就是要動員傭兵去襲擊星洞，算是一種作戰計畫。

絲畢卡強行搶奪斯特柏利知事的財產和權力（那個知事的真實身分好像是星砦的納法狄・斯特羅貝里），過沒多久，絲畢卡就準備去拿下星砦。

假如我跟特萊梅洛立場對調，早就哭了吧。

因為是這麼危險的一群人想要取我的性命。

「──辛苦妳啦，芙亞歐！我們要混在那群傭兵之中，前往星洞！」

「知道了。」

砰呼!!──此時斯特柏利知事被一陣煙包圍住，轉眼間又變回擁有狐狸耳朵的少女。緊接著這位芙亞歐看似疲憊地轉轉脖子。

「演這場戲還真累。照理說這應該都是『裡面那位』的工作才對……」

「但是多虧有芙亞歐，涅普拉斯才能變成我們的東西！這次功勞最大的人就決定是妳了！黛拉可瑪莉妳是不是也這麼覺得!?」

「咦？對啊……」

芙亞歐將臉轉向一旁。

自從發生了那件事之後──也就是在旅館裡發生那段插曲後，我就沒能跟芙亞歐說上話。

這個人把我媽媽當成毀滅故鄉的壞人。

我有去問過天津，他是說「那個人根本就沒有做過這件事」。

所以我想這一定是不幸的誤會。有必要確認一下事情的真實性──出於這樣的打算，我才會試著接觸之後心情一直都不是很好的芙亞歐，但幾乎沒什麼成果。

就算我跟她說話，她也會裝作沒看見。

連我拿出稻荷壽司也沒反應。

於是我鼓起勇氣，試著去抓住她的尾巴，可是她卻突然出刀砍我，把我背後的樹劈成兩半。絲畢卡知道了以後笑得好誇張，但我覺得自己的壽命彷彿縮短了五十年。

事情就是這樣，又過了一段時間——

如今我們迎來大探險活動當日。

「妳怎麼了，黛拉可瑪莉？跟人說話不乾不脆的!?是不是跟芙亞歐吵架了!?」

「沒有，並不是那樣……」

「好吧——妳當然會這麼說囉！畢竟妳們的感情好到不只會吵架，還會互相殺來殺去嘛！」

「是不至於這樣……」

「可是今天妳們必須好好相處喔？畢竟今日可是要跟人決戰——快看吧，好像要開始入場了！」

絲畢卡當下用手指指向星洞的入口。

在知事府的工作人員帶領下，那些傭兵陸陸續續進入洞穴裡。

我們終於要展開跟星砦的對決了。

我看我還是先來上個廁所好了——才剛想到這邊，我就看見芙亞歐用嚴肅的表情嘟囔了一句「公主大人」。

「……這只是我的直覺。」

「怎麼了？妳是想要殺掉黛拉可瑪莉嗎？」

「不是，我有一種不祥的預感。」

「是嗎？會不會是妳多心了？」

「……也許吧。」

「唔嗯。」

此時絲畢卡將雙手交叉放到胸前，她嘴巴裡正含著棒棒糖，那根棒子一直轉來轉去。

「——那我們就得多加小心了，獸人的直覺不容小看。」

讓人意外的是，她用很認真的表情說了這番話。

感覺這些人都沒察覺她們正在用很微妙的方式唱衰自己。

總而言之我還是好好努力，以免死掉。

「那個——可瑪莉小姐。」

這時翎子客客氣氣地出聲。

「若是要參加大探險，按照規定，好像要出示公會證件，可瑪莉小姐已經去做過傭兵登記了嗎……？」

「咦？喔喔，我有啊……倒是翎子妳和絲畢卡也已經登記過了嗎？」

「當然有！」

絲畢卡笑著回應，然後笑咪咪地拿出公會證件。

就連翎子也一臉害羞地出示證件讓我看。

我看了不由得皺起眉頭。

那是因為證件上頭寫的文字，簡直是筆墨難以形容。

〈傭兵集團　絲畢卡俱樂部成員〉

「——怎麼樣!?這個隊伍名稱很瀟灑、很時髦對不對!?」

「妳是去哪邊抄來的？」

「……？這個是我自己想的啊？」

「那不就是巧合了。其實我也是來自叫做『可瑪莉俱樂部』的傭兵集團。原來妳跟我家的變態女僕品味相當。」

「…………………」

那時絲畢卡的笑臉突然間僵住，變得像是一幅畫一樣。

居然會有那麼稀奇的事情……我開始感興趣了。

不料這瞬間忽然爆出一聲「啪擦」!!

她的公會證件被應聲折成兩半。

「噢哇啊啊啊!?妳在做什麼啊!?」

「薇兒海絲妳很有品味嘛！害我都想殺妳了！」

「這樣太莫名其妙了吧!?而且把卡片折壞，那樣就不能進去星洞了耶!?」

「只要濫用知事的權力，想怎麼進去都行！」

「……真煩人，快走吧。」

芙亞歐在這時快步走了起來。

絲畢卡則是唱著危險的歌，「全都殺光全都殺光～♪」，並且跟在她後頭。

接下來的未來發展實在太令人擔憂了。可以的話，我現在就想立刻逃跑。

「啊，對了。」

這個時候翎子忽然開始翻起自己的行囊。

然後她拿出一個看起來像是小瓶子的東西，再把那個東西交到我手上。

「可瑪莉小姐，若是妳遇到危機，就用這個吧？」

「這個……難道是血？」

「嗯，這是我的血……」

在那個小瓶子裡，有紅色的液體在晃動。

對喔。只要有這樣東西，我隨時都能夠發揮超強力量。

這個女孩怎麼會這麼機靈。也許未來會迎來每戶人家都需要有一臺翎子的時代。不對等等。比起這個——

「那、那妳會不會痛……？還要把血弄出來……」

「我沒事，只要是為了可瑪莉小姐。」

「翎子……！」

我仔細看才發現她的手指指尖正包著繃帶。

現在我心中滿滿都是感激之情。再也不會說出「我很不安」或是「想回去」這種話。因為我必須回應她的心意。

「謝謝！翎子果然很可靠……！」

「沒、沒那回事。我只是想為可瑪莉小姐做些什麼……我們一起努力吧。」

翎子說完就露出淡淡的微笑。

我將小瓶子收到包包裡，拉著她的手邁開步伐。

我要快點追上絲畢卡——一想到這，我便打算過去加入那些傭兵的行列，緊接著……

滋噹。

「？」

我好像聽見某處響起彈奏樂器的聲音。

接著我轉頭朝四周張望。但是放眼所見，看到的都是血氣方剛的傭兵，並沒有看到疑似樂器的東西。

「妳怎麼了？可瑪莉小姐。」

「……沒事，沒什麼。」

一定是因為我太緊張，才會出現幻聽。

於是我拍拍臉頰，重新前往星洞的入口。

☆

星洞內部的構造就好像迷宮一樣。

一旦離開主要幹道，人們就有可能迷路，死亡機率將會大幅度提升。

雖然這裡還有設置一些箭頭，按照順序走的話就能夠來到出口，可是人們曾經無止境地挖掘，裡頭的構造一天比一天更加複雜，這些箭頭已經沒辦法涵蓋所有路線。聽說每年會出現幾十個失蹤人口，導致知事府還要貼出公告，叫大家多加注意，並請人們「確實記住自己走過哪些路」。

「……總覺得——越來越分不清回去的路了。」

「是這樣嗎？那我們接下來要面臨的命運，很可能就是遇難死掉喔！」

「不要！我不想死！」

「不、不會有事的，可瑪莉小姐！我會把路線全都記得清清楚楚。」

翎子一隻手拿著地圖，邊說著這些話鼓勵我。她跟絲華卡那種會靠威權壓人的殺人魔實在太不一樣了。

——目前「絲華卡俱樂部」組成大約五十人的團體，正在調查星洞。

這座地下大迷宮籠罩在紫色的光芒中，慾望和悲傷在這之中不停地翻攪著。

我們這次走的路不是上次探索過的路線，而是平常來這邊採礦的人也不太會走的小路。

但我們並非只是亂走碰運氣而已，而是聽說《夜天輪》顯現出來的方向就指向這裡。

換句話說——只要照這個方向繼續前進下去，我們很有可能會跟星砦展開激戰。

「對了可瑪莉小姐，妳跟芙亞歐小姐之間是不是發生什麼事了？」

此時翎子用手指戳戳我的肩膀。

芙亞歐就跟平常一樣，臉上面無表情，人就走在我們前方。

「……我們之間發生了一點誤會，所以她才會一直避開我。」

「原來是這樣……剛才我有把稻荷壽司分給她吃，她卻直接拿去垃圾桶丟掉。

她果然還是在為這件事感到不滿吧。」

芙亞歐對稻荷壽司不願意做出任何反應，這背後有充足的理由。

可是她竟敢糟蹋翎子給的稻荷壽司，好大的膽子。

「絲畢卡我問一下喔，芙亞歐是不是平常就是那樣了？」

「沒有，不管是表面上的她還是私底下的那個，都會比現在說更多的話。」

絲畢卡就跟平常一樣，一直在舔血液做的糖果。就算處在這種狀況下，她心情還是像在遠足一樣，連我都開始敬佩她了。

「芙亞歐說了很多事情給我聽。聽說她是被妳撿到的？」

「對啊，因為她的故鄉被人破壞殆盡，感覺起來就像是無處可去。所以我才會伸出援手——身為一名神職人員，做這種事是理所當然的吧？雖然我已經辭職了！」

「故鄉被毀掉……難道說……」

「她一直主張是尤琳・崗德森布萊德做的。」

翎子在這時「咦？」了一聲，並抬起臉龐。

而我在聽絲畢卡說話的時候，樣子顯得畏畏縮縮。

「除了那女孩，也沒有其他人是當事人了，因此真相是怎樣沒有人知道。可是尤琳・崗德森布萊德從前就是在核領域極盡殘虐的七紅天大將軍。但那是僅限於娛樂性的戰爭……不管怎麼說，她的威名都已經在六國之間造成轟動，有很多人懼怕她。還有傳言指出拉貝利克的動物軍團只要聽到『尤琳』這個名字，就會連香蕉都吞不下去喔？她有那麼凶暴的前科，就算把芙亞歐的故鄉破壞殆盡也不奇怪。

「媽媽她才不會做那種事情！」

我聽了不禁大聲吼叫。其他傭兵則是對著我發出怒吼「吵死了，臭小鬼！」。嚇了一跳的我躲到翎子背後，絲畢卡則是用很愉快的表情看著我——

「妳提出的論調，也算是其中一種看法啦！可是芙亞歐並不這麼認為。她被過去發生過的慘案囚禁，深陷其中無法自拔。」

也許芙亞歐能夠聽見我們的對話。

因為她的尾巴搖了起來，那種搖法像是很不爽的樣子。

「那女孩的目的是要獲得這個世界上最強大的力量，並且迎來不受任何人威脅的和平。打造出所有人都能夠死得其所的世界——她是真心希望自己能夠打造出人人都可以死得有意義的世界喔。」

「那這樣的話……不是很棒的事嗎？」

「那就像是在做夢一樣！但人就是因為有夢想，才能變得強大！連同我在內，朔月的所有人，心中都懷藏著不願對任何人讓步的夢想。」

原來恐怖分子也有屬於他們自己的信念——跟逆月一起行動的這段期間，我學會了這點。雖然他們的暴力行為並不會因此正當化，但只要能夠仔細挖掘隱藏在背後的緣由，或許我就能夠看見另一番截然不同的世界風貌。

……我是不是開始跟這些人產生羈絆了？

不行不行。妳要冷靜點，黛拉可瑪莉・崗德森布萊德。

這次可是有別於佐久奈那次，還有米莉桑德那次。

那些叫做「朔月」的幹部，都是思考迴路跟我們截然不同的殺人魔。

這些人並沒有受到強迫，他們都是擁有堅定的信念，才會做出那些壞事。因此改過自新這種概念套用在他們身上並不適用，再說也不可能像米莉桑德那樣，讓那些人脫離組織。

但就算是這樣。即便如此——

不對，我已經弄糊塗了。

這次的問題對我來說太難了。

「話說回來，都沒有匪獸的氣息呢。」

絲畢卡在這時悠悠哉哉地開口，說了那麼一句話。

的確，連個影子都沒看見。我原本以為一進來就會遭遇襲擊——是不是因為這裡有很多傭兵，讓匪獸感到害怕的關係？

「希望那些野獸就一直這樣，別出來了。」

「照理說那些野獸應該要出來了，因為牠們十之八九就是星砦的防衛系統。」

「還是野獸在觀望情況……？」

「不知道耶！但我覺得這是暴風雨前的寧靜！就像芙亞歐說的那樣，開始有不好的預感了——」

「——大家快看！是礦石！」

此時有某個人出聲叫喊。

也不知道是從什麼時候開始的，眼前的景象變得寬闊起來。

這裡應該也是其中一個採礦場吧，在那個廣闊的空間中，四處擺放著冰鎬和推車等等的。

另外——就在我們眼前，出現了一座曼陀羅礦石山。

礦石量多到不得了。

紫色的光芒閃亮到讓人想遮住眼睛的地步，就連對寶石這類東西沒什麼興趣的我也不由得發出呢喃，說了一句「好壯觀——」。

面對一大堆財寶，那些傭兵怎麼可能乖乖待在一旁。

「你們這些傢伙，別在那裡發呆！快點搬啊！」

「這是誰挖好之後放在這裡的嗎？雖然不知道是怎麼來的，但這下賺到了。」

「等等啊，不是應該要先去找星砦的大本營嗎？」

「你這傢伙有夠認真的耶！知事大人都已經下達許可，跟我們說可以挖礦啊！」

「咿哈——！很少看到純度這麼高的礦石！」

那些傭兵大舉朝著礦石山逼近。

這些人果然很貪婪。假如艾絲蒂爾在這裡的話，她一定會覺得很憤慨，還會說「你們要認真工作！」。

突然間——

我感覺到背後有某個人在動。

接著我轉頭一看。發現三個身上套著黑色袍子的人用很快的速度循著來時路回去。

他們是什麼人？

那種感覺很像是在逃避什麼一樣——

就在這個時候，跑在最前面的黑袍人突然朝我們這邊瞄了一眼，臉上浮現奸詐又邪惡的微笑。

我當下感到一陣錯愕。

因為那張臉，我好像在哪裡看過。

那個人不就是——曾經試圖在公共廁所把我痛扁一頓的「黑蠍」女團員？

「芙亞歐，快去阻止那些傭兵。」

這時有人用冷酷的聲音說了那麼一句話，那聲音冷到令人不寒而慄，這個人就是絲畢卡。

她的視線沒有放在背後的「黑蠍」身上，而是對著那些群聚至曼陀羅礦石山的傭兵。

這舉動讓芙亞歐皺起眉頭——

「要阻止他們……？他們這樣做確實很煩人，但若是因此起衝突就麻煩了。」

「難道妳還不明白？都沒感受到一股異樣的能量流動嗎？」

翎子聽到這句話忽然間有所察覺，伸出手抓住我。

「那是魔力……！有魔法在發動……！」

就算人家跟我說有魔法，我也沒什麼感覺。我可是連初級魔法都完全用不了的魔法白痴。若是需要生火，我不會用魔法，而是會改用打火石或魔法石。

——嗯？　魔法石……？

「趕快裝到袋子裡！要對其他人保密！」

那群傭兵就像萬頭攢動的蟲子，全都聚集在寶石山旁。

一群人爭先恐後地搶奪，還引發些微的土石崩塌。

一些外側的礦石「沙沙沙」地滑落，隱藏在紫色礦石後方的「別種石頭」因此露臉。

「……唔喔，這是什麼？裡面有個東西不是曼陀羅礦石欸!?」

「這個石頭上面有很奇怪的花紋……」

那個是魔法石。

石頭裡面直接封入魔法，是在另一個世界裡時常用於戰爭等場合的高級加工品。我還以為常世這邊沒有魔力，就不會有這種東西存在——

就在那個時候，我察覺一項令人驚恐的事實。

那就是這個魔法石，我也有見過。

帝國軍裡頭的人若是想要炸一整群敵軍，就會使用這種東西。

換句話說——那種魔法石裡面放了能夠引發爆炸的魔法。

「可瑪莉小姐！我們必須阻止……！」

「已經來不及了吧！因為——那玩意兒早就已經發動了。」

「什麼——」

那些傭兵似乎覺得不可思議，都在低頭看這些魔法石。

但一切都已經太遲了。

就連我都能夠感受到的龐大魔力波動開始越變越強。

翎子嘴裡發出悲鳴聲，當場蹲坐下去，芙亞歐則是拿起刀並轉過身，至於絲畢卡，她的眼睛正發出紅色光芒——

緊接著大量的魔法石就在同一時間爆炸。

☆

伴隨那陣聲響，星洞坍塌了。

涅普拉斯之所以能夠成為「涅普拉斯的寶石山」，全是因為一名少女的邪惡心思作祟，此時慘不忍睹地回歸虛無。

那陣衝擊大到彷彿足以讓天地覆滅。

星洞的入口噴出一些沙塵，就此崩塌毀壞，那些還在廣場駐留，「沒能進場的傭兵們」都被吹飛了。

這陣崩塌引發連鎖效應，涅普拉斯各處都出現地層下陷的現象。

都市裡的人全都束手無策。

有些人被瓦礫壓垮，有些人因為地面裂開的關係，被捲到地底去。

在這之前因為人們揮汗如雨才得以發展起來的星砦「碉堡」，如今就像被海浪打到的海沙城堡一樣，正逐步崩毀——

「搞什麼……原來魔法石有這麼大的威力……」

此刻的納法狄正在俯瞰這片都市的慘況，臉上有著僵硬的笑容。

星洞裡面保管了一些魔法石。

那些都是尼爾桑彼孝敬的，她曾經說過「若是情況緊急可以用這些」。

夕星似乎是想要引爆這些魔法石，藉此將逆月和傭兵全部一網打盡——但這次的作戰成果超乎預期了。發生那麼大的爆炸，就算是「弒神之惡」或「殺戮的霸主」，也會受到不小的損傷吧。

只不過這場爆炸，他們也得付出巨大的代價，這點無法否認。

從各方面來說，星洞都是星砦的重要地帶。

如今被破壞成這樣，涅普拉斯的經濟發展一定會陷入停滯，沒辦法繼續採掘曼陀羅礦石，可以預見不久的將來，他們將會被迫陷入資金不足的困境。由於引發了這起負面事件，搞不好納法狄還會被革職，不能繼續當知事。

話說回來，不知道特萊梅洛有沒有死掉？

雖然夕星說「那個人待在地下深處不會有事」，可是可是——

再說若是不小心損害到星洞裡的某個「重要物件」，那情況將會變得慘不忍睹。

「那個……夕星，這樣沒問題嗎??」

納法狄向下看著被自己用手抱住的兔子玩偶。

等了一下子後，那股意志力開始震動，並做出回應。

「——是、是嗎！那太好了！原來那傢伙平安無事——沒有沒有，我並沒有在擔心她！那我接下來該做些什麼才好？」

對方很快就做出指示。

看樣子夕星打算在這邊解決絲畢卡和黛拉可瑪莉。

既然是那樣，那她就必須幫忙才行。只是失去了棺材，也不曉得自己還能夠給予多大的助力。

接著納法狄點點頭說了一聲「嗯」，她從建築物的暗處飛奔出來，朝著星洞跑了過去。

總之就先讓她見識見識，看看絲畢卡和黛拉可瑪莉快死的時候會是什麼樣的表情吧。

她們居然敢擅自霸占別人的東西，這是懲罰。想必那些人的靈魂是不可能有重生機會的——這樣的感覺簡直太棒了，棒得要死。

☆

「啊啊啊啊啊!?星洞好像爆炸了——————!?」

在涅普拉斯的一級地段裡，一座有錢人家的豪宅僥倖免於遭遇崩壞的命運，而蘿妮．科尼沃斯正在屋頂上大聲哀號。

眼下一大片街道全都因為這陣爆破所帶來的風暴毀成了斷垣殘壁。

在星洞的入口附近，那裡所受到的損害特別大——也就是說從涅普拉斯的中心部分開始算起，差不多是往外推算半徑五百公尺左右吧。那裡各處都出現地面裂開的現象，有無數的建築物下沉。似乎還發生了火災，人們正為此忙得焦頭爛額。

「可惡，這樣一來不就沒辦法挖曼陀羅礦石了嗎！原本還想晚點偷偷混進去的……！」

「難道妳還想再被抓一次啊？」

站在她隔壁的天津發出嘆息聲。

把科尼沃斯從監獄弄出來的人正是天津。

在逆月之中，除了絲畢卡，天津和科尼沃斯認識的時間最久，雖然這男人平常總是很不像樣，而且一天到晚對她使壞，但是像這種關鍵時刻，卻是可以仰賴的對象，因此是個值得利用的男人。

「我才不怕被抓！我可是對曼陀羅礦石有強烈的渴求！」

「那些礦石都已經不重要了吧，公主大人和黛拉可瑪莉應該還待在星洞裡。」

「唔……」

聽說絲畢卡他們今天要利用這場大探險，找出星砦的大本營。可是——發生了如此大規模的爆炸，眼下狀況已經由不得他們去管什麼大本營了。

「天津！科尼沃斯！你們還在那種地方做什麼！」

這時屋簷底下傳來一道聲音。

有個白髮男子現身——是特利瓦・克羅斯，他正用險惡的目光看著這邊。

另外再補充一下，天津、特利瓦和科尼沃斯這幾個人是「後援部隊」，他們接獲命令，要找出逃跑的知事。但不管怎麼想，這件事情的責任都應該落在負責監牢房的特利瓦身上，也不知道為什麼，天津和科尼沃斯要負連帶責任，眼下連他們兩個人都被迫出面奔走。

「公主大人有危險，我們現在馬上去星洞那邊吧。」

「那我們可以不用理會公主大人的命令嗎？那個小姑娘都說了，要我們『抓到斯特柏利之前不准跟來』。若是對知事放任不管，很有可能會鬧出什麼麻煩事——」

嘶咚!!

忽然有塊巨大的瓦礫從科尼沃斯的臉頰旁邊擦過。

似乎是特利瓦發動了【大逆神門】所致。

啊？為什麼我會被他瞄準？——科尼沃斯感覺到自己身冒冷汗，人呆呆地佇立不動，而那個蒼玉種男子則是說了一句「好可惜呀」，語氣聽起來像是真的覺得很可惜似的。

「我一不小心沒算準，原本預計要讓天津的腦袋開花。」
「喂，你瞄準一點啦!?若是把我弄死該怎麼辦!?」
「這些都無所謂，但你覺得我們現在過去星洞那邊，事情就會好轉嗎？也許公主大人現在已經變成四分五裂的屍體了。」
「嘴巴上說的像是一副毫不在乎的樣子——但其實你也坐不住了吧，天津。」
這話讓科尼沃斯驚訝地抬頭，看看天津的臉龐。
的確……這下稀奇了，感覺這個男人好像隱隱約約透露出焦躁的感覺。
這讓特利瓦不屑地補上一句「太愚蠢了」。
「若是一天到晚都當個旁觀者，總有一天會失去重要的東西。唯有抱持熱情並採取行動，這樣的人才配享有榮耀。」
「…………」
天津稍微想一下，之後才開口道：
「……說得也是。唯獨這次，我認同你的說法。」
「那我們這就走吧，這都是為了替逆月帶來榮耀。」
看樣子那兩個人已經決定要前往星洞。
可是科尼沃斯心裡那抹不安卻揮之不去。
打從剛到這個城鎮的時候，她就覺得有點奇怪——因為礦山都市涅普拉斯的空氣很沉滯，沉滯到常人難以想像的地步。

若是用一句話來講，她覺得這塊土地給人的感覺實在太不吉利了。是因為一直有悲傷的意志力滯留在這邊，才會那樣吧。

「……實在太邪惡了，比公主大人還要邪惡許多。」

科尼沃斯抓抓自己的胸口。

就在那個地方，屬於「消盡病」印記的星星痕跡微微地浮現出來。

☆

滴答、滴答——

那是水滴落下的聲音。

這裡的空氣很冰涼，加上還有一些沙塵的氣味，聞起來很嗆。

我慢慢地睜開眼睛。

再來試著動動手腳，發現每一節都很疼痛。

可是看起來似乎沒有生命危險，於是我就放心了。

接著我搖搖晃晃地站了起來，有些害怕地確認周遭情況。

這是一個充滿濃密紫色光芒的世界。

這空間的天頂離我很近，就連我這個身高不高的人伸出手都能夠碰到。

或許是某個地方有水流通過，在岩石跟岩石的縫隙間，有水滴滴滴答答地落下。

看到這邊，我頓時明白一切。

剛才星洞崩壞的時候，我們遭到波及，然後我就被埋在地底深處了。

這讓我心中湧現恐懼感，身體不由自主地顫抖起來。

四面八方都是粗糙的岩石牆壁。

若是用手握成拳頭去揍揍看，也只會換來手痛而已。

我完全不曉得該怎麼回到地面上。再這樣下去，搞不好我會先餓死也說不定。

雖然包包裡面有放便當，但就只有一餐的份。

還有除了我，其他人不知道怎麼樣了？

剛才那個魔法石爆炸的時候，帶來的威力簡直像是要將整個天地覆滅。

我奇蹟似地撿回一條命，但卻無法保證翎子、絲畢卡以及芙亞歐能夠平安無事——

就在這個時候，我聽見微弱的聲音。

在一個沒有發光的牆壁旁邊，好像有人有氣無力地躺在那邊。

那是有狐狸耳朵和尾巴的獸人——芙亞歐・梅特歐萊德。

她的頭在流血，口中發出痛苦的喘息。

「芙亞歐！」

我趕緊跑到她身邊去。然後拿出科尼沃斯給我的ＯＫ繃，用很生澀的手法替芙亞歐治療。

「唔……妳是黛拉……可瑪莉……？」

「妳、妳還好嗎!?能聽見我的聲音嗎!?」

「可以……」

看來對方還沒失去意識。總之現在已經知道她平安無事了，我嘴裡發出一聲安心的嘆息。

☆

「……我看我……還是先跟妳道謝吧。」

「嗯，幸好妳沒事。」

這個空間被紫色的光芒籠罩——

我跟芙亞歐並肩坐在瓦礫堆上。

感覺她的傷口沒有很深，血很快就止住了。才過了一下子，芙亞歐就順利恢復行動力，但如今又換回那個早已司空見慣的嚴肅表情。

被關在這個密室裡的，似乎就只有我跟芙亞歐。

也不曉得其他人是否安然無恙。

「可惡……到底發生什麼事了？其他人不曉得有沒有事……」

「我想公主大人跟愛蘭翎子應該不會有事。」

芙亞歐按住頭，嘴裡念念有詞。

「我們還能夠像這樣平平安安的，就是因為公主大人替我們減輕了爆炸的威力。」

「那種事情有辦法辦到……？」

「她似乎具備能夠干涉事物流向的力量——總而言之，公主大人已經特地動用這股力量了，我想那兩個人是不會被輕易炸死的。」

雖然我不是很懂，但這次我就相信芙亞歐所說的吧。

若是對於接下來的事態進展懷抱太過負面的想法，因此陷入絕望，那樣容易讓精神面變得不健康。

「……那麼接下來，我們要來談談後續打算——」

芙亞歐拿起水壺稍微喝了一些水，接著便懶懶地站了起來——

「看樣子我們被捲入了那場崩塌事件中，好像掉到星洞的地下深處了。」

「怎麼會發生這種事情……？」

「這些一定都是星砦的策略。恐怕是那個逃跑的知事——納法狄・斯特羅貝里搞的鬼。」

不是吧。我原本還以為我們贏定了呢。

芙亞歐在這時看似不悅地彈動舌頭，嘴裡發出一聲「嘖」。

「……這全都是特利瓦的責任，都怪他讓知事逃跑。」

「不對吧，又還沒確定真的是那樣……先別管那個了，我們來想想要怎麼離開這裡吧。」

我接著東張西望觀察四周——

「能不能用刀子把牆壁砍開？」

「沒辦法。就算有辦法劈開，我想這個星洞目前可能也是岌岌可危。若是讓某個地方崩塌，可能會成為導火線，引發大規模的坍方。」

意思是說我最好要避免發動烈核解放，免得這裡被毀掉。

但基本上，我根本就不確定自己有沒有毀掉這裡的能耐。

「那——那現在該怎麼辦？難道我們要餓死在這裡嗎……!?」

「那怎麼可能？——妳看那個。」

我順著芙亞歐的視線，看向她背後的牆壁下方。

那裡有一個足以讓貓咪進出的洞穴。

我還在想說腳那邊冷冷的，原來是這個洞穴會吹出冷風。

換句話說，那個洞穴很可能就通往牆壁對面。

於是我開始趴在地上觀察那個洞穴。

「……這個——應該過不去吧？感覺到半路上就會卡住？」

「沒什麼過不去的，去吧。」

「就算妳要我去——好痛！喂，不要踢我的屁股啦!?」

於是我就這樣被人強行推進洞穴中。

那些粗糙的岩石在我全身上下刷來刷去，把我弄得很痛，但既然事情都變成這樣了，我就來個自暴自棄好了。

畢竟也沒有其他的手段能用，就只能忍耐了——於是我拚命在狹窄的道路上匍匐前進，接著眼前的景象突然變得寬廣起來。

看來我好像來到隔壁的空間了。

那是一個很寬廣的隧道。一定是傭兵們挖出來的隱藏通道。

「好、好耶！我們總算逃離了——咦？」

感覺好像哪裡怪怪的。

原來是我的屁股卡住了，沒辦法繼續往前進。

我拚命掙扎，想要試著掙脫，卻只是覺得痛，完全沒有任何效果。
我感覺自己的耳朵變得越來越熱。
怎麼會這樣……真沒想到會出現這麼可笑的發展。
我的臉還在洞穴外面，就要這樣卡到餓死了，別開玩笑啊。
「該怎麼辦，芙亞歐，我好像卡住了……」
「別在那裡擋路，趕快往前進。」
「咦？——喔哇啊啊啊啊!?」
我的屁股突然被人用力抓住。
而且對方還毫不留情地用力向上推了好幾次。
害我覺得好丟臉，而且好痛，腦袋變得一片空白。正當我已經做好會被人揉屁股揉到死的心理準備，瞬間我的身體發出「噗啾！」一聲，從洞穴被推了出去。
「咕欸！」
然後我就滾啊滾的，落到了地面上，而且是臉部著地。
好痛。怎麼這麼粗暴。假如我是老太婆肯定會摔死——當我在心中發起牢騷時，我看見芙亞歐從洞穴裡輕巧地跳出。
嘶咚。
跟我簡直有著天壤之別，她就那樣華麗著地了。

「……妳的身體明明就比我大，為什麼不會卡住？」

「因為我把關節卸掉。」

那是什麼見鬼的技術……

芙亞歐將那些關節喀嘰喀嘰地接回去，同時視線朝著周圍遊走。

「這裡好像畫了標明回程方向的箭頭。可是那些都已經被瓦礫埋住了。看來我們只能前往深處。」

我拍掉附著在衣服上的沙塵。

「雖然妳說要前往深處，但是那邊會不會走到最後也是死路啊？」

「若是不走走看怎麼會知道。」

這麼說也對。既然路只有一條，那我們就只能前進了。

我趕緊跟在芙亞歐後頭。

「再過去會不會碰到魔核，不然就是星砦的大本營？」

「…………」

「嗯？妳怎麼了？」

「……沒什麼。」

她好像一直對周遭的情況很在意。

那對狐狸耳朵像是在對某種東西保持警戒一樣，伸的直直的。雖然她已經是身經百戰的恐怖分子，但是遭到活埋，是不是依然會覺得有點不安呢？

☆

「……對了，關於之前的事情──」
我開口說了些話，當下的心情就像是在觸碰仙人掌表面的尖刺。
星洞裡面很幽暗、很安靜，若是不說些什麼，我可能會被恐懼感壓垮。
「我對妳明明不是那麼熟悉，卻說些神經大條的話。對不起。」
「…………」
也許我應該挑別的話題才對。
因為芙亞歐的背影正飄著連昆蟲碰到都會當下即死的壓迫感。
我果然還是應該說「今天天氣不錯」之類的話，應該會比較妥當吧？雖然我不知道現在外面的天氣怎樣就是了。
「……那只是我單方面感到不快罷了，錯不在妳。」
沒想到對方給的反應意外地柔和。
「妳會不知道我的事情，是因為我什麼都沒說。沒必要特地跟我道歉，如今又舊事重提，反倒更讓人不快。」

「但我們的誤會若是一直沒有解開，就沒有辦法攜手合作了。」

我用小跑步的方式追上芙亞歐，跟她並排走在一起，並抬頭看她的臉。

「我知道那件事讓妳不開心，所以才問的，妳跟我媽媽之間有過什麼樣的過節？若是妳真的覺得很討厭，不用說也沒關係……」

「我在旅館那邊已經說過了。」

芙亞歐嘴裡吐出一聲嘆息，面對面盯著我看。

「就當作是替我治療的謝禮，我就告訴妳吧，但這些事情聽起來一點都不有趣。我的故鄉叫做魯那魯村，某天突然被尤琳・崗德森布萊德燒掉。」

「被燒掉……為什麼媽媽她要做那種事情。」

「這個妳應該是最清楚的。她可是曾經在核領域殺個不停的七紅天。只是滅了一座村莊，這點小事肯定能夠滿不在乎地去做吧——而且事實上，魯那魯村的人也確實都被殺了，一個都不留。只剩下我還活著。」

「只剩下妳……？」

這聽起來有點奇怪。

「那魔核怎麼了？對方是不是使用神具了？」

「這是她可能採取的手段之一，但畢竟魯那魯村是個偏鄉，人們連世上有魔核這種東西存在都不曉得。就算大家被一般的武器殺掉，這村子裡的每個人也都無法蒙受無限恢復的恩澤。」

「嗯嗯？還有這種事情……？」

「有啊，像我從小就不知道有魔核這種東西。就算世界上有這樣的村落存在，那也沒什麼好奇怪的吧。」

這話聽起來就像扣錯釦子一樣，給人一種奇妙的違和感。

「那些都是……什麼時候的事情？」

「好幾年前了。」

「告訴我更具體的時間吧。」

「……大概八年前。」

那比媽媽失蹤的時間點還要早。

這個時候芙亞歐又發出嘆息，嘴裡說著「已經夠了吧」。

「妳不願意相信我的話，那是妳自己的事情，我要繼續相信自己才是對的，這也是我的自由。我一定會找尤琳・崗德森布萊德報仇。也不會再針對這件事做更多說明了。」

「不，我還有事情想問——」

芙亞歐的腳步在這一刻停下。

我雖然感到納悶，但也跟著停下腳步，結果看見她眼中有一股殺氣瀰漫開來。

而且她的手還放到腰間佩刀的刀柄上。

「對、對不起！我換個話題吧！像是仙人掌的話，我比較喜歡又大又圓的那一種，芙亞歐妳喜歡哪一種的？」

「安靜一點——這麼快就有敵人現身了。」

「啊？」

在那句話的牽引下，我將目光拉回正前方，就在那一瞬間，我「哇啊」地叫了一聲。

那裡有幾隻身軀漆黑，長得像暗影一樣的野獸——這是匪獸。

雖然比之前遇過的還要小上許多，但相對的數量龐大，加起來將近有十隻。

每一隻都很像真正的肉食野獸一樣，用凶猛的目光看著我們。

「芙亞歐！我們快逃吧——」

嘶啪！

那些黑黝黝的影子朝著四周飛散開來。

其中有一隻朝著我們撲過來，但是被芙亞歐用刀砍成兩半。

剩下的匪獸看到夥伴死掉，選擇暫時觀望一陣子，後來牠們嘴裡發出低吼聲，同時襲向我們。

此時芙亞歐咧嘴一笑，露出好戰的笑容，一抬腳便將掉落在地上的曼陀羅礦石碎片踩爛，同時她還——

「來吧——你們已經做好受死的覺悟了嗎？」

她慢條斯理地說出時常掛在嘴邊的那句話。

我怕會受傷，於是決定躲到岩石後面去。

像我這種運動白痴就算跑出去，也只會造成妨礙。

☆

她們好像跟黛拉可瑪莉、芙亞歐走散了。

雖然有試著減低爆炸的威力，但還是難以阻止大規模崩塌現象的發生。

那些土石崩落的樣子就好比是洪水一樣，將那幫貪婪的傭兵全都沖走了，或是遭到了活埋。啟動魔法石的「黑蠍」也在其中，看來大部分的人應該都死了。

恐怕這些都是星砦搞的鬼吧。

是她太大意了。沒想到對方還留有這一手。

那傢伙是打算把我跟黛拉可瑪莉葬送掉，連同那些傭兵一起。

「——算了，反正我還活著。」

我從口袋裡面拿出糖果，嘴裡「嗯～」了一聲順便伸個懶腰，開始觀察其周遭情況。

這裡的空氣很沉重，看樣子是掉到很下面的地方了。

在紫色光芒的包圍下，星洞裡的景象看起來好像沒什麼特別的地方。

只不過——在岩石的掩埋下，能夠隱隱約約看到巨大的建築物支柱。

於是我一邊留意腳下情況，一邊慢慢地邁開步伐走了過去。

柱子並沒有過多的裝飾，樣式顯得很樸素。那些被埋住的圓形柱子，甚至比姆爾納特宮殿的更加粗大，而且還連續排放了好幾根，都排到牆壁的另一頭去了。

也就是說——在星洞的地下深處，存在著一座巨大的神殿（？）。

「會是這個嗎？星砦的根據地……」

如果是的話，先前那些辦事手法未免也太粗糙了。

因為沒辦法掌控好「黑蠍」和魔法石，才會將自己的大本營一併埋了起來。

不，就算有這種可能性好了，那也代表他們已經被逼到不得不祭出爆破手段了吧。

——那時的我突然感應到一股奇妙的能量波動。

這個是魔力——不對，應該是意志力吧？

好像有某種東西在神殿裡頭進出。

「絲、絲畢卡小姐！」

此時原本一直在背後扭扭捏捏的愛蘭翎子似乎再也按捺不住了。雖然看心情做事的我，此刻很想無視她，但若是再不搭理，就顯得她有點可憐了。

「請問——這裡是什麼地方……？」

「翎子！妳沒有斷手斷腳，真的是太好了呢！」

「是、是的。絲畢卡小姐也一樣，妳沒事真是太好了。」

翎子露出純真無邪的笑容。

因為她們一行人已經共同行動一段時間，看來這個蠢女孩似乎開始敞開心胸接納她了。

但這也是她單純可愛的地方。

「不知道可瑪莉小姐和芙亞歐小姐有沒有事……」

「那兩個人應該沒事啦！透過我的烈核解放就能感受到了！雖然現在跟我們走散了，但我們很快就會會合！」

「是這樣啊……那太好了……」

其實這是徹頭徹尾的謊言。我的烈核解放哪有那麼好用。

雖然那兩個人應該沒有死掉，但我若是隨口回應「我不知道她們有沒有事」，這個小女孩一定會開始吵吵鬧鬧。要有效率地運用謊言，這才是聰明的生存訣竅。

「可是……我們好像來到很深的地方了。我們還有辦法回去嗎？」

「若是感到不安，首先該做的，就是先嘗試做其他的事情！妳還能走嗎？有沒有扭到腳？」

「我可以的，沒問題。」

「是嗎？」

接著我就抬頭看看被瓦礫埋起來的神殿。

在岩石跟岩石的縫隙間，我們好不容易才發現疑似是入口的地方。

如果是身體細瘦的人，應該能夠勉強通過。

「這個是……城堡嗎？難道這裡就是星砦的大本營……」

「不否認有這種可能性啦！那我們趕快殺過去吧！」

「咦——!?但是我還沒做好心理準備……」

「只要做好殺掉所有人的覺悟，那就沒問題啦！若是妳繼續在這裡拖拖拉拉，那在成就大事之前，就會先變成老婆婆喔！」

「嗚嗚，可瑪莉小姐……」

於是我強行拉住翎子的手，就此鑽進那個細小的縫隙裡。

我等著看這裡會出現什麼牛鬼蛇神。若這裡真的是星砦的根據地，那特萊梅洛・帕爾克史戴拉和夕星應該也會在這。

☆

結果算一算根本就不是只有十隻而已。

在隧道的每個角落，都有黑色野獸從黑暗中現身，而且牠們陸陸續續對我們露出獠牙。

「還在那裡耍小聰明。」

芙亞歐揮刀的速度快到讓人無法用肉眼捕捉——那個好像是叫做《莫夜刀》的神具——她揮舞刀劍，將匪獸一一擊破。至於我——除了躲在岩石後方，就只能偷偷窺視在隧道內展開的異次元搏鬥。

若是被那種打鬥波及到，我一定會死。

雖然我真的很想幫芙亞歐，可是從翎子那邊拿到的血就只有一小瓶而已，害我開始煩惱是不是該在這個時間點上喝下去，那樣一來我就能夠製造較大的聲音當誘餌，但頂多也只能這樣——

啪噠!!

這時被破壞的匪獸殘骸落到我腳邊，沾黏在地面上。原本還保有野獸型態的物體逐漸溶解成液體，最終遭到破壞，之後曼陀羅礦石——也就是野獸的核心掉落到地面上，現場最終只剩下這樣的東西。

這種生物到底是怎麼組成的啊。

難道說，真的是靠某人用人工做出來的東西……？

「黛拉可瑪莉！匪獸跑去妳那邊了！」

「咦？哇啊啊啊啊!?」

有一隻匪獸發出吼叫聲，朝著我衝過來。

但是我也在哀號，我轉過身去，總算避開那起死亡衝撞。

失去撞擊目標的匪獸身體撞上岩石，但牠發揮驚人的瞬間爆發力轉換方向，很快又瞄準我衝了過來。

「別、別過來啦啦啦啦啦啦啦啦啦啦啦!?——————哈噗！」

我當場跌了個狗吃屎。

平常運動不足的我突然間全力奔跑，下場就會變成這樣。

那個裝了血液的小瓶子從口袋中飛了出來，在凹凸不平的地面上咯啦咯啦地滾走。

就算我伸出手也摸不到，即便我摸到了，也沒有餘力去喝。

啊啊，我將會在此變成匪獸的食物吧——我已經做好赴死的心理準備了。

就在那瞬間，我聽見一聲「嘶啪！」，就像是肉被切斷的聲音。

猛然一看才發現是芙亞歐用《莫夜刀》將匪獸的身體俐落地劃開。

「還敢勞煩我動手！」

可是事情並沒有這樣就結束。

芙亞歐高舉著刀子，就在她背後——

有另一隻匪獸張開大嘴，想要咬住她的脖子。

「芙亞歐，在後面——!!」

「唔！」

芙亞歐正準備轉過頭。

可是她卻好像突然感到頭暈一樣，身體晃了一下。

這個少女也是身上有傷的人。雖然她是冷酷無比的恐怖分子，但身體裡依然還是流著紅色鮮血的人類。

總而言之，她的反應延遲了。

而我完全沒有去思索後果，就這樣跳了過去。

這個人曾經救過我，那我也要幫助她——就連這麼簡單的道理，此時也不存在於我腦內的任何一個角落了。眼前有人即將受到傷害，我想要拯救她，僅僅為了這個念頭，我撲過去推開芙亞歐。

「喂——！」

有隻黑色的野獸靠近我的身邊。
牠長著一口銳利的牙，而那些牙就這樣咬進我的肩口裡。

☆

——幾分鐘過後。
隧道裡頭散落著粉碎的曼陀羅礦石。
那些原本都是匪獸的核心，但全都被芙亞歐破壞掉了。
周遭一帶好像沒有新的敵人到來，星洞內部安靜到鴉雀無聲的地步。
看來這陣襲擊已經告一段落。
只是——
「——痛、痛痛痛！妳小力一點啦！」
「疼痛也能起到訓誡的作用。妳要對這次事件引以為戒，告誡自己不要魯莽行事。」
芙亞歐在我的肩膀上塗抹膏藥，嘴裡發出像是對我感到傻眼的嘆息。
這些藥感覺好舒服啊……可是就算塗上了，傷口也不會馬上治好。
魔核是多麼神奇的東西，事到如今我才有了實際的體悟。

「……反正之後找紗布或是其他的東西貼著就好了。我一直以來都是這麼做的。身為吸血種的妳，想必不用花太多時間就能徹底治癒吧。」

「嗯……謝謝妳。」

我代替芙亞歐承受匪獸的攻擊。

那些牙齒刺到我的肩膀裡。那個時候實在太痛了，我還以為自己會當場死亡，但人類的身體承受度高得令人意外，這次的傷口並沒有嚴重到危及性命。

另外還有一件事，那就是芙亞歐很快就振作起來，那些匪獸也被她擊退了。

也許根本就不需要我出面庇護她。

「……為什麼要代替我承受攻擊。」

芙亞歐邊收拾用來替我治療的道具，邊開口說了這句話。

「妳大可對我見死不救，明明就不需要受這樣的傷。」

「那是因為我的身體在不知不覺間自己動了起來，不能怪我吧。芙亞歐妳也一樣啊，若是看到有人在妳眼前陷入危機，妳肯定會去幫助他們的吧？」

這時芙亞歐用一種像在看瀕危動物的眼神望著我。

但是她很快就將目光轉開了，嘴裡淡淡地說了句「這倒是」。

「……但是妳應該很恨我才對。想必未來的某一天，妳會後悔代替恐怖分子受這種傷吧。不，我看妳應該早就後悔了。」

「不要擅自認定我懷著怎麼樣的心情，我可是一點都不後悔。」
「這都是假話。我之前曾經想要殺了妳，還有妳的朋友天津迦流羅。」
「那是妳想太多，太鑽牛角尖了。」
我穿上軍裝，撿起掉落的小瓶子，同時嘴裡繼續說著：
「妳的確是傷害過我朋友的壞人，但同時也是出手救過我的好人。是敵人還是朋友，是好人還是壞人，那種東西我也弄不清楚。只不過——我不希望看到妳受傷，這份心意是真的。」
「…………」
之前在旅館看到芙亞歐裸露出來的肌膚，我覺得很心痛。
而且打從心底覺得她身上若是因此多出更多的傷，那就太可憐了。
芙亞歐在那一小段時間裡，除了搖尾巴，也沒有再多說些什麼，但是她突然間起身，並轉過身面向我。
「……我懂了。」
「什麼？」
「原來妳是天真到極點的人，而且還是無可救藥的怪人。」
「太、太失禮了……我可是這個世界裡唯一一個價值觀正常的人喔。」
「妳會說這種話，就表示妳的價值觀已經不正常了……總而言之，我已經知道妳身邊總是圍繞那麼多人是基於什麼樣的理由了。」

感覺氣氛變得緩和許多。

那種恐怖分子才會釋放的殺氣已經變淡了。

感到驚訝的我抬頭張望，結果發現芙亞歐故作冷淡地看向其他地方。

她不願意跟我對看。看起來像是想要強行打破這種微妙的氣氛，但是又讓人覺得有點畏畏縮縮的，在這種感覺下，芙亞歐朝我輕輕地伸出手。

「……還站的起來嗎？若是沒什麼問題，我們就繼續前進吧。」

我沒問題。

於是我回握住芙亞歐的手，嘴裡「嗯」了一聲並點點頭，接著就站了起來。

☆

後來暫時有一陣子，敵人都沒有現身。

在這條紫色的隧道裡，我和芙亞歐並排走在一起。

雖然我們遇到好幾次堵住路的瓦礫堆，但不管是哪一個瓦礫堆，都還留有足以讓人通過的縫隙，好讓我們不用卡在這裡動彈不得。

可是我心中一直有種揮之不去的不祥預感。

不難想像繼續這樣前進下去，我們遲早會遇到死路。

水源和糧食有限，體力也不是無限的。

若是不想辦法找出逃脫的方法，弄到最後我們很有可能會變成木乃伊。

「……對了芙亞歐，我是不是應該要喝翎子的血？只要我發動烈核解放，應該就能找到逃脫的方法。」

「先把那個留到戰鬥的時候再用，特萊梅洛·帕爾克史戴拉和夕星很有可能就在後頭。」

「唔……就算妳這麼說……」

可是她說的也有道理。

目前還沒有陷入毫無轉圜餘地的絕境，在那之前先忍著不用好了。

「那是不是不能吸妳的血……？」

「………這個也留到最後再吸吧。」

我開始偷偷觀察走在我身旁的芙亞歐。

感覺她身上散發出來的氣息已經比之前柔和許多。連尾巴都在搖來搖去的。

雖然很難看出她在想些什麼，但至少沒有因為我待在身邊就感到不快的樣子。

那現在該怎麼辦，要不要來閒聊呢？

關於她的過往，我是有很多事情想問，不過——

「——有光……」

我看就先問她「喜不喜歡吃油豆皮烏龍麵？」好了，拿這種無傷大雅的話題起頭吧，但我才張嘴張到一半，芙亞歐就睜大眼睛並停下了腳步。

「有光照射進來，不是曼陀羅礦石的光。」

「咦？啊……真的耶!?那個該不會是陽光吧!?」

就在隧道深處。

紫色的光芒突然間中斷了，取而代之照射下來的光芒是橘色的光。

我在想那邊應該是隧道的出口。

這整個世界都被黑暗包覆住，現在卻多了一個圓圓的缺口。

時間好像已經來到傍晚了。就在出口的另一側——地面上長著茂密的花草，像鮮血一樣赤紅的落日將這些花草照亮。

「太好了！我們快走吧，芙亞歐！」

這下我連肩口的疼痛都忘了，拔腿跑了起來。

有一股涼爽的風吹過，吹動我的頭髮。

我很擔心翎子和絲畢卡，但我們還是先從星洞中撤離，重整旗鼓吧——帶著雀躍的心情，我一直線跑了過去，隔了好幾個小時，我終於吸到外面的空氣了。

可是——

「奇怪……？」

來到出口外才看見那一大片景象並非是涅普拉斯街道景色。

而是一個窪地，被高到需要抬頭仰望的懸崖圍繞，看起來就像是一座中庭。

冷靜下來想想，會覺得這也沒什麼好奇怪的。

星洞是在地底下鋪設開來的巨大迷宮，而我們一直向下前進。就算能夠來到外面好了，也無法保證已經抵達地面。應該是說從構造上來看，根本就不可能到地面。

那時我不經意看到奇妙的東西。

就在窪地裡頭，排著無數的建築物。

一開始我還以為那些小房子是傭兵們為了休憩才打造出來的，結果卻不是那樣。

這一個個房子都是很粗糙的茅草屋。

仔細看會發現附近有水井，甚至有一些看起來像是水源已經乾枯的田地。

這裡完全感受不到活人的氣息。

……這是什麼啊？一時之間我沒看明白。

只不過——如今最重要的還是從星洞中逃脫。

於是我轉過身，試著用手撫摸那些凹凸不平的岩石表面。

「這代表我們必須爬上這座懸崖嗎……？是不是太難啦……？」
我可是沒有攀岩的經驗喔。
如果翎子在這裡，就能夠讓她用飛的帶我上去——
不，沒問題的。
只要我發動烈核解放，我就能夠使用各式各樣的魔法。
就算要飛也不是不可能吧。
「芙亞歐！趕快先把血——」
然而那時芙亞歐卻佇立在出口附近，遲遲沒動。
她就像看到狐狸施法的人，臉上的表情充滿驚愕。
至於她正垂眼望著的東西——是一個古老的看板，那個看板孤零零地立在荒蕪的大地上。
感到納悶的我跑向芙亞歐，從她身旁探出臉龐，開始閱讀寫在看板上的文字。
「〈魯那魯村〉……咦？魯那魯村好像是——」
「騙人，這不可能。魯那魯村怎麼可能在這……」
那句話讓我心中感到一陣錯愕，接著我抬頭仰望芙亞歐。
她面色蒼白。換作是平常的她，根本不可能露出那麼驚恐的表情。
暖和的春風向下吹拂，一陣足以顛覆世界的迴響傳入耳中，卻不知從何而來——

滋噹。

「——不，這裡就是魯那魯村沒錯。」

我聽見一個熟悉的聲音，大吃一驚的我將目光轉向廢棄村莊的中央地帶。

那裡站了一個人，是之前曾經見過的那個琵琶法師。

她身上穿著鬆垮的袈裟，眼睛不曉得看不看得見，還是有其他原因，上面罩著一條畫著奇妙花紋的眼帶。背上背著讓她看起來更像是琵琶法師的弦樂器「琵琶」，每當有戰亂發生，這個琵琶就會彈奏出不吉利的旋律，「滋噹、滋噹」地奏響著。

那個人是來自星砦的殺人魔——「骸奏」特萊梅洛・帕爾克史戴拉，現在她正把手放在口袋裡，臉上浮現令人發毛的笑容。

「出……出現了！這裡果然是星砦的大本營!?」

「是的，基本上涅普拉斯本身就是星砦的要塞——話說回來……」

此時特萊梅洛一臉困擾的樣子，將手放在臉頰上。

「看來我潛伏在地底的這段期間，發生了很多事情。知事府被人占領，有一些傭兵攻了進來，而且我們祕藏起來的魔法石還爆炸了——哎呀真是的，納法狄小姐還真是亂來，讓人頭疼呢。」

我感覺我的腳抖得很厲害。

對手可是職業殺人犯。之前有一次我差點被這傢伙殺死。有可能四處都已經布好絲線了。會不會在一秒之後，我的頭就飛到半空中？——一股恐懼感在全身上下遊走開來，連腦袋都快因此麻痺。

但即便是這樣，我依然鼓起勇氣踏出一步，而且好不容易才從喉嚨深處擠出一些聲音。

「投降也沒用！妳還是乖乖抵抗吧！」

特萊梅洛輕輕地笑了一下。

「真可愛，妳好像很緊張喔。」

「啊……我弄錯了！抵、抵抗是沒用的！乖乖投降吧！」

「但是我能體會妳的心情。當妳踏進這個地方，妳就已經變成被狩獵的那一方了。」

「狩獵!?妳果然已經布好陷阱了!?」

「誰知道呢？要不要實際上來確認看看，就連我也不曉得喔。」

「不對先等等！我們還是先來談談吧！今天的天氣也很不錯啊！」

「的確是，今天傍晚的天空非常美麗。就讓我們開始廝殺吧。」
「暫停暫停暫停暫停！妳喜歡的食物是什麼!?我喜歡吃蛋包飯!!還有翎子喜歡白菜，芙亞歐超喜歡稻荷壽司和油豆皮!!」
「妳是想要爭取時間嗎？——原來如此啊，那我就配合妳吧。其實我也有話要對妳們說。」
此時特萊梅洛抬頭看向天際，同時像是在耳語一般，開口喚了聲「狐狸小姐——」
這句話讓芙亞歐的肩膀震了一下。
「……什麼事？」
「好久不見了，狐狸小姐。八年前看到妳的時候，妳只是連恆齒都還沒長齊的孩童。這就叫做光陰似箭。」
我聽了為此感到訝異，往那兩人的臉龐間看來看去。
原來這兩個人認識……？
可是她們兩人之間完全沒有半點重逢的喜悅。
橫在特萊梅洛和芙亞歐之間的，是比鋼鐵還要堅硬的殺戮氣息。
「我再說一遍，這裡肯定就是魯那魯村，不會錯的。正是妳出生的故鄉，也是約莫八年前，村裡的人全部死絕的悲劇村莊。請看，那裡還有一些遺留物對吧？就連妳曾經居住過的房子應該也還在喔。」

「那不可能，魯那魯村並不是建在這樣的谷底。」

「是因為發生過大地震才會這樣，幾乎整座村子都被埋到星洞裡了。」

「不是說那不可能嗎！再說我是在另外一個世界出生的！就算常世這邊有一個叫做『魯那魯』的村莊，跟我也沒有任何關係！」

「但是根據尼爾桑彼卿所說，那裡的魯那魯村似乎到現在都還存在喔。」

「……！」

她們在說什麼，我是有聽沒有懂。

芙亞歐為什麼會那麼焦躁，我實在想不透，而特萊梅洛又是基於什麼樣的目的才會提起魯那魯村的事情，這我也無法理解。

但是我能夠透過肌膚感受到一點，那就是芙亞歐的心正逐漸變得黑暗。

「第二個世界跟第一個世界『幾乎』可以說是猶如鏡像一般的存在。因此有兩個魯那魯村。」

「那是……因為……」

「其實妳早就注意到了吧？那邊那個魯那魯村一直都存在，實際上滅亡的是這邊這個魯那魯村。而妳八年之前體驗過的滅亡，其實是來自如今已經成了一堆遺骸的常世魯那魯魯村。此外——」

滋噹。

琵琶的聲音響了起來。當特萊梅洛再度開口時，臉上浮現出殘酷的笑容。

「在八年前那個時候，尤琳・崗德森布萊德還待在第一個世界裡。就像黛拉可瑪莉・崗德森布萊德所知道的那樣。」

「住口……」

「換句話說——無論如何尤琳・崗德森布萊德都不可能毀滅常世的魯那魯村。這句話背後有什麼樣的意涵，妳可聽明白了？」

「我都叫妳住嘴了！」

此時芙亞歐的怒火爆發，拔腿狂奔而去。

滋噹、滋噹。

曼陀羅礦石形成的絲線從四面八方來襲。

芙亞歐揮動《莫夜刀》，將那些絲線俐落地切斷。

每次切斷絲線都會有銳利的「叮！」聲響起，跟「滋噹」的琴弦撥動聲組合在一起，奏出詭異的狂想曲。

「等等，芙亞歐——」

接著又是一聲「嘶嘮！」傳入耳中——那個聲響頗為劇烈。

這是因為立在我們身旁的那根樹木被人連根砍斷了，巨大的樹幹邊迴轉邊落了下來。

我的喉嚨深處爆出一聲慘叫，接著我拚了命發狂似地逃離現場。

不料我在地面上滑了一跤，連滾帶爬地跌倒，就在那瞬間背後傳來一聲「嘶咚！」，就像是巨人用腳踩出的衝擊性聲響。

糟了。這下光只是站在這邊都有可能會死。

可是我卻沒辦法逃跑，因為我不能丟下芙亞歐。

芙亞歐一邊將逼近的絲線切斷，一邊持續接近特萊梅洛。那段距離已經連十公尺都不到了——接著她將《莫夜刀》翻轉過來，用強而有力的步伐使勁一蹬。

「來吧……妳是否已經做好迎接死亡的覺悟了!?」

那人縱身跳躍。

滋噹。

當下特萊梅洛用哀傷的語氣呢喃出聲。

「——請放過我，我還不想死。」

「！」

芙亞歐的動作變遲鈍了。

原本正打算揮砍出去的斜劈威力減弱，這個破綻看在特萊梅洛眼裡顯得機不可失，於是她往後退，再度跟我們拉開距離——

滋噹。

有人的肩口處噴出紅色鮮血。

一些絲線朝著芙亞歐後方來襲，割傷她的身體。她的心臟沒有因此被切開算是不幸中的大幸吧——但現在沒空在這裡冷靜分析了。

「芙、芙亞歐！」

我嘴裡發出尖叫聲，邁步跑了過去。

芙亞歐則是將傷口按住，嘴裡發出痛苦的呻吟，當場膝蓋一軟跪倒在地面上。

那些滴滴答答流下的鮮血，全都成了水分注入乾枯的田地中。

一看到她傷口出血的樣子，我就覺得頭暈目眩。

這次的傷勢很嚴重——來到沒有魔核在的地方，根本就無能為力。

「妳還好嗎!?怎、怎麼辦，我有在背包裡面放治療傷口的藥品，可是——」

「沒關係……這傷沒什麼大不了的……」

芙亞歐制止了慌慌張張的我，搖搖晃晃地站了起來。

妳在說什麼啊。什麼叫做「這種傷沒什麼大不了」。若是對這樣的傷置之不理，妳可是會死掉的。約翰可是常常因為這樣的傷死掉喔——然而芙亞歐卻用毅然決然、令人恐懼的眼神盯著特萊梅洛看。

「……妳用這種手段太卑鄙了。但我會被騙，是我太愚蠢。看來妳早就已經做好捨生的覺悟了。」

「那是當然的——不過狐狸小姐也是一位痴狂的人呢。遇上該死的人，那個人有沒有做好覺悟，根本就無關緊要。」

「我想追求的世界，是所有人都能夠死得其所的世界。像妳這種為了快樂而殺人的人，想必是不會理解的……」

「原來是這樣啊？是因為看到魯那魯村被滅，有了那樣的經歷，妳才會萌生這種想法吧。」

我聽了心裡覺得毛毛的。

這些對話實在太長了。我看這傢伙才是在爭取時間的那個人吧——我心中開始有無以名狀的不安擴散開來。

「人們的信念往往都是在某種機緣下形成的。而妳心中一直有個願望，就是不希望出現更多像妳一樣的人，與妳一同步上相同的悲劇結局。這樣的心胸的確偉大。」

「……住口，小心我砍死妳。」

「所以妳才會在殺生的路上設下禁制。也就是說，妳不曾殺過『不想死的人』對吧？」

「那是當然的……！我之所以會作戰，就是為了改變世界……！」

「事情當真如妳所想的那樣？難道那些都不是白費功夫？」

這時地面突然開始發出地鳴聲。

樹木在沙沙作響，那些破破爛爛的房子開始震動，還有掉落在地面上的石頭，就連它們也開始滾動起來。

感覺好像有某種巨大的東西正要粉碎大地。

那時我突然心中一驚，視線落向我的腳邊。

——是在下面。下面有什麼東西。

「芙亞歐！先暫時撤退吧！我有奇怪的感覺！」

「敢說這是白費功夫？妳到底想說什麼，特萊梅洛・帕爾克史戴拉。」

「沒什麼，只是我一直對某件事很好奇。」

特萊梅洛將手指放到嘴邊，就像一名壞心眼的教師，朝著芙亞歐拋出疑問。

「妳可曾親眼見過魯那魯村的村民被尤琳・崗德森布萊德殺死？妳當真覺得犯人是那個吸血鬼？就沒想過這當中有其他的可能性？為什麼整個村子裡就只剩下芙亞歐・梅特歐萊德活著？」

「————」

芙亞歐的雙唇在那一刻靜止了，彷彿被凍僵一樣。

緊接著——

突然出現好大的地震，感覺整個世界都快要被翻轉過來。

大地由下而上隆起。我連一下子都無法站穩，就這樣跌倒了。被鮮血沾溼的水田啪唰地裂開，地層就這麼被冒出來的「手」撥開了。

那是長著三隻黑色手指的「手」。

「不確定妳知不知道。原先魯那魯村就已經埋著常世的魔核了。那裡有曼陀羅礦石的礦脈存在，這便是最好的證據——」

那隻手將瓦礫破壞，而且越伸越長。

看起來就像是蟬的幼蟲從地面上鑽出來一樣，某樣東西逐漸顯露全貌。

「可是我們直到現在都還沒找到。因為這一帶常常會發生地震，看來是隨著時間推移，沉到地底更深的地方了。怪不得納法狄小姐遲遲處理不好——也因為這樣，夕星才會替我們準備協助挖掘的野獸。只不過牠們的任務不是只有採礦而已。牠們也被交派迎戰外敵的任務。」

「我、我都聽不懂啦!?這個到底是什麼啊!?」

「這個是最巨大的匪獸——我們稱呼牠為『羅剎』。」

接著地面就像是發生爆炸一樣，釋出一陣衝擊波。

現場變得煙霧瀰漫——在那些煙霧的另一側，我看見一道巨大的黑影佇立其中。

跟我們這陣子遇過的匪獸根本沒得比。

大小甚至大到跟一座山一樣大，黑黝黝的皮膚就像金屬一樣，反射出一層光芒。

牠的兩隻腳穩穩地踩踏在大地上，背上那對酷似蝙蝠的翅膀大大地張開。目光銳利且充滿殺氣，正居高臨下地望著我們——

用一句話來形容，這就像是一隻「巨大的龍」。

看樣子匪獸還能幻化成狗以外的型態。

「光靠我的《名號弦》，沒辦法把妳們兩個人處理掉。這點已經在拉米耶魯村印證過了。所以我才想要借用這孩子的力量。」

「開什麼玩笑啊！我可沒聽說會有那麼強的龍跑來這裡呀!?」

「因為這是驚喜嘛——據說在很久很久以前，六國的英雄曾經擁有「皇蛟龍」這種坐騎，這個就是仿製品。但牠依然還是匪獸，這點並沒有改變，只要破壞鑲嵌在頭部的曼陀羅礦石，就可以打倒牠喔？」

特萊梅洛說完得意地呵呵笑。

那傢伙之所以那麼長舌說個不停，理由在於想要爭取時間，好讓這隻叫做羅剎的怪物可以來得及抵達這邊吧。

話說回來，那個東西好大。比布格法洛斯還大上百倍。

若是跟這種怪物正面對決，我覺得自己根本沒有勝算。

「唔欸？」

這時我聽到一陣風切聲，但已經太遲了。

巨大的龍尾像是一條鞭子，朝著我們甩過來，我跟芙亞歐一下子就被打飛了。

我試圖掙扎，想要設法減輕衝擊，但根本就沒有意義，反而跟芙亞歐撞在一起，兩人在地面上翻滾了好幾圈。

啪鏗!!

後來我們重重地撞在岩石表面上。

我差點暈死過去，但還是咬牙撐住了。

那實在是太痛了。突然對我們發動攻擊，未免也太卑鄙了吧，我都還沒做好心理準備耶，再說芙亞歐都受傷了——

「芙、芙亞歐！妳還好嗎——咿！」

這時我發現自己的手掌早已染得一片血紅。

那些血正不停地流。全都是來自芙亞歐的肩口處，就好像湧泉一樣，好多好多的血紅色不停地滿溢而出。若是放著不管會死掉吧——但奇怪的是，芙亞歐臉上的表情就好像被惡夢困住一樣，眼睛不停地盯著魯那魯村的遺跡。

「這不可能……我可是……這怎麼會……」

「妳振作一點！來吧，先靠在我的肩膀上！」

「我是為了對尤琳・崗德森布萊德復仇……為了打造出所有人都能夠死得其所的世界……為了變得更強大，強大到任何人對我來說都不構成威脅……」

她的樣子明顯怪怪的。

是痛到腦袋不正常了——感覺起來不像這樣。

我覺得她更像是因為有別的理由，才會變得如此異常。

突然間，我注意到芙亞歐身上開始散發出很像黑色霧氣的東西。

這個——是意志力嗎？

「哎呀快看看，妳似乎擁抱了純度非常高的悲傷呢。」

這時特萊梅洛將手插到口袋裡，並出言嘲諷。

「我之所以要在這個世界散播悲傷種子的理由，就是為了蒐集負面的意志力。人們若是越悲傷，就會湧現越多的瘴氣，可以累積在這個琵琶裡頭。那會成為讓夕星成長的能量。就這點而言，狐狸小姐的悲傷是很棒的東西。」

「妳這傢伙……對芙亞歐做了什麼？」

「誰知道呢？是什麼呢？」

那些湧現出來的瘴氣在空中飄動，接著就被吸收到特萊梅洛的琵琶裡。

看來那個樂器裡面早已塞滿了人們的悲傷，多到讓人恐懼的地步。

而且我猛然一看還看見芙亞歐胸口上浮現出星星形狀的符號。

「這種能量真是太棒了，花點時間培育果然是值得的。」

「已經夠了！我們走吧，芙亞歐，聽那種人說話也只是浪費時間！」

「放開我，黛拉可瑪莉。我已經……」

「狐狸小姐，其實妳一直以來都搞錯了。」

芙亞歐的身體變得跟石頭一樣僵硬。

就算去拉也拉不動。因為她已經中了特萊梅洛的圈套。

「妳是出生在常世的獸人。毀滅那座魯那魯村的人，並不是尤琳・崗德森布萊德——這句話的意思，妳可聽懂了？」

「…………」

「不願意殺沒有做好覺悟的人？為了不讓任何人感到悲傷，要獲得最強的力量？還真是雄心壯志啊。在做這樣的努力時，若是吃的苦頭越多，最後獲得的悲傷也會越多。魯那魯村的村民死去，還有妳所做的那些努力，全都會在今天的這個瞬間成為養分，讓悲傷的果實開花結果，說穿了一切就只是這樣罷了。」

「是妳……是妳——都是妳做的嗎？將我的家人和我的哥哥……」

滋噹。

琵琶演奏出來的聲音響了起來。是特萊梅洛將手指放在琴弦上彈奏出來的。

「——誰知道呢？也許是妳做的呢？」

我一時之間沒聽明白。

那傢伙在說什麼啊。

「我就只是一直看著罷了。在村子裡面放火，對那些人下手的，不是別人，而是芙亞歐・梅特歐萊德妳自己啊。」

「那……那怎麼可能……」

「從來沒有殺過尚未做好赴死覺悟的人——這套信念從出發點來看就滿是破綻。妳是因為心中有罪惡感，才會把那段記憶消除吧。而且還許下心願，告訴自己『我想成為另外一個人』——因此才會用那麼稚嫩笨拙的方式生出雙重人格，事情不正是如此嗎？」

「妳說的那種事——怎麼可能是真的！」

被觸怒的芙亞歐緊緊握住刀子，就在那瞬間——

羅剎發出咆哮聲。

滋噹、滋噹——在詭異的琵琶聲響陪襯之下，那具巨大的身軀向前猛衝。

不知是不是因為疼痛度已經抵達臨界點的關係，原本即將要站起來的芙亞歐又當場癱坐下去。

這樣的事情發展實在來得太過突然，讓我陷入錯愕之中。

不光只有拉米耶魯村。這些人——也就是「星砦」，或許真的是完全無法和平談判的大壞蛋。為了束縛住芙亞歐的心，特萊梅洛曾經做過殘酷無比的事情。假如魯那魯村到現在依舊存在，那麼芙亞歐根本不會變成恐怖分子，而是會像個普通的少女一樣，過完快樂的人生也說不定。

我心中出現一陣騷動，同時低頭看著那位狐狸少女。

不曉得她是不是喪失鬥志了？又或者是沒辦法接受這些現實，她就只是呆呆地頹坐著。

這種事實在是讓人不可原諒。

而且我們也不能在這種地方變成匪獸的食物。

更重要的是——不能再因為那些人的緣故，讓更多的人陷入悲傷。

「……特萊梅洛，我會在這阻止妳的。」

此時羅剎發出咆哮聲，而且還加速衝來。

我則是從口袋中拿出一個小瓶子，接著將瓶蓋彈掉，毫不猶豫地喝下裝在裡面的紅色血液。

撲通。

這時芙亞歐用驚訝的表情抬頭，抬眼仰望著我的臉。

我感覺自己的心跳變快了。身上有七彩的魔力散發出來。

在黃昏的傍晚天空中，搭起了彩虹，天上滴滴答答地降下甘霖。

我感覺得到，命運正逐漸改寫。

眼下我受到強烈的使命感驅使，開始跟逼近我們的羅剎正面對峙，接著我將右手舉起來，彷彿這麼做是理所當然的。

緊接著下一瞬間，有個巨大的聲音響起，地面在那時塌陷下去。

我聽見震耳欲聾的號叫聲。

由於地面突然間裂開，羅剎被夾了進去，下半身的動作都被封住了。

就算牠狂暴地掙扎，依然無法掙脫，反而還越陷越深。

除此之外，我頭頂上傳來某種東西碎裂的聲響。不曉得是不是剛才那陣衝擊傳導過去的關係，或是原本就已經快要腐朽了，總而言之懸崖上有大量的岩石崩落下來。

特萊梅洛趕緊在這時拉動琴弦。

有好幾個岩石遭到分解，變成小小的顆粒。但頂多就只有造成這些影響。想要將所有岩石都打掉是不可能的——最後那顆最大的岩石彷彿隕石墜落一般，直接撞上目前仍在地面上掙扎的羅剎腦袋。

喀鏗！

成為匪獸核心的曼陀羅礦石出現裂痕。

下一瞬間——在一聲「咚砰!!」之後，那股漆黑的意志力全都朝著四周噴散出去。

只留一坨黏糊糊的液體。羅剎再也沒辦法保持龍的形狀，依然被夾在那個洞穴裡，化作慘不忍睹的汙泥。而且那一坨汙泥疑似還受到重力牽引，逐漸滲透到地面裡，正要從我們眼前消失——

「啊啊……怎麼會有這種事情……夕星交給我的最強匪獸居然……」

崩塌現象直到現在都沒有停歇。

那就形同是天降豪雨一般，一些岩石接二連三落了下來。

我拉住芙亞歐的手，讓她靠著我的肩膀，並且朝星洞內部瞥了一眼。

「我們快回去吧！要治療傷口才行——唔咕!?」

突然有股撞擊力道襲上我的身體，害我連腦袋都被震得七葷八素。

等到我回過神，我已經跟芙亞歐一起被撞飛了。

這種感覺就像是被某種東西突擊——我人倒在星洞的入口附近，呈現趴地的姿態，同時我還惶恐地用眼睛看了看羅剎原本待的地方。

——那個是……什麼？

黑色的液體依然殘留在那裡。

圍繞著特萊梅洛，像是章魚的腳在蠢動一樣，邊蠕動邊打起波浪。

一股黑色的瘴氣瀰漫開來，將早已陷入荒蕪的魯那魯村包覆住。

那畫面看起來彷彿像是霉菌用極快的速度在侵蝕村莊。

這陣瘴氣爬升到懸崖上，接著朝向晚霞天際爬升出去，甚至要延伸到涅普拉斯的街道上。

就在那時，蠢動得有如蛆蟲一般的瘴氣靠近我們。

我不禁發出慘叫聲，人向後退去。

緊接著我聽到一些人聲。

有哭泣聲、呻吟聲和淒厲的慘叫聲——匪獸體內埋藏的漆黑意志力成了最邪惡的能量，那都是用某些人的悲傷凝聚而成的，也不知這些人是來自何方。

他們的遺憾、怨念以空氣為媒介，如今甚至想要對我的心伸出魔掌。

我們就是被這個東西撞飛的吧。

不對，比起這個——

「唔……」

我突然有想吐的感覺，於是就用手按住嘴巴。

怎麼會這樣？只要把核心毀掉，匪獸不是就會完蛋了嗎？

這樣未免也太可怕了。誰知道事情會變成這樣啊。

「——真是拿妳們沒辦法，就讓我有效運用羅剎吧。」

滋噹、滋噹、滋噹。

特萊梅洛開始彈奏琵琶。

羅剎的殘骸都被吸收過去，纏繞到琴弦上頭。那個樂器肯定擁有聚集意志力的機能——就在下一瞬間，漆黑的能量夾帶著驚人氣勢擴散開來。接著那些東西又演變成類似觸手的型態，將掉落下來的瓦礫全都靈巧擊穿，一個不漏。

這景象就像是神話裡出現的怪物在作亂。

我不認為自己有辦法跟這種東西抗衡。

好可怕。我心中就只剩下這麼一個念頭。

「……黛拉可瑪莉，我們撤退吧……」

「芙亞歐……！」

看起來已經變得上氣不接下氣的芙亞歐站了起來。她那原本逐漸萎靡的心又重新振作起來了。

對——現在這種節骨眼上，哪能沉浸在恐懼中。我們應該要先撤退才對，必須如此。

敵人正忙著應付岩石之雨，現在正是撤退的好時機。於是我跟芙亞歐互相支撐著彼此，就此離開魯那魯村。

☆

我跟愛蘭翎子一起在黑暗的神殿中前進。

這裡的空氣很混濁。腳下有瘴氣在爬竄。

若是繼續往前進，也許有機會一睹那傢伙的真面目也說不定。

帶著雀躍的心情，我跨步走下階梯。

「絲畢卡小姐……梅芳真的在這裡嗎……？」

「《夜天輪》指示出來的座標應該就是這裡沒錯。也許在地下更深的地方。」

那時我不經意抬頭看了看天頂。

有匪獸的氣息，是成群的——不，應該說是一股負面的意志力波動才對。

就在那時傳來一陣震動感，力量大到足以讓整座神殿都為之搖晃。

翎子嘴裡發出「呀！」的一聲慘叫，當場癱坐在地上。

這陣衝擊似乎沒有停歇的跡象。感覺是有某種東西在地面上大肆作亂才會那樣。

「那、那、那是什麼!?該不會是……匪獸……!?」

「距離我們還很遙遠，不用那麼害怕啦。來吧，妳先站起來。」

我朝著翎子伸出手。

她稍微躊躇了一下，接著才回握我的手，感覺她更怕的東西是我。

還是一樣喜歡故作堅強，讓人看了很想欺負她。想要讓她戴上項圈抓來飼養。

「這個天頂會不會崩塌呀……？」

「呵呵，感覺隨時都會崩塌下來喔！搞不好還會把人活埋起來呢？」

「咿唔……」

「來，我們走吧。」

我一把拉住翎子的手，開始往前趕路。

若是能夠在這裡解決星砦，再來就只剩下一些無關痛癢的事情要做。先蒐集那些魔核，再前往「弒神之塔」就可以了。如此一來，世界將會變得和平。六百年前與我失散的那個孩子，如今應該也在那座塔的最頂層等著我才對——

走到最後，眼前出現一座跟運動場一樣寬廣的空間。

瘴氣出現的地方好像就是這裡。我躲在柱子後面，從那窺探整個空間的狀況。

牆壁和天頂有好幾個地方都已經崩壞了，能夠看見埋在星洞裡的曼陀羅礦石，那些紫色光芒若隱若現的。這這片過分寬廣的閒置區域中，有無數的棺材整整齊齊地擺放在一起。在這之中甚至還有蓋子已經打開的棺材，感覺就像是屍體自己逃脫似的。

另外——前方還有一座祭壇。

那是極為樸素的祭壇。

可是這東西好像在哪裡見過。祭壇中央有一樣東西坐鎮——那是裝著發光液體的泉水。從裡頭不停地冒出黑色的瘴氣。

那個肯定是「魔泉」，不會錯的。

在現世裡，那是將血液傳送給魔核所必須仰賴的魔法現象。

不只是血液而已，魔泉似乎還擁有某種機能，能夠運送特定能量給特定物體——

「梅芳！」

這時翎子發出一聲叫喊，快步跑向某處。

在最前面的那個棺材裡，有個很眼熟的夭仙橫躺著。

這個人就是梁梅芳。

魔核崩壞之後，她就去向不明，原本是負責照顧翎子的隨從。

雖然知道她人就在星洞裡，卻沒想到她是被關在棺材中。

翎子流著眼淚挨在她那位隨從的身上，握住對方已經變得冰冷的手——

「梅芳、梅芳！妳振作一點……！妳看看我，快點醒來啊……！」

「……唔、唔唔……翎子？」

「梅芳……！」

讓人感到意外的事情發生了，原來梁梅芳還保有個人意識。

她臉色蒼白，身上也呈現營養不良的狀態，但心臟確實還在跳動。

「翎子妳……怎麼會在這……？」

「太好了……！我當然是來拯救梅芳妳的啊！」

我無視那兩個人，開始走了起來。

還用手刀劈開那些想要纏繞過來的瘴氣。

至於擺放在一旁的棺材，裡面放了一些人，就跟梅芳是一樣的。每個人都還沒死。但是大家都頹喪地盯著半空中看，嘴裡悶不吭聲，一副活得不耐煩的樣子。

從他們身上能看見星星形狀的傷痕。

而且那些傷痕還湧現出意志力，然後飄到魔泉那邊，被魔泉吸收掉了。

在翎子的照看下，梅芳發出呻吟聲。

「我……我是……」

「妳先冷靜一點。到底發生什麼事了，說給我聽聽看吧……？」

「我……被傳送到礦山都市這邊……還被黑色的野獸襲擊。等到我察覺的時候，人就已經跑來這裡了……還有其他人被抓，可是他們都被殺掉了……」

「但是梅芳妳……」

「不知道為什麼……我沒有被殺死，而是被關進這裡。好像還有其他人活著，可是……也許那些人的目的是要奪取他人的意志力……」

原來是這麼一回事。

把人抓過來奪取意志力，等到轉換成瘴氣之後，再送回這邊，他們似乎在做這檔事。

至於那些被抓到此地的人，肯定都具備烈核解放。

唯獨身上有骨氣的人，才能獲得烈核解放。那樣的人不管心靈遭受到多少次挫折，他們都能夠重新振作起來，看來能夠採取的意志力含量也跟一般人大不相同。

「唔嗯……」

看樣子星砦是想要讓整個常世都被瘴氣包覆。

瘴氣對夕星來說就像是一種能量。

這些人正在著手進行「環境調整」，好讓夕星之後能夠盡情作亂。

這下可不能等閒視之了。

於是我一腳踏進那個祭壇，開始窺視充斥瘴氣的魔泉。

這跟六國之間的那些在構造上大同小異。可是這個魔泉連接的東西，應該不是魔核吧。而是能夠讓意志力變得更混濁，再轉換成瘴氣的特殊道具，又或者是——

啪噠。

好像有水滴之類的東西掉落在帽子上。

這讓我不禁向上仰望，看看我的頭頂處。

就在這個大廳的天頂上，一直有黑色的液體啪噠啪噠地滲出。

——那個是水？難道正上方有一座地底湖？

不，這不是水。這個是瘴氣。

因為濃度實在太高了，因此才會轉換成實體，變成了液體也說不定。

這種東西我可是連看都沒看過。

若是想要將這些東西從常世一掃而空，看來得費一番功夫——

嘰。

我的手腕好像被什麼抓住了。

肌膚上傳來冰冷的觸感。

一旦發生意料之外的事情，有時候會讓人連慘叫聲都發不出來。

如今像這樣冒出冷汗，似乎是數百年來頭一遭，我慢慢將視線挪向下方。

有些從泉水之中冒出的細手將手指扣到我的手腕上。

窸窸窣窣、窸窸窣窣。

我還聽見耳邊不知從何處傳來讓人不快的笑聲。

在無垠的波紋深處，浮現出朦朦朧朧的少女身影。

「妳是什麼人？」

那些手的主人沒有回答。

取而代之，一些黑暗的意志力從她的指尖竄升。

那些指甲刺進我的皮膚裡，將我的皮膚割裂。血管被挖開，有血液滲透出來。

就在那一剎那，我試圖後退，可是對方的力道比想像中還要強勁，害我險些跌倒。

「原來妳是不愛剪指甲的那種人？我不是很喜歡這樣的人——」

這時好像有某個人發出呼喊聲。

是翎子在呼喚我的名字。

她拚命重複一句話，嘴裡說著「快逃」。

但不知道為什麼，我無法動彈。等到我察覺，我才看見那些瘴氣已經纏住我的腳踝了。一股讓人動彈不得的惡意架住我全身的肌肉，將那些全都束縛住。

我懂了。

原來魔泉會連結到這傢伙的體內。

換句話說，這傢伙——

這傢伙就是萬惡的根源。

能夠讓人心朝最壞的方向改寫，就像在傍晚天空中出現的星星……

『小畢。妳也該死了。』

那個待在泉水之中的少女輕聲呢喃。

在這堵惡意的擺弄下，我的反應稍微變遲鈍了。

泉水之中有形如水柱般的瘴氣湧現而出，轉眼間就將我的身體吞沒。

☆

是黑色。

周遭這一帶全都被染成黑色了。

可瑪莉搜索隊來到礦山都市涅普拉斯，一行人就看見傍晚的天空被染成黑色的，且城鎮的地面下陷，除此之外還有漆黑的瘴氣在大街小巷中蔓延擴散。

鎮上各個角落都陷入大騷動之中。

人們全都慌了手腳。有好多人被瘴氣吞噬，變得像廢人一樣，再也不會開口說話。還有一些人像是想要逃離什麼似的，正朝各處逃竄。

「……這是什麼？是地獄嗎？」

「迦流羅大人，聽說那邊有溫泉。溫泉水會發出紫色的光芒，名字叫做『曼陀羅溫泉』。難得來這裡一趟，要不要去泡泡看？」

「現在這個時間點不管怎麼看都不適合觀光吧!?」

小春在這時回了一句「對喔」，還一臉認真的樣子，接著就轉頭觀望涅普拉斯的慘況。

在基爾德・布蘭的帶領下，他們花了幾天南下。

因為走太多路，腳都起水泡了，還出現肌肉酸痛的症狀，讓人苦不堪言，後來他們總算抵達這座礦山都市，這裡也是黛拉可瑪莉・崗德森布萊德疑似被強行帶入的地方。

只不過——現在這種慘況是怎麼一回事？

那就像是祖母大人把她痛扁一頓後，一旦昏厥過去就會常常看見的惡夢光景，簡直是一模一樣啊？

——啪嚓。

有瘴氣偷偷貼上迦流羅的鞋子。

「呀啊!?」

「迦流羅小姐，請妳退開！」

啪滋！——佐久奈用力拿起魔杖敲打那個東西。

可是瘴氣的質感跟美乃滋很像，就算受到打擊，似乎也起不了任何作用。瘴氣一發現偷襲迦流羅失敗就開始歪七扭八地躍動，想要尋找別的獵物，往別的地方移動過去。

看著黏附在魔杖上的液體，佐久奈嘴裡發出「嗚嗚」聲，臉整個皺成一團。

「都黏在上面了。這個……有辦法弄掉嗎……？」

「打、打擾一下。我想盡可能不要碰那個東西會比較好。」

此時基爾德吞吞吐吐地補上這麼一句。

「這些都是負面的意志力。若是沾到會跟莫妮卡一樣，罹患消盡病……」

「為什麼會出現這種東西？」

「很抱歉，我也不清楚……不過……如此一來可以確定這件事情真的跟星砦有關。因為……能夠使用意志力做出這種壞事的人，就只有那幫人而已……」

小春接著說了一聲「問妳喔」，伸手拉拉基爾德的衣服。

「那個像黑色動物的東西是什麼？我想要拿來養。」

基爾德順著她的話看過去，視線落到那些街道上。

那邊有一些身體都是黑色的野獸（？）在四處破壞房舍。

讓人看了一頭霧水。不過牠們看起來很像是剛才那些瘴氣巨大化之後形成的東西——

「——那個應該是『匪獸』吧。這是一種在涅普拉斯採礦場中出現的怪物，聽說還會襲擊人。」

「既然是這樣，我們就應該前往那個採礦場吧。」

迦流羅說完話便將手用力緊握成拳頭，向前踏出一步。

可瑪莉和天津覺明就在這個城鎮裡的某個地方。

也許他們遭到瘴氣或匪獸侵襲，都已經受傷了。

一定要盡快找到他們。

「——我們走吧，各位！讓我們把可瑪莉小姐搶回來，回到原來的世界去吧！」

那些搜索隊成員全都強而有力地點點頭，嘴裡應了聲「是！」。

涅普拉斯的天空被染成詭異的黑色。

迦流羅心中頓時浮現一個想法。

未來的自己曾經體驗過的世界——是不是就像這個地獄一樣？

[11] 骸奏之音

我覺得自己一直以來的生活都算是過得順心如意。

我有四個家人。

有我、哥哥，還有媽媽和爸爸。

魯那魯村是一個很小的村子，雖然這個鄉下地方跟王都根本沒得比，但我非常喜歡在這個村子裡流淌的平靜時光。

沒錯。我怎麼能忘了呢？

印象中從前的天空應該是有兩個太陽飄在半空中才對。可是從某個時候開始，數量就減為一個。自這一刻起，我的記憶就像是蒙上一層烏雲。

——不能回想起來。心中只要懷抱復仇的念頭就夠了，就這樣活下去吧。

有人對我如此耳語，一直都是那樣。

「小芙，妳那邊的盤子準備好了嗎？」

我好像聽見母親的聲音。

那是慶典前一天的事情。魯那魯村內信仰的神明能夠為大家帶來豐收，每年總是有那麼幾次，村裡的人會集體總動員舉辦儀式。

我跟媽媽的工作就是捏那些用來當作供奉物的糕餅。

可是我捏到一半就覺得很膩，開始將那些糕餅當成黏土，捏來捏去做了一些動物。看見我在做這些，媽媽就說「哎呀真是的」將手放到臉頰上。

「不能夠拿食物來玩喔，這樣神明大人會生氣的。」

「……可是真的很無聊啊。」

我從以前開始就很喜歡去外面遊玩。

在我的記憶裡，我會跟哥哥一起玩，不然就是跟哥哥的朋友們廝混，他們都是男孩子，大家一起在村莊中跑來跑去。

一直在家裡面做吃的好無趣。

「這次是要辦慶典，我們必須把各自的工作完成。」

「但是哥哥在外面玩啊。」

「他沒有在玩，哥哥是跟爸爸在一起工作。」

這種說法我沒辦法接受。

我將媽媽的話當作耳邊風，開始拿糕餅捏成的人偶互相對戰，當成是遊戲遊玩。

媽媽一看到自己的女兒把臉頰鼓起來，便一副拿我沒轍的樣子，笑著說道：

「真拿妳沒辦法呢。」

「那妳去送飯給哥哥和爸爸吃吧。」

「……嗯!!」

我那時大大地點了個頭，從媽媽手中接下便當盒，並快步飛奔出家門。

鏗、鏗——村裡出現在祭壇上釘釘子的聲音。

那些男人們會將樹木砍倒，搬運一些資材過來。

慶典即將到來，整個魯那魯村都沉浸在歡欣的氣氛中，光只是走在路上，心情也會跟著雀躍起來，真是不可思議。

我要趕快去哥哥那邊——我知道自己的心情變得越來越高昂，在路上跑啊跑的，那時我不經意看見在櫻花樹下站了兩個奇妙的人。

其中一個人全身黑壓壓，個子很高，那個女人嘴裡還叼著菸。

至於另外一個人——身上則是背著看起來很陌生的樂器，而那個女人還用一條帶子遮住眼睛。

……她們究竟是誰呢？

這兩個人顯然不是村子裡的人，會是旅客嗎？

「──打擾一下，那邊那位狐狸小姐。」

在這兩個人之中，背著樂器的那個人跟我說話了。

我毫無警戒心，就這樣靠了過去。

唯獨好奇心，我硬是比別人多了一倍。

也許會發生什麼有趣的事情──當下我心中正為此感到興奮。

那個背著樂器的人姿態柔軟地低頭鞠躬，跟我說了聲「妳好」。

「這個村莊好熱鬧。今天是要辦慶典嗎？」

「沒有，不是今天，明天才會辦。這次的慶典是要祭神……」

對方笑了一下，朝我露出一個溫和的笑容。

「這個村子裡的人都很虔誠呢。可是比起慶典，還有更重要的事情──狐狸小姐，你看過這種會發出紫光的石頭嗎？」

那個背著樂器的人從懷中取出一個石頭。

這個我見過。在魯那魯村裡，應該沒有人不知道這種東西吧？

「那個是常常出現在地面上的東西吧……？」

「是啊，也就是說，在此處的地底下沉睡著更大的寶藏。那是能夠為這個世界帶來變革的至寶──若是能夠善加利用，將能夠化解所有的苦痛，還能將人心從悲傷中解放，迎來永世太平。妳聽了是否感興趣啊？」

「妳是什麼人啊？四處旅行的藝人嗎？」
「我的名字叫做……對了，我叫做尤琳．崗德森布萊德。」
另外那個穿著黑色衣服的人嘴裡回了聲「喂喂」，還面露苦笑。
她將香菸抽得煙霧瀰漫，同時還盯著我看。
「——這位狐狸小姑娘，那個旅行藝人所說的話，妳可別當真喔。因為這傢伙是不得了的大壞蛋。」
「但感覺這女孩是很棒的素材呀？想必夕星知道了也會很高興的。」
「可是她還算是個孩子喔？這樣好嗎？」
「就因為是孩子更要採納，或許她能夠替我們孕育出美麗的漆黑之花。」
「呵呵呵……妳還真是個大壞蛋。我都快吐了。」
「今後這孩子將會侍奉夕星。即便她將會在土草之上腐朽，那善行也會獲得認可，未來將能夠往生西方極樂。這都是為了那孩子好——噢對了，不好意思啊，狐狸小姐。我們自顧自地談起那麼艱澀的話題。」
「妳們兩位也要去參加慶典嗎？」
「我們是要舉辦慶典。那麼尼爾桑彼卿，再麻煩妳了。希望妳可以做些調整，配合我的指示行動。」
「真拿妳沒辦法……不過她的精神面還尚未成熟，做起來應該很容易吧。」

那個黑衣人朝芙亞歐靠了過去，一臉嫌麻煩的樣子。

她將香菸扔掉，用鞋子踩了好幾下，把香菸上的火消除，同時還說：

「抱歉啦，這位小姑娘。若是要在常世這邊活動，我們會需要一個根據地，而這個村莊剛好適合。還有在村子裡的人似乎都不知情，其實那個『曼陀羅礦石』可以賣很高的價錢。這邊這個人——也就是這位尤琳小姐，她實在太想要錢了。」

「對於金錢的慾望，我早就捨棄了。想要那種東西的人，應該是納法狄小姐才對。」

「總而言之，我們需要藉助妳的力量。可不可以幫幫我們？」

芙亞歐聽了也不明白她們究竟在說些什麼。

她只覺得這些人好像遇到困難了。

媽媽曾經說過，若是遇到身陷困難的人，要對他們友善一點。

因此我才會坦率地點點頭，嘴裡回了聲「嗯」。

「真可憐啊。但是像妳這麼聽話的孩子，我很喜歡喔。」

那個黑衣人臉上笑咪咪的。

過沒多久，她的眼睛就發出紅色光芒。

「【童子曲學】——來吧，接下來妳要聽從這個人的指示。」

咚唰。

原本被芙亞歐拿在手裡的便當掉到地上。

「——咦？小芙，妳怎麼了？」

哥哥他就在廣場上。

好像在跟村裡的人一起搭建祭壇的樣子。

他是很可靠的人，年紀只比自己大一點。我非常喜歡這個人。

村莊裡的人都一副傻眼的樣子，笑著說了聲「喂喂」。

「妳是不是太想念哥哥才會來這啊？」「這孩子真是離不開哥哥呢。」

「那妳要不要來這邊跟我們一起工作啊？」「她大概是覺得捏糕餅太無趣了吧。」——

那裡的氣氛好溫馨。

在這個人與人會互相憎恨、互相殺害的煉獄世界中，只剩下他們還保有純樸的心。

哥哥笑得很害羞，低頭看著我，嘴裡說了些話。

我想那似乎成了他最後的遺言。

「小芙，那妳要不要來幫忙啊？那邊有花朵，妳去摘來裝飾在祭壇上吧——咦？」

接著哥哥臉上的表情就像看到很不可思議的畫面一樣，用那樣的表情俯瞰著我。

而我手上正握著一把短刀，短刀的前端深深插進哥哥的腹部。

血液就像瀑布一樣流了出來，將裝飾到一半的祭壇染成血紅色的。

滋噹——

詭異的琵琶彈奏聲在村莊裡迴盪。

「小芙，為什麼……」

「不、不是的，是我的身體自己動起來……」

哥哥的身體當場「咚唰」一聲倒了下去。他已經失去意識了。搞不好連心臟都沒有在跳動。那個溫柔的哥哥再也回不來了。

當我明白這一切，在那個瞬間，我的心靈也徹底崩潰了。

「妳在做什麼啊，芙亞歐!!」

為了壓制我這個殺人犯，村子裡的人通通跑了過來。

滋噹、滋噹——

可是我的身體再也不是我的東西了。

每次只要有琵琶彈奏的聲音響起，我就會被迫揮動短刀。

村子裡的人紛紛發出哀號聲倒下。

「快住手啊，芙亞歐——咕啊！」

不知道從什麼時候開始，我手中已經改拿更大的刀了。是那個彈奏樂器的人悄悄拿給我的。

她在我耳邊發出彷彿惡魔般的呢喃。

「去吧，將這個村子毀滅掉。這裡根本不是獸人應該居住的地方。而是更該成為我們的『碉堡』才對——」

等到我發現的時候，我已經對那些房子放火了。

那些火焰發出轟隆轟隆的聲響，熊熊燃燒。一下子就從一個屋頂延燒到另一個屋頂。也許我已經在意識朦朧之間灑了一些油。

原本在做菜的女人們慌慌張張地來到外頭。

而我拿著刀將她們一個接著一個刺殺。有些人都還沒搞清楚發生什麼事，就已經先氣絕身亡了，也有人發出淒厲的尖叫聲抵抗，但最終還是慘死在我的刀下，就此斷氣。

我在殺人。揮動手中的刀子。再過去追殺人。殺啊殺的——就像一臺機器一樣，重複了無數次，一直在做同樣的事情。而吞噬整個村莊的火焰也變得像怪物一樣龐大。我想應該有不少狐狸被燒成黑色的焦炭了。

「小芙……！」

滋噹、滋噹、滋噹——

我將最後一個人斬殺。

那些鮮血飛濺開來。對方的手腳頓時沒了力氣，身體軟倒在地面上。

直到這個時候，我才發現倒在眼前的人是自己的母親。

「啊、啊……」

隔了許久，我才發出聲音。但因為情緒太過激動了，連話都說不好。

當下我抱住自己的頭，無力地跌坐在地面上。

——不是我。不是我做的。我已經不是我了。

這一定是一場惡夢。這種事情不該發生。

這一切都來得太過突然了。

胸口那裡變得好痛苦。我覺得自己沒辦法呼吸。在血腥味的包圍下，我的知覺正逐漸麻痺。

意識慢慢遠離——

「——妳的仇人是尤琳・崗德森布萊德。」

滋噹、滋噹——

就在我身旁，有個人站著。

我覺得太痛苦了，連去確認那個人長什麼樣子都辦不到。

「妳一定要將這件事銘記在心。若是想要復仇，妳就要磨練自己的身手。」

尤琳・崗德森布萊德。

莫非這就是犯人的名字？

「……妳真是徹頭徹尾的壞蛋，還想要把責任推給其他無辜的人。」

「我這是在幫助尼爾桑彼卿。妳處理第一世界的事情，不是正好遇到瓶頸嗎？因為遇到那個最強的七紅天。若是這孩子能夠變強，並且順利復仇，那就是一石二鳥了吧？」

「懂了懂了。抱歉還要勞煩妳出手。但就不知道這個一石二鳥要等到幾年後才可以收成……」

「請妳耐心等待——我們是不是也該回去了？」

「嗯？的確——暴風雨都已經這麼接近了。順便把這個小姑娘帶過去吧。」

「麻煩妳把她的記憶也改寫一下，弄成符合我們需要的那樣。」

「妳把儒學家當成什麼了，我們可不是催眠師喔。」

滋嘡、滋嘡、滋嘡——

說那些話的人笑著離去。

對。這些都不是我做的。

全都是那個尤琳・崗德森布萊德的錯。

……可是殘留在手上的觸感，一直沒有消失。

我還記得把肉砍開是什麼樣的感覺。還有人們的慘叫聲，都已經深入我的心底了。

就連那個「滋噹」作響的詭異音色，也一樣停留在腦海中。

好混亂。全都亂了。

我的腦袋變得越來越混沌。

所有的一切都開始變得模糊不清。

世界也逐漸沒了色彩。

☆

「唔咕……」

芙亞歐臉色不太好看，感覺很痛苦的樣子。

那也難怪。因為她的肩膀受傷了，流出好多的血。

「芙亞歐妳還好嗎？這裡凹凸不平，妳要小心喔。」

「我知道……」

我跟芙亞歐互相幫忙，在紫色的洞窟中前進。

岩石被破壞的聲音從背後傳來。

應該是身上帶著黑色瘴氣的特萊梅洛在大肆作亂吧。

我們要盡量跟她拉開距離才行。

不對——就算遠離了又能怎樣？

難道我們有辦法把那個怪物解決嗎？

「啊！」

就在這個時候，芙亞歐腳下一個沒踩好，向前撲倒了。

我也受傷了，一時之間沒辦法支撐住她。於是我們兩個人就一起疊在表面粗糙不平的岩石地上。

那時全身感受到一股重擊，我慌慌張張地起身，因為擔心芙亞歐，就開始觀察她臉上的神情。

她好像在回想些什麼，眼神變得很混濁。

比起身體的疼痛，心靈的疼痛似乎更加折磨她——

「我……我——」

芙亞歐正在說話，而且聲音變得斷斷續續的。

「我一直以來都在做些什麼啊……為了復仇才要變強……用恐怖分子的身分活動……還傷害了很多人……」

「芙亞歐……」

「碰到不想死的人，就不殺他們？這樣的情操還真是偉大……但前提是我真的有在付諸實行。我從一開始就做錯了……這樣的人生一點意義都沒有。早知如此，我應該在那個時候死掉才對。」

芙亞歐眼中甚至有淚水浮現。

我不曾看過她展露這樣的姿態。於是我慌了手腳，不知道該對她說些什麼話才好。她心中出現什麼樣的變化，我也難以想像。

於是我握住她的手，對她說了些話。

「別說什麼死不死的！我們一起離開這裡吧！」

「……不行，我全都想起來了。」

那些鮮血流了出來，將地面染紅。

我從包包裡拿出繃帶，替芙亞歐擦拭傷口。

但我很清楚，知道做這種事情也沒有多大的意義。

芙亞歐按住我的手制止我，臉上露出自嘲的笑容。

「毀滅魯那魯村的人……其實是我。」

「咦……」

「我的記憶都回來了。八年前的那一天，是我渾然忘我地揮刀。有些人都還沒搞清楚發生什麼事，就被我殺死了。還有人一直在喊，說他不想死——」

她曾經砍殺村子裡的人。還對村子裡的房子放火。毀了魯那魯村所有的心血結晶——芙亞歐將回想起來的事情全都毫無保留地告訴我了。

那是一段悲傷的故事，讓人不忍心聽下去。

而且照這樣聽起來，這一切的元凶根本就是特萊梅洛和尼爾桑彼啊。單單只是殺人還不滿足，那幫人甚至讓無辜的孩子背負這份萬劫不復的罪惡感。

芙亞歐的身體忽然湧現出黑暗的意志力。

這是結合悲傷和心靈創傷所產生出來的力量——肯定跟匪獸身上的一樣，也跟充斥在周遭的瘴氣是相同的組成成分。

這下糟了。芙亞歐開始變得怪怪的。

「……這下我總算明白了。我根本不是值得活下去的人。也沒有擁抱夢想的權利。因為我曾經奪走許多人的性命。」

「妳、妳振作一點！那些都不是妳的責任！全部都是那幫人的錯。」

「不，是我做的。都是我親手……」

「這樣說就不對了！妳是被特萊梅洛操控的啊！」

我握緊拳頭站了起來。

不可原諒。那些人是要踐踏他人到什麼地步才甘願。

「可是……」

「她這麼做等同是在削弱妳的精神力！不能夠在這裡灰心喪志！若是無論如何都覺得難受的話，妳可以來找我幫忙啊。」

「咦……？」

芙亞歐似乎沒想到我會那麼說，狐狸耳朵動了動。

我不顧一切地伸出手。

「我們走吧。還走得動嗎？」

「——」

那對驚訝不已的雙眼一直凝視著我。猶豫了一會後，芙亞歐這才垂下眼眸，嘴裡不發一語，這次她終於願意回握我的手了。

☆

我們好像迷路了。

連自己現在待在星洞的哪個位置都不曉得。遠方那邊能夠聽見特萊梅洛在作亂的聲音，但那傢伙似乎也一樣，沒能找到我們的所在位置。

當我們走了一小段路後，我們來到一個地底湖附近。

或許是有雨水流入這裡。

湖面上正發出紫色的光芒。那表示水裡面也鋪著曼陀羅礦石。話說回來，這樣好刺眼啊——星洞裡的其他地方根本無法相提並論，這裡真的很亮。

「……有魔力反應，看來這裡有數量可觀的礦石存在。」

「是那樣嗎？但這些光芒確實很強。」

我們坐在湖畔的窪地上，接著我從包包裡拿出水桶，放到嘴邊喝了起來。

不管是力氣還是體力，我都快要耗盡了，若是不趕快休息一下，我可能會昏倒。

芙亞歐則是按住肩膀，一副很痛苦的樣子。

若是繼續在這個洞窟裡徘徊下去，她的傷口有可能會惡化，到時就沒救了。

我們要趕快去跟翎子和絲畢卡碰面，從這裡逃出去。

「妳還好嗎？這個傷口應該很痛吧……」

「沒什麼大不了的，這種傷口對我來說是家常便飯。」

「抱歉……」

「……為什麼妳要道歉。」

「如果我能夠更像樣一點，妳也不至於會受傷。」

芙亞歐聽了發出一聲嘆息，臉上神情看來像是很傻眼的樣子。

但是她的表情好像變得比較柔和一點了。

「妳真笨啊，這些傷都是我自作自受弄來的。」

「可是我就只能在旁邊咬著手指看著……」

「妳什麼都想往自己身上攬。連一些無關緊要的事情，妳都覺得自己應該負責，然後被這種責任感壓垮。所以身高才會一直長不高吧？」

「什麼……!?這跟那個沒關係吧!?」

「誰知道呢。」

芙亞歐笑了。很不像殺人魔會有的，是很純真的笑容。

芙亞歐發現我在看她，慌慌張張地將臉轉向一旁。

接著她又一副難以啟齒的樣子，開口說了一句「話說回來——」，試著改變話題。

「……雖然妳沒必要道歉，但我似乎得跟妳道歉才行。」

「咦？」

「我的世界被徹底顛覆了。」

當她緩緩地開口訴說，臉上也浮現出苦悶的表情。

「我一路走來都是為了理想而戰。可是那些理想都只是無聊的假象，在這之前被我傷害的人，數也數不清——他們都成了那些假象的犧牲品。這樣的事情是不能被容許的。」

「芙亞歐……？」

「天照樂土發生的事情也是如此。玲霓花梨和天津迦流羅等等的和魂種，他們都曾經因此深陷悲傷之中。或許我現在沒資格說這種話——但即便如此，為了做個了斷，我還是要先把話說清楚。抱歉。」

這之間究竟發生了什麼。

我一直以為她是殘酷無情的恐怖分子。

但那個芙亞歐已經在為過去的所作所為反省，跟我低頭道歉了呢？

『就算以前的關係壞到要殺死對方，只要能夠好好溝通，人們還是能夠彼此諒解。』——我一直都是這麼想的，也許這樣的想法並沒有錯。

「……那些話應該去跟迦流羅和花梨說才對。」

我笑了起來，同時說了這些話。

「另外……妳的理想並不是無聊的假象。雖然做法差勁透頂，但是在最根本的部分，我跟妳是能夠起共鳴的。聽完妳說的那些話，我就有這種想法了。所以妳不用那麼消沉。」

「我——」

不知為何，芙亞歐的耳朵一直在抽動。

「我哪有意志消沉！是妳過度解讀。」
「這麼說也對，抱歉。」
「…………」
我因此鬆了一口氣。原本纏繞在她身上的瘴氣已經沒有那麼濃了。或許她精神上有變得稍微振奮一點。
在我們之間，那種殺氣騰騰的緊張感逐漸消逝。
就算對象是恐怖分子，我們依然還是能夠彼此理解。
再來只要能夠讓所有人都平安回家，這次的事件就算解決了，然而——
「嗯？」
此時湖裡面突然發出強光。
就在地底湖的上方，也就是距離水面十公分左右的地方，好像有某種東西漂浮在上頭。
我專心朝著那裡看，一直盯著看。
接著我嚇了一大跳，差點當場昏倒。
那個是——像星星一樣閃閃發亮的球體？
「是魔核……！」
芙亞歐在這時站了起來。

那是魔核。原本應該是埋在星洞某處的常世魔核。

這是巧合嗎？——不，不對。

彩虹色澤的【孤紅之恤】還在發動中。神仙種的血液讓我變得超級幸運，換句話說，整個世界都是站在我們這邊的。所以那肯定是貨真價實的魔核，不會錯的。

「我去拿回來，可不能讓星砦搶走這樣東西。」

「要、要怎麼拿啊!?去年夏天我有稍微練習一下游泳，但是在那之後有一陣子都沒有去海邊，也沒有進游泳池，所以我有可能會溺死……」

「我去吧。」

「等等！不要脫衣服啦！妳身上還有傷耶！」

一看到芙亞歐準備要脫個精光，我趕緊制止她。

這下該怎麼辦。若是有長長的棒狀物就好了——我開始為這件事傷腦筋，偏偏此時又有事情發生。

——滋噹。

「原來如此，我們找的東西是在這種地方啊。」

一陣猛烈的沙暴吹進星洞中。

我當下立刻護住芙亞歐，並蹲低身體。

那些岩石看起來很像圓形的紙屑一樣，通通飛了過來。咚咚咚咚地大力撞到牆面上，這陣衝擊彷彿深入骨頭之中，周遭這一帶都開始搖晃起來。

連東南西北都分不清的我抬起頭查看，結果發現身上散發漆黑瘴氣的特萊梅洛就站在那裡。

有好幾根像是章魚觸手的東西在蠢動。

也許那玩意兒繼承了羅剎的力量，光只是跟那些東西對峙都讓人渾身發顫，此物正散發如此強勁的不祥氣息。

那些東西邊刨開星洞的牆壁，邊朝著我們迅速靠近。

「幸虧有納法狄小姐先幫我們炸開。妳們又剛好逃進這個地方。如此一來距離我們實現願望又更近一步了。」

「喂！妳做什麼——」

特萊梅洛對準湖面放出觸手。

那些充滿瘴氣又胡亂蠕動的觸手纏繞到魔核上，接著特萊梅洛就用力拉扯，將那些東西拉回自己手中。這位琵琶法師的嘴角詭異地上揚，向下看著在手掌中發光的魔力至寶。

「啊啊……這下夕星想必會很開心吧。」

「妳、妳太卑鄙了！妳也應該用游的啊!?」

「呵呵呵，但是我的運動神經不是很好。」

嘴裡一面說著，特萊梅洛將魔核收到口袋裡。

怎麼會這樣。我們好不容易才找到——

可是芙亞歐卻用很冷靜的聲音輕聲說道「不用在意」。

「聽說魔核要齊聚六個才能發揮效果。就算得到那樣東西，頂多也只是替她強化魔力罷了。」

「雖然是這樣！魔核還是很重要的東西呀!?」

「那我們只要在這殺了她再搶過來，問題就解決了吧。」

這時特萊梅洛開始竊笑。

她用彷彿鄙視一切的邪惡目光望著我們。

「我想這應該不可能實現吧，因為妳的心靈早就已經折損了。」

「妳說什麼——」

「其實說真的，我們沒必要連魯那魯村都毀滅。」

芙亞歐的動作瞬間停擺。

這些話彷彿是惡魔的話語，就連我聽著聽著都覺得心如刀割。

「在這塊土地裡，有魔核沉睡，我們想要挖到那樣東西。那些狐狸確實很礙事，但若只是這樣，只要讓他們強行遷移就好。那我們又為何要引發那種慘劇？這都是為了獲取悲傷的意志力——也就是瘴氣。瘴氣能夠被這個琵琶吸收，形成讓夕星成長的養分。」

「什麼……？」

「我不停在常世的村莊中大開殺戒。就像拉米耶魯村那樣。可是我不會殺掉所有人。一定會留下活口。」

那些黑色觸手開始扭來扭去。

根本不曉得什麼時候會朝我們來襲。

我抓住芙亞歐的衣服，渾身都陷入僵硬狀態。

「有的人會為了復仇奔波，有的人則是感到憤怒，為此受盡煎熬，還有人會無比失意，又哭又叫。這些情感奔流將成為負面的意志力，被釋放到身體外，將這個世界汙染，變得更加漆黑。」

「妳在說什麼鬼話……」

「狐狸小姐堪稱是最棒的傑作。妳散發出來的瘴氣，就連夕星都為之欣喜喔。看來八年前毀掉魯那魯村是對的。」

「唔……！」

芙亞歐用充滿憎恨的目光看過去。

「果然……妳就是造成這一切的元凶……必須把妳殺了……」

「說我是元凶，好像有點偏頗。在這個世界上發生的所有事情，背後都有一段機緣巧合。早在許久之前，魯那魯村就註定會滅亡了吧。但他們卻還是那樣大費周章，就為了辦那什麼慶典——人類真是既可悲又可愛的生物。」

芙亞歐在這時大聲吼叫。那是憤怒至極的咆哮。

「等、等等啊，芙亞歐——唔哇！」

我被芙亞歐強行甩開，一屁股跌坐在地。

她用力握緊《莫夜刀》，身上湧現壯絕的意志力，朝著特萊梅洛猛衝過去。有幾根逼近她的觸手都被一刀兩斷，原以為刀子的刀刃就要砍中琵琶法師的胸口，沒想到下一刻——

「啊唔！」

或許是傷口太過疼痛的關係，芙亞歐的身體忽然間重心不穩地晃了一下。

這個破綻被人趁虛而入，有個觸手朝著她的腹部發動突襲。

芙亞歐嘴裡發出短促的悲鳴，就這樣被打飛出去。

她在粗糙的地面上反彈了好幾次，又飛回我身旁。

「真是悲哀呀。可是妳應該要感到高興——因為妳註定會獲得幸福。」

那些黑色的觸手搖來晃去地立了起來。

前端變化成其他形狀，變得像鐮刀一樣銳利。

看來敵人已經做好準備，隨時都能把我們殺了。

「只要被獻祭給夕星，那個人就能夠前往西方淨土。在那個地方，不會感到痛苦，也不再感到悲傷。妳還能再見到媽媽爸爸喔，小芙。」

「──────」

芙亞歐的身體在這時震了一下。

她看起來是想要起身的，卻怎麼樣都站不起來。

可能是因為受傷的關係，害她的身體動作受到限制。

她身上有憤怒、悔恨和悲傷──被這一切的負面情感壓垮，芙亞歐眼裡浮現淚水，一直在顫抖。她的尾巴萎靡地垂落在地面上，看著這一幕，我知道自己的心跳越來越快，並伴隨吵鬧的心跳聲。

那麼做實在是太過分了。

特萊梅洛從這個少女身上奪走了一切。

若是沒有那個琵琶法師在，如今魯那魯村裡的狐狸獸人都還在過著和平的生活。

還有那個尼爾桑彼也一樣──星砦的做法實在太邪惡了。

不能繼續放任她們為所欲為。

「……不會有事的，芙亞歐。」

「！」

此時我將手輕輕放到芙亞歐的肩膀上。

「妳已經很努力了，再也不用擔心任何事情。」

「妳……妳那是什麼眼神……！不許擔心我！」

「但我就是會擔心啊！因為妳是我的夥伴。」

「唔——什、什麼……」

芙亞歐瞪大雙眼，身體持續發顫。

「我不是妳的夥伴！我跟妳這種人不一樣！是本來就該死的殺人犯！」

「那怎麼可能！這一切全都是特萊梅洛害的！」

「沒錯，所以我才要殺了那傢伙!!我已經停不下來了!!為了我的家人還有魯那魯村的所有人……我起碼要做這點事來贖罪……一定要在這裡殺了那傢伙!!」

「可是芙亞歐，妳已經受傷了啊。」

「這點傷根本就不痛不癢！只是擦傷罷了——」

「我來代替妳完成，所以妳把力量借給我吧。」

我的臉朝著芙亞歐的傷口靠近。

特萊梅洛怎麼可能會允許我那麼做，難以計數的觸手如風暴般來襲，成群結隊地攻擊我。

芙亞歐嘴裡頓時發出驚叫聲，她吶喊著：「快躲開，黛拉可瑪莉！」

突然間——現場出現一聲「啪鏗!!」，在這陣爆炸聲響起的同時，特萊梅洛的身體也歪斜了。

她腳邊出現不自然的崩塌現象。

這位琵琶法師嘴裡「哎呀」了一聲，趕緊讓自己重新站好。

多了這個動作導致觸手的軌道大幅度偏移，在空中畫出「咻咻」的聲音，那些聲響震盪著我的耳膜。

因翎子的血液所帶來的好運已經用完了，彩虹色的魔力炸開，接著就散去了——

滋嚕。

我利用這段時間舔拭那些血液。

芙亞歐則是擺出厭惡的表情，嘴裡「唔！」了一聲。

她沒必要做出這種反應。接下來人們將會迎來美好的結局，所有人的夢想都能實現。我會粉碎特萊梅洛的邪惡企圖，讓她為自己的所作所為一一反省。

撲通。

有一股龐大的魔力自心靈內側湧現而出——整個世界也一口氣變得明亮起來。

☆

「咕啊——!?咦……!?」

特萊梅洛看見一道光擴散開來。

同時身上出現一種觸感，那像是某種東西刺到腹部的感覺。

眼前出現一名身上散發耀眼光芒的少女，那光芒就跟太陽一樣——這個人就是黛拉可瑪莉·崗德森布萊德。

當特萊梅洛想通，知道自己的腹部被對方用小小的拳頭打中，那瞬間她就這麼被人打向背後，一切的物理法則全部遭到忽略。

周遭響起觸手被碎屍萬段的「噗滋噗滋」聲。

如同彗星般噴灑著和汙泥沒兩樣的意志力，特萊梅洛的背撞上星洞的牆面。那股撞擊力道過分猛烈，害她險些失去意識。蒐集過來的瘴氣都煙消雲散了，從羅剎身上繼承過來的力量逐步消融——

這時特萊梅洛忽然察覺一件事。

那就是周遭這一帶都明亮得猶如正午時分。

原本還以為是星洞的天頂崩塌，但那是不可能的事情。

現在這裡位在地下深處，就算能夠看見天空好了，時間也已經來到傍晚。

「——特萊梅洛。」

在那之後，特萊梅洛看見令人驚恐的畫面。

太陽就在不遠處。

在這座已被破壞到七零八落的空間中，於中央那一帶——有個吸血鬼像是在守護受傷的芙亞歐・梅特歐萊德，那個人正立於該處，身上發出的亮光足以媲美恆星。

她的頭頂上還長出很像狐狸耳朵的東西。

而且臀部那邊也出現巨大的尾巴。

原來如此——若是吸食獸人的血液，就會出現這種【孤紅之恤】啊。

這種型態還真是獨特呢？想到這邊，特萊梅洛笑了起來。

「真是有趣呀。不知道變成如今這副模樣，會有什麼能耐？」

黛拉可瑪莉在那短短一瞬間內消失。

大吃一驚的特萊梅洛轉頭朝四周張望。

這才發現右方出現巨大的熱源。

「我不會——原諒妳的。」

「!?」

一顆看起來脆弱不堪的拳頭出現在眼前。

但那速度簡直已經來到光速了。

特萊梅洛當機立斷操控觸手，試圖出手防禦。然而這都是無用地掙扎。

那些瘴氣一旦被黛拉可瑪莉散發出來的光芒照到，馬上就變得像冰塊溶解一樣，嘶唰嘶唰地崩解開來。這是專門用來對付負面能量的正向意志力——一切都被中和掉了。

不，是遭到吞噬才對。

緊接著一顆拳頭打在特萊梅洛的臉上。

「呀啊啊啊啊啊啊啊啊啊啊——!?」

在口中那陣慘叫聲四散的同時，特萊梅洛又再一次被人打飛出去。

她的頭好痛。身上還流血了。

可是她不能為了這點小傷就挫敗。於是她又「滋噹滋噹」地彈奏琵琶，在那些音色之中，對觸手灌注意志力，讓黑暗的瘴氣形成斗篷形狀，打算藉此減輕撞擊力道——

「沒用的。」

就在她即將飛過去的方位上，傳來了黛拉可瑪莉的聲音。

這次有個迴旋踢擊中腹部。

「咕噗！」

特萊梅洛的身體就這樣墜落到湖面上——而且還在水中迅速下降，撞擊於湖底。

這招帶來一陣衝擊。也許已經有好幾根骨頭骨折了。

這速度實在是太快了。

快到肉眼根本就追不上。

嘴巴裡「咕噗咕噗」吐著泡沫的特萊梅洛抬頭仰望頭頂。

一個帶著獸耳的太陽就高掛在湖面上方的天頂，那顆太陽正在盯著這裡看。

怎麼會有這種事情。就連那麼黑暗的湖水都被照亮了，這一切太不真實。

那股太陽之力是如此強大，彷彿像是真的太陽一樣。

繼續待在湖裡會被那些光灼傷吧。

特萊梅洛拿觸手當彈簧，讓自己浮上去。

「唰啪!!」一聲——像是個噴水池一樣，她弄出一些水花，來到陸地上著陸。

全身都變得很沉重。衣服和頭髮滴滴答答地滴著水。

這一切都太超乎現實。究竟要怎麼做，透過什麼樣的機緣，才能夠發揮那般力量——在劇烈的疼痛中，特萊梅洛咬牙撐著，硬是要逞強露出笑容。

「呵、呵呵……真不愧是黛拉可瑪莉．崗德森布萊德。看樣子要對付妳沒那麼容易。」

「……妳要對所有人……道歉。」

咚鏮!!——那個吸血鬼著地了，力道大到快要陷入地面。

帶著絕望的心情，特萊梅洛望著那個威猛的吸血鬼。

在她眼前的人，擁有一身神勇姿態。

那簡直就像是統治整個自然界的王者才會有的樣子。

身為萬物生命根源的陽光——亦是獸人們所信仰的生命象徵。

那可是號稱千載難逢的烈核解放，堪稱是天下無敵的【孤紅之恤】。如今透過獸人之血實現了奇蹟般的異能，那是能夠毀滅瘴氣，在整個世間盡情馳騁，宛如旭日升天的究極奧義。

「那好吧，我就來當妳的對手。」

這傢伙的能力很單純。

就是具備壓倒性的身體機能——還有足以淨化魔氣的強力光芒。

可以斷言這樣的對手是她的天生剋星。

現在特萊梅洛已經無暇去布置她的拿手好戲《名號弦》，所以她沒辦法使用那些。

取而代之，特萊梅洛盡可能蒐集所有的瘴氣。

那是原本被儲存在羅剎體內的力量，都是為了用來除去絆腳石而設的。

在光芒刺眼的洞窟中，原本一直在特萊梅洛四周蠕動的漆黑意志力聚集過來。

這對手的確是她的剋星，但是她必須贏得勝利，凱旋回歸。

那就是星砦成員的職責所在。

「來吧，黛拉可瑪莉・崗德森布萊德。讓我們展開最後的廝殺——」

咻。

不料這些瘴氣在轉眼間消失了。

感到困惑的特萊梅洛轉頭看向四周。原本她接下來還打算操控那些觸手，將黛拉可瑪莉刺成人肉串——如今那些觸手卻消失無蹤，連點影子都不剩。

就只是被黛拉可瑪莉散發出來的光芒照到而已。

「這、這是……」

特萊梅洛感覺得到，自己的臉頰上有冷汗滑落——就在那瞬間。

「受死吧。」

——她看見一顆很小很小的拳頭正逼近眼前。

☆

心靈彷彿受到太陽的光所照耀。

剛才都還一直存於心中的鬱悶感已不見蹤影，光是看著黛拉可瑪莉散發出來的光芒，心中就湧現無限希望，讓芙亞歐措手不及。

就連傷口帶來的疼痛都忘了，她出神地望著眼前這場對決。

特萊梅洛發出的詭異觸手瞬間被蒸發掉。

雖然這位琵琶法師慌了手腳，黛拉可瑪莉卻還是毫不留情對她拳打腳踢，一直沒有間斷。

這樣下去就成了單方面的虐殺了。

沒辦法使用觸手又沒辦法使用琴弦的特萊梅洛根本束手無策。

那個有著狐狸耳朵的吸血鬼用光速飛來飛去。這樣的景象實在太不可思議了。

「請妳冷靜一點。這樣下去星砦的宿願將會——唔咕！」

又有拳頭打中特萊梅洛的臉。

她覺得自己的骨頭好像碎掉了。

「不行——妳不可原諒。」

黛拉可瑪莉眼中充斥著明亮的殺意。

芙亞歐頓時有種恍然大悟的感覺。怪不得她會吸引那麼多人追隨。

她嫉惡如仇，看到陷入困擾的人，會對他們和善以對，那對充斥殺意的雙眼，

看似打從心底冀盼和平能夠到來。

她那個樣子……不會錯的，一定會成為超越絲畢卡・雷・傑米尼的豪傑。

「真是煩人，少在那沾沾自喜。」

特萊梅洛臉上再也沒有先前的從容。

滋噹、滋噹——這次那些不知來自何方的琵琶聲又再度響起。

就在琵琶法師的腳邊，產生了大量的觸手，那些觸手歪歪曲曲地冒了出來。每一隻觸手都好像有自己的意念一樣，不停地蠢動，還用很猛烈的速度朝著黛拉可瑪莉殺過去。

可是那個吸血姬的速度已經快到跟光速一樣了，這樣的攻擊是打不中她的。

每當黛拉可瑪莉用很像野獸的動作動來動去，飛上飛下、跳上跳下，那些如鞭子般甩過來的觸手就會撞在星洞的牆壁上，讓牆壁崩落。掉落下來的瓦礫被黛拉可瑪莉拿來當踩踏用的臺子，同時她還衝向特萊梅洛，用漫不經心地動作舉起手。

咻——！

又有觸手蒸發了。

特萊梅洛從懷中拿出小刀，嘴裡大聲叫喊。

「快停下！黛拉可瑪莉！」

黛拉可瑪莉在大地上踢了一下，速度變得更快了。

那已經沒辦法用「加速」來形容，更像是發動了【轉移】，看起來跟瞬間移動沒兩樣。

「若是妳膽敢妨礙星砦達成宿願，神一定會降下天譴！我的夥伴納法狄・斯特羅貝里和夕星不會坐視不管的！」

「那又怎樣？」

「我都說了——」

鏘！——特萊梅洛手裡的短刀被人用小拇指彈飛了。

這下琵琶法師的臉變得蒼白起來。

滋噹、滋噹。

可是她就是要做垂死的掙扎。特萊梅洛從懷中拿出魔法石，正準備瞄準黛拉可瑪莉丟過去——

「礙事。」

對方此時踢出酷似雜耍動作的迴旋踢，將那個魔法石掃開。

於是那個魔法石直接掉入湖水中，裡頭的魔法全都爆了出來，引發一場大爆炸。

但是黛拉可瑪莉看起來一點都不介意。那些湖水變得像雨水一樣，就這樣澆灌下來，黛拉可瑪莉待在這一切的正中央，身上放出燦爛奪目的光輝，朝著那個萬惡根源逼視，對她投以冰冷的目光。

「啊、啊啊……」

特萊梅洛這時「咚」的一聲，一屁股跌坐在地。

感覺她已經沒什麼招式可用了。

芙亞歐心中感慨萬千，凝視著那番光景。

她原本想要親手了結仇敵——可是現在黛拉可瑪莉看起來實在太耀眼了，將那些事情襯托得不值一提。如果是那個吸血鬼，或許能代替她打造出從前曾在心中描繪的世界。

她是多麼美麗呀。跟自己這種人截然不同。

若是能夠再早一點知曉這女孩的為人。或是在別的狀況下跟這個女孩相遇——

不，去想那些假設性的事已經毫無意義了。

黛拉可瑪莉的嘴脣微微地動了動。

「特萊梅洛。妳已經做好覺悟了嗎？」

「!!——我、我還沒做好。我很怕死。」

「是嗎？去死吧。」

一個發光的拳頭揮了下來。

特萊梅洛呆愣地看著這一幕——

拳骨在那張臉上狠狠揍了下去。

耳邊彷彿能夠聽見某種物體炸開的聲響。

她的骨頭碎裂了，袈裟跟著翻動，一股極其強烈的衝擊波迸射開來——等到特萊梅洛回過神，她的背部已經重重撞在地面了。在那之後，特萊梅洛・帕爾克史戴拉就像死人一樣陷入沉默。

☆

光輝四射的魔力逐漸消失。

那大概是烈核解放即將結束的徵兆。就連那個耳朵和尾巴也變成魔力顆粒，消融在空氣裡（似乎不是真的有長出來），接著我又回歸正常狀態。

當我回歸的瞬間，整個人渾身無力地蹲倒在地面上。

身體感覺非常疲勞。還有全身上下都在抽痛。

可能是我平常都沒什麼在用肌肉，這次卻用過頭了……

「喂，黛拉可瑪莉……」

我聽見有人發出沙啞的聲音。

芙亞歐人就靠在牆壁上，邊靠邊站起來。

她身上的傷看起來果然很嚴重。若是不趕快去找醫生，情況會很不妙。

「妳還好嗎？我們要趕快逃出這裡。」

「……妳自己不也一樣——」

不知道為什麼，芙亞歐一副快要哭出來的表情。

她咬緊牙關，做了一個大大的深呼吸，之後才繼續說了些話。

「妳也滿身是傷啊？明明就很痛……」

我覺得好驚訝。

真沒想到她會擔心我。

「疼痛會讓人成長」——芙亞歐曾經如此得意洋洋地主張，很難想像那樣的她會這麼說。

這讓我不由得面露笑容。

「痛不痛都不要緊了。不對，我當然不喜歡疼痛……可是芙亞歐沒事真是太好了。」

「唔……」

這些都是我的真心話。

這個人的確是曾經害我吃過苦頭的恐怖分子。

可是在涅普拉斯這邊，她成了跟我一起面對星砦，與他們作戰的夥伴。

「……我看妳的腦袋是真的有問題。待人處事若是太過天真，小心哪天被人暗算。」

「妳不會做那種事情吧，因為我沒有受死的勇氣。」

「那倒是……不過……」

芙亞歐似乎在為某些事情感到悔恨，她的目光向下垂落。

「我是無藥可救的殺人狂。之前為了魯那魯村……為了不讓其他人蒙受跟魯那魯村一樣的遭遇，我一直都在做些事情……可是打從一開始，一切就已經亂了套。還要妳來救我，很抱歉，可是我根本就沒有資格活下去。」

「沒那回事！」

我慌慌張張地大喊。那對狐狸耳朵因此抽動了一下。

若是繼續這樣放任不管，我總覺得芙亞歐會消失在某個地方。

「雖然以我的立場來看，我不配說些什麼……可是妳並不是沒資格活下去的人。妳並非一直在殺戮。不是還救過我嗎？妳確實是無藥可救的殺人狂……或許妳還有那樣的一面，但是妳也是有好的一面，這些我都知道。」

「……別說的好像妳很懂的樣子。」

「但我就是知道啊。所以……妳希望用什麼形式活下去，就照那樣過活就好。當然我覺得妳還是不要再殺人比較好，我若是有什麼能做的，也會協助妳的。」

「但是……」

「再說不是還有絲畢卡嗎？如果是她，會願意接納妳的。」

「…………」

芙亞歐閉口不語，但那只有一小段時間。

接著她別開目光不再看我，嘴裡輕聲呢喃。

「我……覺得比起公主大人……」

「咦？」

「……沒什麼。但妳還真是個狂人。總有一天我會殺了妳。」

「為什麼還要殺我!?」

「這只是一種說法。意思就是總有一天，我要跟妳一決勝負。」

「原、原來是這樣……」

的確，不管是米莉桑德還是芙萊特，她們都常常把「殺了我」掛在嘴邊。

或許對那些有恐怖分子氣息的人來說，「殺人」就像是一種問候語。

不管怎麼說——

這下子又有一場戰鬥結束了。

那些瘴氣都受到淨化，星洞裡面飄蕩的空氣變得很清新。

雖然我看芙亞歐依舊還沒整理好心情，但時間會幫忙解決這個問題。我想魯那魯村的人一定也希望看到她過上安穩的生活——我覺得我的心情變得比較舒暢一點了，就在那時，我慢慢將手伸了出去。

「來，我們走吧。我們還得先去找翎子和絲畢卡。」

「好……不對，在那之前，我們要先去把魔核收回來。」

芙亞歐也想要回握我的手——

可是最終我們的手卻沒能觸碰到彼此。

滋噹。

一個足以讓世界反轉過來的琵琶聲響起。

芙亞歐發出小聲的呼喊。

我感到有點奇妙，不停地凝視她的臉龐。

她怎麼會露出那麼驚訝的表情？

為什麼要發出那麼悲痛的叫喊？

「唔……」

我感覺肚子深處有某種東西湧了上來。

一些鮮血從我口中噗嗤噗嗤地流了出來。

過沒多久，我就倒下了。

這一回神才看見一些像是黑色觸手的東西正在鑽我的肚子。

「特萊梅洛——!!」

當下芙亞歐發出憤怒的咆哮聲，並轉頭看去。

至於那些貫穿我腹部的觸手——現在都已經歪歪扭扭地抽回到主人身邊去了。

至於被拉回去的地方——是一件袈裟的內側，即是嵌進地面靜止不動的特萊梅洛・帕爾克史戴拉所穿的那件。

好奇怪。為什麼會這樣。

照理說那傢伙應該已經完全失去意識才對。

那時我忽然發現一件事。

遮住她雙眼的帶子已經裂開了。

一對紅色的眼睛裸露出來，那睜大雙眼的樣子就彷彿滿月降臨。

「烈核解放——【反魂咒殺曼陀羅】。」

當特萊梅洛挪動嘴脣的瞬間——

她身上的所有孔穴全都噴出數量駭人的瘴氣。

而且那些瘴氣還變成像蛇一樣的形狀，朝著我們突襲過來。

這不可能。那是什麼東西。

我們明明就大獲全勝了——

天津說過的話突然重回腦海。

——那傢伙身上有一種隱藏的能力。

原來是那樣。特萊梅洛身上的「隱藏能力」就是烈核解放。

「唔咕。」

我的力氣用盡了。

因為疼痛和出血的關係，再也沒辦法思考，當我注意到的時候，我已經癱軟在地上了。

現在我連重新站起來都辦不到。芙亞歐似乎在喊叫些什麼，但我的聽覺好像也已經完全停擺了，那些話聽起來只像是刺耳的雜音。

但不知為何，就只有琵琶的「滋噹」聲在迴盪，聽起來顯得特別清晰。

「好了，這下妳能用的招數都用盡了。黛拉可瑪莉・崗德森布萊德，我這就帶妳前往地獄吧。」

那聲音像是要將人引入黃泉一般。

由於特萊梅洛心懷怨嗔，才會讓這奇蹟般的特異能力成真——這亦是引人同入黃泉路的咒殺術。

☆

滋噹、滋噹。

特萊梅洛・帕爾克史戴拉的肉體在風的吹拂下消失了。

就像被風葬送掉，最終歸於腐朽。

再來就只剩下——掉落在地面上的琵琶，還有破裂的眼帶跟袈裟，以及從她身上散發出來的詛咒結晶——那些蠢蠢欲動的無數觸手。

芙亞歐・梅特歐萊德的尾巴毛全都倒豎起來了。

真沒想到人的執念會用如此強悍的形式留下。

拿自己的性命來交換，用盡渾身解數釋放出一擊，這便是她的烈核解放——特萊梅洛・帕爾克史戴拉為了實現野心，早就已經做好犧牲自我的覺悟了。

原本被黛拉可瑪莉身上那道光淨化的世界再度染上漆黑的色彩。

這股意志力實在太過強大了。

究竟要怎麼做，才能讓那股意志力消滅。

「可惡……黛拉可瑪莉！妳振作一點！」

那個小小的吸血鬼渾身無力地趴著。

她沒有回應。但人還在呼吸。只是出血狀況很嚴重。心跳越來越微弱。若是放著不管，要不了十分鐘就會死掉。以往的經驗告訴芙亞歐這些，她清楚得很——

那些觸手不約而同地襲擊過來。

芙亞歐拿起《莫夜刀》迎戰。可是觸手太過堅硬，把她的刀子刀刃彈開了。那種觸感就像是刀身砍在岩石上。芙亞歐的手陣陣發麻，有麻痺掉的感覺，同時她沒能站穩，重重地摔倒在地。

「咕啊——」

然而那些觸手從一開始就沒把芙亞歐放在眼裡。

觸手們畫出詭異的軌跡，朝著黛拉可瑪莉直奔而去。

這對手是不會動的，它們為何還瞄準她？——但現在芙亞歐沒空為此心生疑問了。

她逼自己拿出殘存的力量站起來，抱起黛拉可瑪莉拚死命地跑了起來。

身上好像有幾根骨頭折斷了。

即便如此，芙亞歐還是拚命地奔跑。

「搞什麼啊——你們這些鬼東西!!」

有一根觸手迫近至二人身邊，芙亞歐轉過頭，想要砍掉那個觸手。

可是她卻沒有成功砍斷。

方向因此偏移的觸手打在牆壁上，引發劇烈震動。

芙亞歐向前傾倒，但就算是那樣，她也繃緊全身上下的所有神經，硬是不讓黛拉可瑪莉掉落，接著又不顧一切地在大地上蹬跳。

那些觸手有如大蛇的化身，四處肆虐不說，還在蹂躪這個星洞。

這些鬼東西明顯是衝著黛拉可瑪莉來的。

由於黛拉可瑪莉太過耀眼，才會讓那些陰溝裡的老鼠變得更加嫉妒。

若是要死，一個人去死不就得了。碰到對未來充滿希望的人，還要把她一起拉進地獄裡，未免太醜陋了。

「黛拉可瑪莉!!妳別死!!」

被芙亞歐用腋下夾住的黛拉可瑪莉什麼話都沒說。

她不希望這個笨蛋吸血鬼再承受更多痛苦。

這個人應該要活下去。她本質上是很善良的，能夠感化所有人的心。這樣的吸血鬼不應該死在這種地方。

「唔！」

就在那個時候、在芙亞歐的腦海中，有不明人士的聲音響起。

那是瘴氣帶來的殺人魔之聲。

——去死吧。去死。去死。膽敢粉碎星星的野心，絕不能放過這些人。

「吵死了！你們才應該去死!!」

——榮耀是屬於夕星的。榮耀是夕星的。榮耀、榮耀、榮耀。能夠統治這個世界的，唯有夕星。如此一來整個世界將能長久和平下去。

「最好是！你們的做法是錯的！」

——黛拉可瑪莉・崗德森布萊德會構成星星的阻礙。在這裡死去吧。去死。去死去死去死去死去死去死去死去死去死去死去死去死去死去死去死去死——

「都說了……你們吵死人了————!!」

面對那些緊迫逼人的觸手，芙亞歐用《莫夜刀》斬了過去。

但是效果實在不大。反倒是芙亞歐被彈開，就這樣撞在紫色的牆面上。

被足以掏空心靈的死亡氣息覆蓋，讓她的意志力因此削減。

可是她不能從黛拉可瑪莉身邊離去。

要她對這傢伙見死不救，那違反芙亞歐・梅特歐萊德做人的原則。不，先別管什麼原則了，她單純只是不希望這個嬌小的吸血鬼死掉，這份心願在心中燃燒。

那些黑色的觸手從四面八方來襲。

芙亞歐拿出破釜沉舟的氣魄揮舞刀身。

當刀刃跟敵手激烈碰撞的瞬間，那些觸手就崩塌掉了，漆黑的意志力也跟著潰散。

看來觸手的某些部分很堅硬，某些部分卻很柔軟。

只要能夠看出是哪——

當下芙亞歐感受到一陣衝擊。緊接著是劇烈的痛楚來襲。

另一隻觸手用前端刺中了芙亞歐的側腹。但那些都無所謂了。芙亞歐嘴裡發出吼叫聲，不停地揮舞刀子。她身上流出鮮血，狐狸耳朵也破裂了，但芙亞歐依舊拚命奮鬥，為的就是不讓敵人殺掉黛拉可瑪莉。

只不過——她做的努力或許都白費了。

特萊梅洛早就已經做好犧牲性命的覺悟，那股意志力遠遠超越了芙亞歐所擁有的。

芙亞歐的手腕被擊中，《莫夜刀》因此而轉了好幾圈，飛向遠處去了。

芙亞歐哪還有心力去回收刀子，當她發現的時候，幾隻形狀銳利的觸手已經朝向這邊直劈而來。

死定了。

那念頭才剛閃過——

星洞的牆面碰巧在這時應聲崩塌。

說的更貼切一點，應該是爆炸才對。

伴隨著瓦礫，爆炸所帶來的風暴橫掃過來，那些觸手根本來不及閃避，就這樣被吹開了。

除了護住黛拉可瑪莉，芙亞歐還拚命地觀察周遭情況。

她知道眼下發生的不明事件正好幫助她們脫離困境。

難道是黛拉可瑪莉身上的虹色魔力還沒有用完？——不過在這之後，有個跟現場氣氛很不搭調的尖叫聲響起。

「噢哇啊——!?這是什麼東西!?是匪獸嗎……!?」

就在被破壞的牆壁那邊，站了蘿妮・科尼沃斯。

而且在她背後還出現另一名男子，那個身穿和服的男人緊緊握著魔法石。

「——那個應該就是特萊梅洛・帕爾克史戴拉的最終奧義。光靠這點程度的爆炸是收拾不了的。」

這個人是朔月的其中一名成員——天津覺明。

還是老樣子，他用讓人看不透心思的雙眼環顧四周。

他們兩個不經意對上眼。這時天津臉上浮現出來的神情彷彿看透了一切，像是在說「原來如此」——

「沒想到妳還這麼生龍活虎的。」

「你眼睛是有問題嗎……？」

「但是黛拉可瑪莉有危險了。我們要趕快撤退——科尼沃斯！」

「好，知道了！」

那些被逼退到牆壁旁邊的觸手開始蠕動，在那裡跳動著。

因為剛才發生的那場爆炸，觸手的動作似乎暫時變遲鈍了，但是憑直覺也能看出觸手並沒有受到太大的損傷。

科尼沃斯趕緊過來攙扶芙亞歐。

天津則是口裡「嘿咻」一聲，將瀕臨死亡的黛拉可瑪莉抱起來。

「我們快走吧，用一般的方式是沒辦法解決那些東西的。」

「你都知道啊？」

「算是吧。」

天津回頭穿過剛才被那場爆炸所炸開的洞。

在科尼沃斯的支撐下，芙亞歐跟在後頭離去。

芙亞歐悄悄地轉頭。那些觸手依然在蠢動著，像是要找尋獵物一樣。

天津再度丟出魔法石。

當下又引發一場驚人的大爆炸，洞穴的天頂正好在這時崩塌。

也因此弄出一面牆，將他們一行人和觸手隔開了。

「總之我們先回去吧，回去出口的路都已經清出來了。」

☆

天津、科尼沃斯、特利瓦這三個人的工作是負責追捕斯特柏利知事。

可是星洞突然發生大爆炸，於是他們就快馬加鞭地趕過來了。

另外還有一點，那就是特利瓦去找絲畢卡了，跟他們分頭行動。

「那些鬼東西不簡單啊……牆壁是不是快要被破壞了啊？」

有股黑暗的意志力氣息從他們背後傳來。

耳邊還能聽見「啪鏗啪鏗」的聲音，就像是瓦礫被敲擊的聲響。

感覺他們遲早會被追上。

那時芙亞歐轉眼看向天津手裡抱著的黛拉可瑪莉。

她看到那女孩痛苦呼吸的樣子，光只是這樣就感到心痛。

「感到心痛」──？

看來她好像變得怪怪的了。

還會去擔心他人的事情，這樣一點都不像芙亞歐・梅特歐萊德的作風。

那代表黛拉可瑪莉擁有不可思議的力量，連冷酷無比的殺人魔之心都能夠感化。

「——我就簡單說明吧。」

天津在奔跑的當下，嘴裡淡淡地說了些話。

「特萊梅洛・帕爾克史戴拉所用的那種招數，若是沒有把目標殺死，是絕對不會停止的。而且隨著時間越過越久，那股意志力還會增強，攻擊的力道也會越來越激烈。」

這話讓科尼沃斯回了一聲「喂喂」，看似傻眼地嘆了口氣。

「為什麼你會知道啊？再說那個真的是特萊梅洛的能力嗎？若是要我說，我會覺得那看起來跟匪獸很像，是被賦予特定目的的意志力聚集體——」

「不，就跟天津覺明說的一樣。」

那時上氣不接下氣的芙亞歐插嘴了。

「咦？是那樣啊？」

「那個是特萊梅洛・帕爾克史戴拉的烈核解放。我都親眼見識過了，肯定不會錯的——只是你為什麼會知道那種事情？」

芙亞歐強忍身上的痛楚，一雙眼睛盯著天津看。

可是那個身穿和服的男子卻像是要顧左右而言他的樣子，將目光轉開了。

「現在也沒空在那邊一一說明了吧。總而言之特萊梅洛一旦進入那種狀態，別人就束手無策了。那種東西之所以會存在於世上，就只是為了將目標殺死而已。」

「這話怎麼說？」

「不管對那股漆黑的意志力施加什麼樣的攻擊，都絕對無法消除。恐怕那股力量有辦法改寫這個世界的物理法則——聽說就算用煌級魔法去打，也沒辦法消除的樣子。」

「用煌級魔法也沒用!?那不就真的束手無策了。」

天津在這時回了一句「不」，並搖搖頭。

「還是有辦法。那種怪物被強化到極限就是為了達成某種特定的目的。換句話說，只要能夠達成目的，最後就會消失。」

「你說目的……？」

「那些東西想要的應該是黛拉可瑪莉・崗德森布萊德。只要把黛拉可瑪莉放在這裡，就不會出現更多犧牲者了。」

「…………」

芙亞歐覺得自己變得口乾舌燥起來。

雖然這個男人不值得信賴，但他說話的樣子看起來一點都不像在亂講話。

特萊梅洛的確想要找黛拉可瑪莉開刀。

那些觸手從頭到尾都在瞄準黛拉可瑪莉，事實上芙亞歐這邊完全感受不到半點殺意，也不覺得觸手想要加害於她。大概是從一開始就沒把黛拉可瑪莉以外的人放在眼裡吧。

「什麼啊，那不是很簡單嗎！沒問題，我們就把黛拉可瑪莉丟下吧！」

「——妳休想。」

芙亞歐嘴裡跟著發出低吼聲，連她自己聽了都不禁感到錯愕。

這也讓科尼沃斯渾身僵硬地「咿！」了起來。

天津則是換上頗感意外的表情，轉頭看了過來。

「這是怎麼了？妳不是希望黛拉可瑪莉死掉嗎？」

「這孩子年紀還小，甚至連死亡的覺悟都還沒做好。」

「但只要拋棄黛拉可瑪莉一個人，所有人都能得救。若是將特萊梅洛創造出來的那些東西扔著不管，就連無辜的一般人都將面臨悲劇結局。」

「我不會讓這種事情發生的，這兩者都不可能成真。」

她絕對不能讓黛拉可瑪莉死掉。

這背後沒什麼理由，也沒有任何道理。

只是芙亞歐自己有那種想法罷了——她希望這個人能夠活下去。

而且芙亞歐還想出解決這一切的計策。

雖然是很大的賭注，但就只有她能夠辦到，這是她的壓軸密策——

她沒必要再繼續逃跑了。

芙亞歐當場停下腳步，嘴裡念念有詞。

「……真不可思議。明明在不久之前，我還對那傢伙恨之入骨。現在卻完全沒有這種感覺了。」

瓦礫開始發出窸窸沙沙的碎裂音。

那些怪物正在發出咆吼。

「比起我這樣的殺人魔，還不如讓那樣的人活下來，對這世上的人來說會更好。在她幫助過我之後，我就更加堅信這點了。」

芙亞歐說完就轉過身去。

想必以後黛拉可瑪莉會拯救更多的人吧。

會引領更多人的心走向光明。

除了她，沒有其他人能辦到。

正因如此，這次只能靠她用盡所有力量對抗這一切了。

「妳確定要那樣？」

「對。」

芙亞歐強而有力地點點頭。

剛才那些障礙物正好被突破了。那些觸手開始朝著獵物緊逼而來。

芙亞歐知道自己的身體在顫抖。但是她靠意志力讓自己的身體不要發抖，並且小聲吟誦。

——烈核解放【水鏡稻荷權現】。

澎呼!!

芙亞歐的外貌在瞬間改變。

剛才還是狐狸少女的姿態，如今已經變成沉睡在一旁的嬌小吸血鬼所擁有的樣子。

「幫我跟黛拉可瑪莉說一聲。」

芙亞歐轉過頭，對著天津和科尼沃斯如此說道。

而這句話正是如假包換的訣別臺詞。

「雖然時間很短暫，但是受她關照了。」

☆

天津抱著渾身是傷的黛拉可瑪莉跑向出口。

就在他背後，一場壯烈的戰鬥開始了。

看來特萊梅洛已經將芙亞歐誤認成攻擊目標。如此一來真正的黛拉可瑪莉受害的可能性將會變得微乎其微。但還得看他們接下來有沒有辦法治好這個少女的傷——

「…………」

這一切都是逼不得已的。

那件事就只有芙亞歐能夠辦得到。

為了大我犧牲小我——這樣的事情，至今為止已經發生過無數次了。

既然她本人願意那麼做，那他們幾個在心中牽掛擔憂也只是徒勞而已。若是不這麼想，腳步將會變得沉重，沉重到沒辦法繼續奔跑下去。

「——好嚴重啊，實在太嚴重了。」

這話讓天津心頭一驚。

可是科尼沃斯嘴裡的呢喃並不是朝著天津說的。

「這麼嚴重的傷，就算去找光耶醫師也不確定能不能治好。該怎麼辦啊。」

「不能靠妳的烈核解放想想辦法嗎？」

「是要我打造出治療用的神具？我得先跟你聲明，我的烈核解放沒辦法產生萬能的祕密道具。但我可以試試看……」

「拜託妳了。」

這時科尼沃斯一臉狐疑地抬頭看他。

「你就這麼看好這孩子啊？」

「也不是那樣。若是有人死了，我也會感到悲傷啊。」

「……哦。」

這是徹頭徹尾的謊言。

若是迦流羅未來想要過得安穩，那這個少女的力量將會是不可或缺的。

假如世界將要被邪惡的瘴氣侵蝕，那麼能夠扭轉這一切的就只有黛拉可瑪莉・崗德森布萊德，因為她能夠為人心帶來變革，引導人心邁向光明。

在他們跑了一陣子後，星洞的出口出現在眼前。

首先他們要做的事就是直接前往醫院——懷著這樣的想法，天津朝著那道光飛奔出去，就在那瞬間……

「兄、兄兄、兄兄兄、兄長大人——！？！？！？」

「！」

——一道熟悉的聲音傳入天津耳中。

直到這個時候，天津才明白自己已身陷奇妙的命運漩渦。

出現在眼前的人——正是天津覺明的堂妹，天照樂土的大神「天津迦流羅」。

她的指尖在顫抖，臉變得紅紅的，那目光就好像看到幻覺一樣，不停地凝望著他。

而且仔細看會發現除了迦流羅，還有其他熟悉的面孔。

在場人士除了有鬼道眾的峰永小春，七紅天的佐久奈・梅墨瓦。此外還有好幾位政府要人——以及天津的同僚，基爾德・布蘭。

他是有聽說搜索隊轉移到常世這邊，卻沒想到搜索隊已經來涅普拉斯了。

「——怎麼辦啊，小春!?兄長在這裡耶!?這應該不是夢吧!?我人是清醒的對吧!?妳可不可以捏捏我的臉頰!?——痛痛痛，好痛好痛好痛!?那這不是夢了!?那個真的是兄長本人吧，是那樣沒錯吧！」

「妳安靜一點，我是本尊沒錯。」

「啊嗚!?對、對不起……」

這下迦流羅連耳根子都紅了，身體縮成一團。

小春則是拉拉主人的衣物，嘴裡說著「現在不是時候」。

「大事不妙了喔。」

「確、確實是很不妙！因為兄長大人在生我的氣……他是不是覺得我是個不夠穩重的女人!?妳覺得該怎麼做才能彌補這一切!?」

「反正都已經來不及補救了，那些無所謂了啦。妳快看那邊。」

「咦？——」

佐久奈・梅墨瓦在這時發出驚叫聲靠過來。

迦流羅似乎也注意到了。察覺被天津抱住的遍體鱗傷吸血鬼是誰——

© riichu

「可瑪莉小姐!?」

「就是她。黛拉可瑪莉遭受特萊梅洛的攻擊，因此陷入昏睡。」

「可瑪莉小姐……妳振作一點，可瑪莉小姐……！怎麼會流這麼多血……是不是殺掉那個叫做特萊梅洛的人就好了……？不可原諒不可原諒不可原諒……」

佐久奈眼中浮現淚水，變得咬牙切齒。

其他人的反應也跟她很像。

這也難怪——因為黛拉可瑪莉身上流出的血多到讓人驚恐的地步。若是沒有魔核在，一般而言這樣的傷口難以治癒。

天津推開佐久奈，向前踏出一步——

「讓開，接下來要把她帶到醫院那邊，去給科尼沃斯治療。」

「請先等等。」

迦流羅出來擋在他眼前。

她臉上有著認真的表情。那對充滿決意的大眼正望著他。

「我來治吧。只要使用烈核解放，瞬間就能治好。」

「別這麼做。那種力量會削減靈魂。妳應該曉得上一任大神是什麼樣的下場吧？」

「就算是那樣也得做！就算會被削減靈魂又怎樣！自己很看重的人如此難受，

卻要我悶不吭聲當作沒看見，這我做不到！」

「可是——」

「請兄長讓步吧，這件事情就只有我能做。」

去阻止迦流羅也沒用。

因為她的雙眼已經發出紅色光芒。要不了多久，一股透明的魔力便將黛拉可瑪莉全身上下都包裹住——最後那些傷口也逐漸癒合了。

☆

「咦？這裡是……」

等到我回過神，發現自己已經在仰望傍晚的天空。

感覺我好像是被人放到臨時搭建的床鋪上躺著的。

於是我慢慢地起身。不知道為什麼，身體各處都不覺得痛。好奇怪。

照理說我應該被特萊梅洛的烈核解放弄到渾身是傷才對。

雖然衣服上沾到血跡，可是身體卻沒有留下任何傷害。

究竟發生什麼事了——感到不可思議的我轉頭環顧四周，就在那瞬間……

「可瑪莉小姐！」

「咕欸！」

——突然有個銀白色的超級美少女過來抱住我。

她的肌膚好冰涼。

這是我的同僚，也是我的朋友，名字叫做佐久奈・梅墨瓦，這個人將臉埋在我的胸口上，哇哇大哭起來。

「……咦？妳應該是佐久奈沒錯吧？怎麼會在這邊……？」

「真是太好了……啊啊……可瑪莉小姐……妳身上好香……真想一直抱下去……」

「妳真的是佐久奈沒錯吧!?」

我怎麼覺得她身上散發變態女僕才會有的氣息，但那應該是我想多了。

總而言之要先確認一下情況再說。

到底發生什麼事了啊——

「是迦流羅治好妳身上的傷，消耗她自己的靈魂治的。」

我聽見某人用很不爽的聲音說了這句話。

那讓我嚇了好一大跳，還因此抬起臉龐。

不知為何，迦流羅的哥哥——天津覺明就站在我眼前。

而且他旁邊還站著迦流羅。不對，不是只有迦流羅而已。另外還有迦流羅的隨從小春，逆月的科尼沃斯，以及其他幾個好像在某地見過的軍人們——

這是什麼情形。

碰到這種情況，我會以為自己還在做夢。

這時迦流羅鼓起腮幫子，嘴裡說了聲「兄長」。

「我都說靈魂什麼的無所謂了。你這是在擔多餘的心——可瑪莉小姐，妳現在感覺怎麼樣了？還有什麼地方會痛嗎？」

「沒有，雖然沒有……」

「那太好了。看樣子【逆卷之玉響】似乎有正常運作。」

原來是那樣啊，這下我明白了。

聽起來好像是迦流羅用烈核解放治好我的。

真是讓人感激不盡。否則繼續那樣下去，我一定會死的。佐久奈邊哭邊抱過來，我摸摸她的頭，同時抬頭看迦流羅的臉，開口說了句「話說回來——」。

「為什麼迦流羅和佐久奈會在這邊？妳們都跑來常世了啊……？」

「為了尋找可瑪莉小姐和納莉亞小姐，我們才會轉移過來。詳細情況晚點再跟妳解釋。在這種地方說話，沒辦法靜下心來談吧？」

「好吧，這麼說也對……」

「那這件事情就算告一段落了。可瑪莉小姐妳什麼都不用想，煩請休息就好。」

「…………」

事情告一段落。

沒錯。傷口都治好了，這件事情總算告一段落——

撲通。

不料我的心臟突然地狂跳了一下。

……等等。

還不確定事情真的告一段落。

我怎麼就沒注意到呢——有個應該在這裡的人不在這啊。

那個在星洞裡跟我一起並肩作戰的狐耳少女，人不是沒出現在這嗎？

我心中湧現出強烈的不祥預感。

讓我不由得大叫。

「芙亞歐呢!?芙亞歐她怎麼了……!?」

眼前這一行人全都看傻了眼，還因此眨了眨眼睛。

「妳、妳是說芙亞歐小姐？是在說那隻有狐狸特徵的……？」

「那傢伙可能有危險了！」

我推開佐久奈，一股腦地站了起來。

接著我東張西望地環顧四周。在這之中有一個人沒和我對上眼。他就是穿著寬鬆和服的和魂種——天津覺明。

「天津！你應該知道些什麼吧!?」

「……我不曉得，我沒看到芙亞歐。」

「那怎麼可能……」

「可瑪莉小姐，這個人在說謊。」

佐久奈用很認真的表情插話。

「我能夠看得出來，因為他的星座出現微弱的鬆動現象。」

「人家都這麼說了！我看你果然知道些什麼吧!?」

「…………」

他閉口不語的時間點很奇怪。這裡面肯定有鬼。

這下我變得坐立難安起來。我的理性和本能都在命令我，對我說「快點過去」。

於是我趕緊從床鋪上跳下來，就這樣朝著星洞全力奔跑過去。

「等等。」

天津出面抓住我的手。

「若是妳現在過去，那傢伙的努力就白費了。妳要乖乖休息——」

「我怎麼有辦法休息！」

於是我甩開天津的手，就這樣衝了出去。
迦流羅和佐久奈也慌慌張張地跟了過來。
情況已經很明顯了，那就是芙亞歐正在面臨生命危機。
我一定要救她。
因為……她也曾經救助過我。
跟她的外表有很大的落差，其實這個人擁有一顆善良的心。

[12]

陽光普照的世界

一直以來，她讓許許多多的人落入悲傷深淵。

其中最具代表性的例子就是魯那魯村的村民。

芙亞歐後來成為恐怖分子，從事相關活動，甚至還有自己的愚蠢矜持，口口聲聲說「不會殺死還沒做好死亡覺悟的人」，假如村子裡的人知道這些，不曉得他們會出現什麼樣的反應。

他們自然是會恨她的。就算往後被人殺掉，那也是理所當然的結局。

也許她活到今日，就是為了等待這一天到來——芙亞歐如此自嘲。

如今已經知曉那個特萊梅洛曾經做過那麼沒血沒淚的事，得知了這個真相後，芙亞歐被推進絕望的谷底，心中滿是後悔，在這死亡絕境中揮舞著刀劍。這樣的末路，對邪惡的殺人魔來說是最合適的吧。

「去死吧。」

Hikikomari
the Vampire Countess
no
Monmon

瞄準那些觸手，芙亞歐揮舞了無數次的《莫夜刀》。

——芙亞歐！這把刀送給妳，那是生日禮物！若是有人膽敢妨礙妳，妳就把他們通通砍死！

——《莫夜刀》？這把刀的名字還真奇妙。

——妳在說什麼傻話啊！這名字就像是在體現芙亞歐妳的生存之道啊！

這個是公主大人給的神具。

這時有一根觸手噴著瘴氣被芙亞歐劈開了。

可是就只有那麼一根。

發自特萊梅洛的怨念絲毫沒有衰減的跡象，而是接二連三地增生，彷彿永無止境。

而且隨著時間越過越久，殺傷力還變得越來越強。

真不曉得那些觸手都是從哪裡生出來的。

看起來簡直就像是要跟整個世界為敵。

此時有根漆黑的利刃擦過芙亞歐的肩口。

她拚死命地撐住了。

芙亞歐的職責就是「扮演黛拉可瑪莉而死」，可是她並不打算被對方輕輕鬆鬆地幹掉。甚至還想讓《莫夜刀》多吸點怪物的血。

芙亞歐轉過身，朝著星洞深處奔跑過去。

隧道裡面都是瓦礫，很難行動。

那她還不如前往更寬廣的地方，好好殺個痛快——

「唔——」

背後突然有根觸手過來衝撞她。

芙亞歐勉勉強強地用《莫夜刀》的刀身來抵擋，但是卻沒能化解那份衝擊，就這樣被撞飛出去。

而她被撞出去的地方，已經是在洞窟外面。

在那個廢棄的村子裡，有乾枯的水田，還有一些蕭瑟的房舍——這裡是魯那魯村的遺址。

毒辣的黃昏夕陽照射下來。

這樣的景象實在太讓人心寒了。

這座村子之所以會淪落到這般境地，有一部分的原因就出在自己身上。

正因為如此，芙亞歐才無法原諒星砦那幫人。他們奪取人們的性命，卻絲毫沒有為此反省的跡象，而且死性不改，一直在散播不幸的種子。

不僅如此，那個琵琶法師甚至還自絕性命，自甘墮落地淪為再也無法用人語溝通的禽獸。

「完成一件大事覺得很滿足」——那個人身上甚至散發出這樣的氣息。

就只有她一個人能夠選擇理想的死亡方式，簡直太令人作嘔了。

這讓人忍無可忍。

她一定要把那些敵人解決掉。

此時那些觸手開始刨挖星洞的出口，朝著芙亞歐襲擊過來。

芙亞歐拿起刀劍迎擊。

她將其中一根觸手打掉，用刀劍砍中了另一根，但是又有一根觸手把她肩口上的傷挖得更深。

芙亞歐眼前突然刷白，透過【水鏡稻荷權現】所顯現出來的黛拉可瑪莉．崗德森布萊德幻影正準備消失。

然而芙亞歐咬牙苦撐。

若是讓烈核解放在這個時候解除，那就功虧一簣了。

她必須以黛拉可瑪莉．崗德森布萊德的身分作戰，再用黛拉可瑪莉．崗德森布萊德的姿態死去——不，是她無論如何都得以那種型態獲得勝利才對。

原本是特萊梅洛的那個東西在此刻發出刺耳的咆哮聲。

那些觸手開始陷入暴走狀態，將魯那魯村的房子一間接著一間破壞掉。

芙亞歐四處跳來跳去，試圖閃避那些觸手。

她必須想辦法找出敵人的弱點。

是不是就跟匪獸一樣，只要破壞核心就能夠殺死那些東西？——想到這邊，芙亞歐開始專心觀察那些觸手的動向。但無論她看得多麼認真，都沒辦法找到來自曼陀羅礦石的光芒。雖然那些鬼東西是透過悲傷意志力組成的，但根本上的構造似乎跟匪獸不一樣。

用一句話來講，這些東西根本就沒有弱點。

不管被劈砍了多少次，都會有新的觸手出現，除非把敵人殺死，否則它絕對不會善罷甘休。

這些就跟天津說的一樣——那都是透過特萊梅洛·帕爾克史戴拉不可撼動的意志力顯現出來的，成了天下無敵的怪物，除此之外再無其他。

不過——

即便是那樣。

芙亞歐依然不想輕易被敵人幹掉。

既然沒有弱點，那她就一直揮刀吧，直到敵人死去為止。

——妳明明就擁有變身能力，做法卻太過直接。其實妳應該改用更加迂迴的手段。

印象中特利瓦好像在某個時候說過類似的話。

她的作戰方式確實過於直接。可是芙亞歐想不到其他的作戰方法了。

她一直都是耿直地揮刀，只殺該殺的人。

而她也認為那就是自己該做的事情。

為了剷除魯那魯村的宿敵，打造出所有人都能夠死得其所的世界，讓家人——哥哥、爸爸和媽媽認可她，對她說「妳做得很好」，芙亞歐總是蠻勇地作戰，用盡全力地奮戰過來。而這也是芙亞歐・梅特歐萊德的生存之道。

「唔……」

當芙亞歐跳上村長家的房舍時，她頓時腳滑，有種頭暈目眩的感覺。

可能是失血過多的關係——這讓芙亞歐心中湧現出危機意識，緊接著下一秒，那些觸手就像鞭子似地甩了過來，將芙亞歐的身體打飛了。

她因此遭受衝撞。

而且人還被用力地撞到地上，引來更大的衝擊。

觸手抓準這個好機會，就像被廚餘引來的蒼蠅一樣，全都聚集過來了。

當下芙亞歐趕緊讓自己起身。

然而她卻沒能站穩腳步，就這麼跌倒了。

但她連為此屏住呼吸的餘裕都沒有。

因為那些觸手已經來到芙亞歐的頭頂上盤旋，畫出五芒星的樣子，不斷旋轉著。

滋噹。滋噹。滋噹。

那是極盡不祥的晚霞之星——

就在芙亞歐即將失去意識的那一刻，那些怪物也朝著她襲擊過來，準備要取獵物的性命。

☆

我在奔跑。

為了前往芙亞歐的所在處，不停地奔跑。

整個星洞充斥著黑暗的瘴氣。原本應該已經被我的烈核解放中和不少，卻不知從什麼時候開始，又回歸原本那種和地獄沒兩樣的光景了。

我怎麼會就這樣昏死過去了呢？

只不過是肚子被刺到而已，根本就沒什麼大不了的吧。

若是我能夠不顧一切地硬撐下去，和芙亞歐一起並肩作戰就好了。

一到了關鍵時刻，我就成了派不上用場的那個人。就算發動了烈核解放，也不代表能夠解決所有問題，之前在吸血動亂和華燭戰爭中，我應該已經學到這個道理了，但是當我舔拭芙亞歐的血液，被太陽光芒包覆那瞬間，我就自以為無所不能，抱著那種幼稚的心態，變得沾沾自喜。

事情不像妳想的那樣，妳並沒有做錯——或許芙亞歐會這麼說吧。

我知道就算去責備自己，問題也不會因此解決。

怎麼做根本是在逃避。那個難以親近的狐狸少女或許正深陷重大危機中——這份不安就是揮之不去，我為了消除這份不安，才會施展這種小咒語，讓自己的心能夠獲得喘息空間。

這時我跌倒了。

背後傳來迦流羅和佐久奈的叫聲。

就在這一刻，我看見地面上的曼陀羅礦石附著了大量的血跡。

這裡還有金色的毛髮掉落。

是她蓬鬆尾巴上所生的毛。

摸起來意外地舒服，我原本還打算事過境遷後正式跟她提出請求，問她「能不能摸摸看？」，那尾巴是那樣的柔軟蓬鬆。

我腦海中湧現出絕望感。但就算是這樣，我依然還是咬緊牙關地站了起來。雖然膝蓋擦傷了，但我卻絲毫不在意，因為我滿腦子都是芙亞歐的事情。

芙亞歐。我們兩人好不容易有機會相處融洽。

如今事情卻演變成這樣，命運未免太殘酷了吧。

拜託妳一定要平安無事。

妳已經很努力了。

再也不需要繼續受苦。

所以——

☆

自己還保有意識，那簡直就是奇蹟。

不對，也許她已經來到橫渡冥河三途川的路上了。

「咳呃！」

口中有鮮血噴出。

都已經是那樣了，自己卻還是緊緊握著《莫夜刀》，連她都對這樣的自己感到驚訝。

【水鏡稻荷權現】似乎還未解除，她還勉強保有黛拉可瑪莉・崗德森布萊德的姿態。自己的意志力也算是夠堅強了。

然而芙亞歐的體力已經不足以讓她重新站起來。

上空中那些邪惡的觸手像是在觀望情況，不停地蠢動著。

——啊啊，我是不是已經到此為止了？

全身上下早已精疲力盡，芙亞歐的眼皮慢慢閉上。

如今回想起來，至今為止自己走過的路算是很坎坷。

故鄉在他人的陷害下毀滅，而她下定決心復仇，為了讓自己變強，不斷進行修煉。後來還遇到絲畢卡・雷・傑米尼，加入那個名為逆月的殘酷恐怖組織，為了改變世界，成天就是跟人殺來殺去。

這都是為了打造出人人都能夠死得其所的世界。

希望再也不會有人遭到殘酷地殺害。

可是到頭來，她芙亞歐・梅特歐萊德的信念不過就是海市蜃樓罷了。

若是魯那魯村裡的村民看到如今的芙亞歐，肯定會覺得這一切太扯了，傻眼到連半句話都說不出來。她是一直以來都在做白工的殺人魔。想必那些人都在天國對芙亞歐感到不齒，並且懷恨在心吧。

（哥哥……媽媽……爸爸……）

家人們無論何時都對自己很好。但是對他們下手的卻是自己。

她還想再跟他們見一面。好想要……回到過去。

可是這些都無法實現了。因為芙亞歐早就已經成了殺人魔，而且一直在這條路上走著。她這個人已經沒有任何顏面去面對家人了——

滋嚐。

有某種東西切換的氣息出現。

（「內部的那位」……現在才要出現是嗎……）

自從來到涅普拉斯這邊，那個人格就突然間消失不見，那是屬於芙亞歐的另外一個人格。

事到如今就算那傢伙跑出來，情況也不會有任何改變吧。

（……？）

可是——她的樣子好像跟以往不太一樣。

一旦人格切換，身體的主導權應該會自動轉移才對。

可是這次卻沒有發生那種事情。

感到狐疑的芙亞歐睜開眼睛觀看，結果卻看見不可思議的景象。

她眼前出現一片令人懷念的村莊風貌。

地面上全都綠油油的，還有櫻花花瓣在飛舞著。

那些茅草蓋的房舍全都沒有毀壞，各處都有炊煙冉冉上升。天空萬里無雲，連一顆星星都沒有。

（——這裡是……什麼地方？）

也許是幻覺吧。

否則曾幾何時存在過的魯那魯村也不會以如此鮮明的形式呈現在眼前。

看來她終於撐不下去了——

「妳好啊！我們像現在這樣見面，好像是第一次呢！」

就在不遠處，好像有個人站在那。

那是生著狐狸耳朵和狐狸尾巴的獸人——芙亞歐・梅特歐萊德。

而且這還不是「表面上」的那位。

自從那天發生了那場災難後，不知道從什麼時候開始，芙亞歐的體內就出現了這位「隱性人格」。

一開始其實是有更多的「隱性人格」，但隨著時間過去，全都被這個厚臉皮的人格統一吸收了。

「『內在的我』……這是怎麼一回事。」

「我都想起來了。」

難得那個「隱性人格」會擺出如此認真的表情。

「其實藏在『內側』的我，並非從『表象人格』內側湧現出來的人格。當然也不是因為【水鏡稻荷權現】的副作用而導致人格分裂。自從魯那魯村被毀滅的那一天起，我——不，我們就一直跟隨在妳身邊了。」

「妳在說什麼……」

「但是大量的人格聚集在一個身體上，會對身體帶來很大的負擔，所以才會暫時集結成一個。因此我並不是妳。每次我浮現出來的時候，都會發出『滋噹』的聲響，這是為了告誡妳不要忘了曾經發生過的悲劇……」

「妳到底在說什麼啊。妳不是我的分身嗎？」

「是，我是分身……可是我並不是小芙。」

芙亞歐的心狂跳了一下。

這種說話語氣、動作和姿態，全都跟她記憶裡的某個人如出一轍。

原本應該是「隱性人格」的芙亞歐變成櫻花花瓣碎掉了。

有一陣清爽的風徐徐吹來。

這項事實太過於震撼，芙亞歐呆呆地杵在原地。此時突然有人用溫和的聲音呼喚她，說了一聲「小芙」。

站在眼前的人——是應該早就死去的哥哥。

「小芙，妳很努力呢。」

「哥、哥哥……？」

由於心中太過恐懼的關係，芙亞歐向後退了兩、三步。

她不知道怎麼會發生這種事。可是站在那裡的人，的確是早就已經逝去的哥哥。

他臉上有著安穩的笑容，還有溫和的眼神——這些全都是芙亞歐自己親手毀掉的。

哥哥說話的聲音就跟那個時候一樣，他輕聲說了一句「不用害怕」。

「我是站在妳這邊的，因為我是妳的哥哥。」

「但、但是——」

「我們一直都在旁邊看著。其實『隱性人格』就是我們。自從魯那魯村被人毀滅的那日起，為了孤獨苟活下來的妳，我們一直片刻不離的守望著……」

這種事情——

這種事情有可能是真的嗎？

但那個人的確是哥哥。

無論是聲音、氣息，還是那股溫和的意志力，都是屬於他的——

「也許小芙妳一直被罪惡感所囚禁，可是妳那麼想就大錯特錯了。」

「怎、怎麼會錯……我可是……把你殺了啊……!?」

「黛拉可瑪莉小姐也說了，小芙並沒有錯。」

「可是我、我……」

烈核解放是心靈的力量。

如今她才明白——變身能力【水鏡稻荷權現】這種異能是因為芙亞歐・梅特歐萊德心中埋藏著罪惡感，才會間接被催生出來。毀滅掉村莊的人不是我，對家人痛下殺手的也不是我——在心底深處，芙亞歐一直都知曉自己的罪孽，可是又不願意承認，才會發展成一種心願，希望能夠「讓自己變成另外一個人」。

只不過，她是不是沒有必要逃避這些？

還有那些魯那魯村的人，他們是不是都原諒我了？

「來吧，妳快看那邊。」

在哥哥的催促下，芙亞歐開始朝著四周觀望。

不知不覺間，那裡已經聚集了好多的人。每個人都擁有讓她懷念的臉龐。那些都是從前曾經對年幼的芙亞歐溫和以待的村民，雖然如今都已經不在人世了。

他們一直沉眠在芙亞歐體內。

暗中支持這位最後的生還者，靜待實現悲願的那一刻到來。想要對特萊梅洛・帕爾克史戴拉……對這個破壞他們安穩日常的邪惡分子報一箭之仇，人們一直對那一刻引頸期盼，才會待在芙亞歐的身邊——

在涅普拉斯中出現的第二、第三個人格，一定是他們之中的某個人。

這些人也真是的。

真沒想到人都已經死了，還會有這麼強烈的意志力殘存在世上。

「小芙，妳不用這樣硬逼自己，沒關係的。」

媽媽用不安的眼神看著她。

好懷念啊。無論何時，媽媽總是會為芙亞歐擔憂。

「媽媽覺得報不報仇都無所謂。只要小芙能夠幸福的活下去，那樣就好了。村子裡的所有人都是這麼想的。」

「為、為什麼……？你們不希望我打倒特萊梅洛嗎……？」

「那些都是次要的。」

這時有另一個人笑了。是爸爸。

芙亞歐還記得她常常跟爸爸在庭院裡假扮成軍人玩遊戲。

「站在父母親的立場來看，只要妳能夠活著，這樣就足夠了。若是要復仇的話，等到妳有那個餘力再做也行。假如覺得辛苦難受，那妳就逃避吧。」

「可是……」

「現在的妳已經渾身是傷了。大概再過不久就會來我們這邊了吧。可是啊，在這裡的所有人都願意在妳撐不下去的時候，代替妳承受傷痛。我們就是為了做這些，才會一直待在妳身邊。若是妳不再戰鬥下去，而是選擇逃跑，那妳還能夠有一線生機。」

他們之中的每一個人全都轉換成發光粒子——在人們變換成意志力後，紛紛融入芙亞歐體內。

這讓芙亞歐忘我地流下了眼淚。

因為她一直都是孤獨地揮舞刀劍。

總覺得不會有人願意和她站在同一陣線上。

可是那麼想似乎是錯的。

其實這個世界上有很多心地善良的人。

看到那些人悲慘地逝去——這樣的事情芙亞歐已經受夠了。

正因為如此——就是因為這樣。

她才不能在這裡停下腳步。

「對不起。我必須出面作戰。你們是如此善良，我一定要回報你們所有人。」

「小芙……！」

此時村子裡的人愣了一下。

可是芙亞歐臉上卻浮現笑容，她是想要讓大家放心。

「別擔心。我不會死的。因為我身上已經湧現出力量了——這些都是在場的各位分給我的力量。只要有了這股力量，想必連那個琵琶法師都能夠打倒。」

哥哥在這時說了聲「這樣啊」，似乎也打消原本的念頭了，改為發出一聲嘆息。

「那我們明白了。反正連黛拉可瑪莉小姐都在，看來應該是不會有事的。」

「黛拉可瑪莉……？」

「我們之所以能夠出現，還要多虧黛拉可瑪莉小姐的幫忙。」

父親跟母親都變成一道光，在此刻融入芙亞歐體內。

剩下的人就只有哥哥。

「她身上的光芒非常耀眼。能夠將籠罩心靈的陰霾通通一掃而空。只要能夠變得像那個人一樣，就不需要再擔心任何事情了。」

這時有一道眩目的陽光將周遭一切全都包覆住。

這就像黛拉可瑪莉身上擁有的那樣，既柔和又溫暖，是能夠將黑暗瘴氣全都掃除殆盡的能量。

這時芙亞歐才發現那些都是從自己身上散發出來的。

《——烈核解放【水鏡稻荷權現】旭日升天——》

充滿光明的魔力湧現而出。

這股力量就跟那位深紅吸血鬼所釋放出來的能量是一樣的。

沒錯——其實自己很想變得跟那位少女一樣。

【水鏡稻荷權現】是能夠產生鏡射效果的奇蹟。不是來自於罪惡感，而是因為對敵人抱持殺意，才會引發進化，催生出究極的變身能力。

只要有了這樣的東西，她甚至能夠找回失落的太陽。

還能夠像黛拉可瑪莉那樣，為這個世界帶來光明。

「去吧，小芙。實現大家的夢想吧。」

哥哥忽然笑了，嘴裡如此說著。

芙亞歐點了點頭。

看到她如此回應，哥哥微微地笑了一下，再來就跟其他的村民一樣，也化成一道光消失了。

整個世界都變得絢爛起來。

在這之前遺失了許久的「色彩」又回來了。

追求強大就像是一種藝術——芙亞歐一直都是這麼想的。

她這麼想是對的。真正的強大是出自為他人著想的善良之心。唯有擁有一顆能夠包容他人的心，這個灰暗的世界才能夠增添美麗的色彩。

在她的人生旅途來到這個階段，終於發現了這件事。

自己從前沒臉面對魯那魯村的村民。
如今他們的意志和遺志全都由芙亞歐・梅特歐萊德繼承了。
再也沒什麼好擔心了。
此時她的視野突然間刷白。
令人懷念的魯那魯村景色變得朦朧起來，全都被消除掉了——

——之後芙亞歐就回到地獄裡。

眼前有一大片顏色像是被汙水汙染的晚霞天空。
星星在閃耀，讓人渾身發涼的風，寂寥地吹撫著。夜幕正逐漸低垂。
就在她的頭頂上，一些駭人的觸手正在蠢動。
這是特萊梅洛・帕爾克史戴拉墮落之後的樣子。
她是引發悲劇的元凶，也是魯那魯村的仇敵。
芙亞歐拿刀劍代替拐杖，讓自己慢慢站起來。
就在下一瞬間，從她的身體深處迸射出強烈的光之魔力。
上空中的那些觸手都被蒸發掉了。原本被汙染的天空也逐漸漂白。
那就像是太陽在發威一樣。而這也是黛拉可瑪莉・崗德森布萊德的【孤紅之恤】——是將那樣東西原封不動地拷貝下來，才能產生出如今這般破天荒的烈核解放。

就連那些觸手也都在剎那間感到畏懼。

眼前世界都被淨化了，變得有如白晝，芙亞歐拿起了《莫夜刀》，眼睛不停地盯著敵人看。

她再也沒有任何後顧之憂。只要將眼前這些愚蠢的敵人通通擊潰就行了。

一些血液流淌出來。全身的感覺正逐漸麻痺。

就算有魯那魯村的村民用他們的意志力替自己撐腰，也不可能完全恢復原狀了。

但即便如此，芙亞歐的心依然是一片光明。

「……讓妳久等了。」

邪惡的星星就飄浮在夜空中。

就讓她用這一刀——令這個世界「莫再如同暗夜」。

「來吧——特萊梅洛．帕爾克史戴拉。妳已經做好赴死的覺悟了嗎？」

對方並未透過人的言語回答。

取而代之，那片觸手之海朝著這裡逼近。

芙亞歐拿起《莫夜刀》迎戰。雖然大部分的觸手都在陽光照耀下熔解，但還是有一些頑強的觸手帶著極深的執念突破光之洗禮，像是要刺穿殺父仇人那樣，穿刺了過來。

芙亞歐揮舞手中刀劍。她將那些觸手打掉。接著她又再度揮動手中的刀——

這不像匪獸，沒有曼陀羅礦石的核心存在。

既然如此，她就持續揮砍下去，直到敵人再也無法動彈為止。

「唔咕！」

一根從死角來襲的觸手打中芙亞歐的背脊。

芙亞歐發出痛呼，並要自己去忽略那些疼痛，同時縱身跳躍，拿那些快要毀壞的茅草屋當踏腳處，跳到空中掃蕩那些觸手。

但她還是被漏砍的觸手擊中肩膀。

然而芙亞歐一點都不害怕。因為黛拉可瑪莉傳承給她的光亮能夠溫暖她的心。

——妳只要照自己希望的生活方式活下去就好了。

那還用說。這正是芙亞歐・梅特歐萊德的生存之道。

為了那個吸血鬼，她將要拚盡全力奮戰。

這都是為了魯那魯村。也是為了這個世界——

不管再怎麼斬除，那些觸手都還是沒完沒了。芙亞歐拿起光芒照射那些觸手，要將他們一掃而空。可是那些東西卻跟蟑螂沒兩樣，會從各個角落歪歪扭扭地冒出來。

芙亞歐的臉頰被劃破。全身被用力撞擊到地面上。就算能夠複製黛拉可瑪莉的烈核解放，似乎也沒辦法像她那樣用得爐火純青。

但這些都不要緊。

不管發生什麼事，她都要在這個地方解決敵人。

「就讓我終結這一切。」

芙亞歐緊緊握住刀柄，使勁飛身一躍。

她一直劈砍。一直砍下去。有的時候會被敵人砍到。身上有血液飛灑出來。但那樣的攻擊對她是沒用的。因為她早就忘卻疼痛。但其實身上還是會有痛覺。是她要自己務必忘記那些痛楚。這一切都是為了實現世界和平。為了那些善良的魯那魯村村民。為了黛拉可瑪莉。為了創造出弱者也能死得其所的世界，她要不停地斬除、斬除、斬除、斬除——

等到芙亞歐回過神，黑夜已經降臨了。

過不了多久，她耳邊就聽見所有的一切遭到毀壞的聲音。

☆

寧靜的月光照射下來。

這種死寂氣息彷彿是所有生物都已經滅絕似的。

我口中呼喚著她的名字，劃破了這份寂靜，現在總算來到這裡了。

這裡是魯那魯村。

曾經被殘酷星星蹂躪過的悲劇村落。

特萊梅洛的意志力已經消失不見了，這裡就只剩下被瓦礫砸爛的廢棄村莊。那時我忽然看見生在村莊一角的櫻花樹樹根旁有淡淡的光芒。那道光芒就像風中殘燭一樣，顯得很微弱，但我覺得那道光肯定是在等待著我。

芙亞歐・梅特歐萊德就靠著那棵櫻花樹，坐在櫻花樹下。

我跌跌撞撞地跑到她身邊。

她人沒事！芙亞歐將特萊梅洛打倒了！——如此淺薄的希望，才短短一下子就被粉碎掉。

我發現她的樣子怪怪的。

想也知道，她身上都是血。不管是肩膀還是肚子，甚至是大腿，全都傷到難以挽回的地步。

《莫夜刀》已經從中間折斷，斷成兩截了，就插在櫻花樹的樹根旁。

就在那瞬間，我的腦袋彷彿被凍結住，再也無法動彈。

包覆著芙亞歐身體的光芒越收越小，她臉上的表情意外地安詳，我看著她，口中發出深切又扭曲的哀鳴。

「——芙亞歐!?妳還好嗎!?」

我覺得會說出這種話的自己非常可笑，不管是誰來看了，都會知道她一點也不好。

她傷得那麼重，不管找來什麼樣的醫生都治不好了。

「黛拉可瑪莉……妳平安無事啊？」

芙亞歐恢復了意識。她的眼神很空洞，看起來雖然像是在望著我，視線卻有種微妙的失焦感。

「芙亞歐！到底發生什麼事了……」

「……別擔心。如果要找特萊梅洛，那她已經被我幹掉了。這都是多虧妳和魯那魯村的村民幫忙。」

的確如她所說，特萊梅洛的氣息已經徹底消失了。

原本包覆住星洞的邪惡瘴氣也變淡了。

芙亞歐的視線在此時落在斜下方，嘴裡發出沙啞的聲音。

「妳收下這個吧。我好不容易才搶過來。如果是妳的話，應該能夠好好運用這樣東西。」

就在樹木的樹跟旁。

掉落了一顆閃閃發亮的寶石——是常世的魔核。

她讓星砦的野心碰釘子了。

可是魔核什麼的怎樣都無所謂了。

「芙、芙亞歐，妳的傷……」

「沒關係。無論用什麼樣的方法，都不可能治好了。」

「可以治好的！對了，迦流羅也來了！只要拜託迦流羅——」

「這些傷再怎麼治都治不好的，而且我已經完成自己該做的事情了。」

她這是在說什麼，我聽不明白。

那時我心中忽然有股無限大的恐懼正在蔓延。芙亞歐的表情安穩到奇妙的地步，就好像在跟人昭告，說她「再也沒有任何該做的事情了」。

「我一直覺得自己是個無可救藥的人。但或許事情並不像我想的那樣。我借用了村子裡所有人的力量，終於在最後一刻阻止那傢伙了。也完成復仇大計了。還有……成功保住妳的性命，免於被人奪走。」

「就是說啊，芙亞歐是很厲害的人。像我這樣的人，永遠都不可能比得上妳……」

「不，比起我，妳才是更應該活下去的人。」

「不是那樣的！」

在不知不覺間，我已經握住芙亞歐的右手了。

那讓我嚇了一大跳。因為她的手實在太過冰冷。

我還不至於笨到看不出這份冰冷代表什麼。

「才不是……妳也應該活下去啊……都已經報仇了。今後大可過上和平的生活。對了，我還可以買稻荷壽司請妳吃。我們再一起吃吧……」

「妳真的很善良呢。」

那時芙亞歐看似傻眼地笑了。

「但這也是妳的武器。就是這份善心拯救了我。如果是妳，一定能跟那些口口聲聲說要滅亡人類的邪惡蠢蛋互相抗衡。」

「可是……」

「我有個請求。妳願意聽聽看嗎？」

芙亞歐的目光在那一刻與我相對。

我敵不過這股魄力，只能點點頭說「嗯、嗯嗯」。

「特萊梅洛被我打倒了。但還是有些蠢蛋。他們會給那些尚未做好覺悟的人帶來折磨，做些自以為是的事情，這些邪惡分子依然還活著。能夠料理那些人的並不是我，而是妳。雖然妳很討厭跟人作戰，把這份苦差事推給妳，讓我覺得很抱歉，但是妳能不能幫忙阻止他們？能不能用妳身上的溫和光芒，為這個灰暗的世界帶來色彩？」

「當、當然好啊。只要是我能夠做的事情，我什麼都願意做……」

「謝謝妳。」

一些鮮血從芙亞歐口中流出。

我慌慌張張伸出雙手，接住那些血液。

看著這樣的我，芙亞歐・梅特歐萊德臉上浮現出滿足的笑容，之前我從未見過這樣的表情，可是那樣才像原本的她。芙亞歐對我說：

「如果妳願意傳承我的夢想，那我就沒有遺憾了……接下來的事就拜託妳了，黛拉可瑪莉。」

「……！」

芙亞歐的意志力消失了。我的直覺讓我明白這點。

我呼喚她的名字無數次，搖晃那具千瘡百孔的身軀。

但即便如此，這個狐狸一族的獸人還是沒有再睜開眼睛。

她回到從前曾經有過的魯那魯村，在櫻花樹的懷抱下，就好像睡著了一樣——

我的喉嚨深處發出嘶吼聲。

實在太過分了。不能這樣啊。

芙亞歐是那麼努力。我直到最近才開始能夠跟她好好對談，雖然對她的為人了解不深，也不是很清楚她的興趣和嗜好，但我知道這傢伙很努力。也知道她為了我拚上性命。

如此善良的少女，怎麼能夠用這麼慘不忍睹的方式撒手人寰。

星砦。那些人實在是太邪惡了。

逼迫一個平凡的少女背負沉重又痛苦的罪孽，強迫她過著刀口上舔血的日子。

她會那麼痛苦，都是那些人害的。

我絕對不會原諒他們。

絕對——

「——可瑪莉小姐！」

就在這時，我看見希望之光。

是迦流羅，那個能夠讓時間倒轉的天津迦流羅已經來到我身邊了。

我哭著對她苦苦哀求。跟她懇求了無數次，對她說「把芙亞歐的時間倒轉回去吧」。雖然迦流羅一開始表現得有點為難，但最終她還是答應我的請求了。

烈核解放【逆卷之玉響】——

一陣無色透明的魔力慢慢包覆住芙亞歐的身體。

時間開始逆流了。

芙亞歐身上的傷口癒合，沾在衣服上的血跡被淨化了，她身上所有的髒汙一口氣消失。

就好像睡著了一樣，坐在那裡的芙亞歐·梅特歐萊德又變回平常應有的姿態。

我拚命呼喚她的名字。

這下她就得救了——心中懷抱著這份希望，我深信不疑，一直在呼喚她的名字，重複了好幾次、好幾次、好幾次。

可是我卻慢慢發現她的樣子有點奇怪。

因為芙亞歐都沒有做出任何反應。

她並沒有睜開眼睛。也沒有說話。而且身體很冷——心臟沒有在跳動。

怎麼會。這是為什麼。

受絕望煎熬的我，渾身都僵住了。迦流羅艱難地開口，對我說道：

「行不通的，可瑪莉小姐……這個人的心……早就不在這裡了。」

「——」

佐久奈和天津趕到了現場，還有科尼沃斯。

這下我才明白。

人最根本的就是心。

心靈擁有一種力量，能夠為這個世界帶來無限的變革。

這個少女守護了我，成功滅了仇敵，還將自己的夢想託付給他人——而她該完成的事情，已經全部完成了。

既然心都已經不在這裡了，那麼芙亞歐也永遠不會再回來。

當下我哭了。

不停地哭著，不停地哭，不斷流著眼淚。

——我在追求的世界，是所有人都能夠死得其所的世界。

——這只是一種說法。我想表達的是，總有一天我們要來分個勝負。

——妳身旁總是有那麼多人圍繞，我好像明白這背後的緣由了。

——只要妳能夠將我的夢想傳承下去，那樣就足夠了。

「…………」

夜空中，看來不祥的星星一直在閃爍著。

也許現在沒空在這裡流眼淚了。在這個世界上，就是有些殺人魔會讓芙亞歐面臨這樣的遭遇，而且他們依然若無其事地縱橫天下。

但即便如此，我依然抓著芙亞歐的身軀，號啕大哭好一陣子。

無論是迦流羅還是佐久奈，甚至是其他的所有人，全都沒有任何一個人開口。

那時忽然有一陣風吹過。

這棵櫻花樹跟著「沙沙」地搖晃起來，一片花瓣落到芙亞歐的臉頰上。

在月光的照耀下，這位少女的表情看起來極為安詳。

吸

Monmon

Hikikomari the Vampire Countess no Monmon

[12.5] 星月與血

耳邊彷彿能夠聽見亡骸在演奏的樂音。

靈音種一旦迎接死亡，就會對親近的人奏響樂音，為他們傳達悲訊。

滋噹、滋噹。

在納法狄・斯特羅貝里耳中迴盪的是——那個詭異又愛雞婆多管閒事的琵琶法師特萊梅洛・帕爾克史戴拉所遺留下的音色。這個音色是在表明物極必反的道理，而且還點出了另一個跡象，那就是星砦的未來已經開始有烏雲密布的徵兆。

打從跟這個人初次見面的那一刻起，納法狄就覺得自己跟她很不對盤。

只是——雖然是那樣，她依然毫無疑問是納法狄的盟友。

「居然這麼亂來……」

在星洞內部的地底湖旁邊，掉落了一具琵琶，納法狄低頭看著這具琵琶，心中有種心痛的感覺，但是她逼自己忍下了。

都怪她太小看黛拉可瑪莉和她的夥伴，納法狄對這樣的自己很火大。

當她趕到這邊的時候，特萊梅洛早就已經斷氣了。

若是自己能夠早點趕來就好了。

假如納法狄能夠過來幫忙特萊梅洛，那至少她也不至於被逼到要發動【反魂咒殺曼陀羅】。

「夕星，特萊梅洛死掉了。」

納法狄朝著被自己抱在腋下的兔子玩偶如此訴說。

夕星真正的肉體沉睡在別的地方，那裡不屬於常世。

她要跟外界接觸的手段就只有一種，那就是讓自己的意志力依附在其他的物體上。而現在這個玩偶就被夕星當成暫時替代用的肉體了。

『——用不著哭泣。納法狄。』

夕星在對納法狄說話。

她透過意志力傳達意念給她。

『就算死了還是能夠重逢。星砦就是為此存在的。』

「可是——」

『沒事的。用不著擔心喔。』

「可是！特萊梅洛跟尼爾桑彼都不在了啊。我們真的有辦法實現心願嗎……」

來自星砦的這三個人，無論是誰，都是被世界排擠的異端分子。
她們一直認為自己只要追隨夕星，就能夠獲得真正的幸福。
可是如今胸口卻有種苦澀的感覺，這是為什麼呢？
若是繼續這樣作戰下去，她總有一天是不是會心靈毀壞——
那時夕星溫和地笑了，說了一句『的確是這樣』。
『但是跨越重重困難，才能夠迎接幸福。無論何時，從無到有都是最辛苦的，可是若能吃得了這份苦，一定能夠獲得救贖——來吧，拿起那個琵琶吧。』
「……——」
既然夕星都那麼說了，那事情肯定會像她說的那樣吧。
於是納法狄就按照指示扛起特萊梅洛的琵琶。
這個樂器其實是神具，名字叫做《星彩弦》。
內部構造是能夠吸收意志力的架構，特萊梅洛就是利用這樣東西到處蒐集瘴氣，用來獻給夕星。
「好重！這是什麼東西呀……那傢伙到底蒐集了多少瘴氣。」
『若是有了這些，或許還能打倒尤琳。』
「尤琳……？」
『我的所在位置，似乎已經被發現了。』

「什麼？」

『對方用了大規模的探查魔法。那是能夠跨越世界隔閡的煌級探查魔法——大概是利用常世魔核的魔力做的吧。』

尤琳・崗德森布萊德。

那傢伙為了粉碎星砦的野心，一直留在常世這裡作戰。

在這之前，她似乎連夕星的尾巴都抓不著——

『若是妳能夠早點回歸，那也是一件值得開心的事。因為這次可能要跟滿月作戰。』

「敵人……會不會太多了啊？有滿月，還有黛拉可瑪莉，再加上天文臺……前途也太多災多難了吧。」

『另外還要加上逆月。剛才我連小畢都見到了，還差那麼一點就能殺了她。那女孩果然很強。』

「看來我們的前途還真是多災多難，我已經開始覺得厭煩了。」

『這樣啊？正因為如此，納法狄，妳可不要拋棄我喔？』

「……要我過去那邊是可以，但是涅普拉斯這邊要怎麼辦？」

『直接捨棄吧。既然已經沒有任何用處了，還是早點處分掉，那樣才是明智之舉。』

「呿……我好不容易才成為知事……」

接著納法狄就背著琵琶邁開步伐。

出來阻礙星星前行之路的人，已經陸陸續續出現了。

可是她們不能因此屈服。

那都是為了失散的同伴著想。

此外——也為了納法狄自己，因為她想要追尋幸福。

☆

後來又過了幾天。

整個世界陷入極為混亂的狀態，所有的國家都朝其他各國征戰。在常世的各個角落都有戰火點燃，展開沒血沒淚的戰爭，有許多人都在痛苦下喘息。

那是星砦留下的伴手禮——以上是天津和基爾德的說法。

自從特萊梅洛戰敗後，星砦那幫人就不知消失到哪去了。

離去的時候，特萊梅洛事先安排好的「緊張局勢」之線被切斷了，導致新的戰爭誘發。看來那幫人無論何時都有辦法讓常世變得更加混亂。到頭來我們直到最後一刻，似乎都逃不出那個琵琶法師的手掌心。

除此之外——打倒那個琵琶法師的狐狸少女……

那位芙亞歐・梅特歐萊德。

她完成了一切宿願，已經靜靜地離世了。

後來所有的弔唁儀式也宣告終結，她的遺骸被埋葬在原有的魯那魯村中。

就算有迦流羅的力量幫忙，她依然回不來了。

沒想到會在這種地方訣別，我心中真是懊悔不已。

若是我能夠更爭氣一點，也許結果就會不一樣，受到這份後悔和絕望侵蝕，我的腦袋也開始變得昏昏沉沉的。

可是我總不能一直像個孩子一樣，不停哭泣。

因為芙亞歐已經將後事託付給我了。

不管我有多麼難受、多麼悲傷，我都必須拿出堅定的意志，重新站起來。

這就是七紅天大將軍所該背負的職責。

現在的我不該繼續躲起來當家裡蹲。

「……謝謝妳，我會代替妳努力下去的。」

夜深了。

透過旅館的窗戶，我抬頭仰望星空。

常世的空氣很混濁。

就像好幾天都沒有活水流動的水槽，整個世界汙濁不堪。
我想是因為這世界上的各個角落都有爭鬥持續，永無寧日的關係吧。
「——喂，黛拉可瑪莉。妳沒事幹麼這麼消沉啊。」
那時我背後好像多了個人站著。
她是頭上戴著奇妙帽子的吸血鬼——絲畢卡・雷・傑米尼。
「絲畢卡？妳身上的傷不要緊嗎？」
「我又沒有受傷，只是稍微睡了一下。」
絲畢卡從口袋裡拿出糖果，放到嘴巴裡含著。
接著她坐到我旁邊的椅子上，高傲地翹起二郎腿，抬頭仰望夜空。
聽說這傢伙在星洞深處被夕星偷襲。
是翎子和特利瓦好不容易才將她帶到地面上的，她好像受了很重的傷，才會在床上昏睡了好一陣子。
可是她本人卻說：「那又沒什麼大不了的。」
不管怎麼看，這都像是在逞強。
原來這個少女也是有人性化的一面啊，想到這邊，我不禁心有所感。
除此之外——那個夕星甚至能夠讓絲畢卡・雷・傑米尼失去戰鬥能力，實在太恐怖了。

「真是的！啊啊真受不了！」

絲畢卡在這時發出好大的叫聲，聲音大到讓人覺得發毛的地步。

「真是爛透了！那幫人將常世攪得亂七八糟，現在不知道逃去哪裡了！最後只幹掉一個特萊梅洛，一點都不划算！」

「說得對……」

「芙亞歐可是死掉了啊！那孩子是能夠跟本人思想起共鳴的珍貴人才！而且身手非常厲害，是我很重要的保鏢耶！但是這樣或許也是件好事啦！」

我聽到這邊吃了一驚，轉頭看絲畢卡的臉。

「因為那孩子能夠用理想的方式死去！『死亡乃是生者的本懷』——她能夠貫徹逆月的理念，應該感到高興才對！沒錯，我所期望的世界，就是所有人都能夠像芙亞歐那樣，死得漂漂亮亮的世界喔！」

「絲畢卡……」

「真不愧是被我寄予厚望的人啊！就跟歷代的朔月一樣，死前都對自己的人生感到滿足……太好了太好了。真是太好了。我原本以為芙亞歐這次肯定能夠不費吹灰之力，報完仇就回來了，但讓人意外的是到頭來並沒有那樣。並沒有變成那樣……原來我也有看走眼的時候……芙亞歐……」

一滴淚水落下。

我好驚訝，因為絲畢卡在流淚。

但也許沒什麼好訝異的。

對這個人來說，芙亞歐是很重要的夥伴。而且這個少女其實也有一顆「尋常之心」，會為了夥伴的死感到悲傷——就只是這樣而已。

我不知道我該對她說些什麼才好。

於是我決定道出事實。

「芙亞歐是個不錯的人呢。」

「就是說啊。」

「為了實現自己的夢想，一直很努力……」

「就是說啊!!」

啪鏮!!——附近的那張桌子突然裂成兩半。

那是被絲畢卡用拳頭打的。

我口中發出「噢哇啊啊啊啊啊啊啊啊!?」的慘叫聲，當場站了起來。

「妳、妳在做什麼啦!?這樣我們還要賠錢耶!?」

「都怪那些傢伙破壞這個世界！只不過是一張桌子，有什麼好大驚小怪的啦！」

「妳冷靜一點！不要衝動啊！」

「我知道啊！在這邊發飆也不能解決問題。」

絲畢卡將口中的糖果「嗑嚓嗑嚓」地咬碎，用充滿殺意的目光盯著夜空中的星星看。

「這次我們算是兩敗俱傷。可是我下次一定會宰了他們——就當是順便為芙亞歐報仇。等到那個時刻來臨，妳記得助我一臂之力喔。」

「……那個——」

我將心中一直存在的疑問照實問出口。

「妳到底是好人？還是壞人？是哪一種啊……？」

「問這種問題沒意義！但可以肯定的是，我一直在努力平息常世的戰亂，算是和平主義者。」

「是嗎……」

真是一位不可思議的吸血鬼。

根據天津所說，我將來好像會被絲畢卡殺掉。

或許以後我還有機會跟這個人對決也說不定。

不過——現在我們依然要互相合作。說老實話，有些時候的她很可怕，但我知道這個少女是真心想要改變常世。

那時絲畢卡忽然將手交疊放在胸前，表情看起來很火大的樣子。

「夕星的事情，我們還是先別管了吧。現在該做的是先拯救常世。」

「要怎麼做才能拯救啊。」

「去『弒神之塔』。」

「咦？」

「位在常世的中央，離我以前拿來當根據地的拉米耶魯村很近，矗立著一座又大又白的塔。」

這個我知道。我曾經跟納莉亞一起看過實物。

那個印象中好像是常世的世界遺產吧？

可是那個怎麼了嗎……？

「那個高塔上有被施加封印，任何人都沒辦法進入。但只要蒐集常世的魔核，就能夠破除封印。」

「那個是被魔核封印住的……？」

「就像妳說的那樣。常世的魔核有個『用途』，就是用來封印弒神之塔的。」

只要蒐集六個魔核，就能夠發揮強大的力量。

就像我們那邊的魔核被賦予了「成為國家基礎」的機能，這邊的魔核似乎也被賦予了功用，就是用來封印那個白色的高塔。

「……若是打破那個封印會怎樣？」

「我就能夠跟朋友重逢了。」

絲畢卡說著這句話的同時，雙眼懷念地瞇了起來。

「那孩子跟愚者對戰後戰敗了，藏身到高塔裡。之所以要透過魔核加上封印，都是為了確保她的安全。我還跟她約好『六百二十二年後要再度相會』，之後就跟她分離了。那孩子是能夠看見未來的巫女，所以這個約定肯定會實現的。」

「喔……」

「還有——假如我沒有算錯的話，今年正好就是六百二十二年後。若是能夠借用那孩子預測未來的力量，我們就能得知引領世界恢復和平的方法。所以我才會蒐集常世的魔核，想要解除魔核的『功用』，我必須解開高塔的封印，跟那孩子重逢。」

「先等一下……那個就是妳之前說過的朋友，很久很久以前就分隔兩地的那個？」

「對啊，自從被封印的那一刻起，就不再受時間流逝所干涉，換句話說，她還活著。」

——創造這個世界的人，是從六百年前就存在的最強吸血鬼——大家都叫那個人「賢者」。她使用自己的能力，為混沌的世界帶來秩序。聽說現在依然住在世界中央的那座「弒神之塔」……不過這些都是迷信。因為人類不可能存活六百年。

「咦？奇怪……？那麼創造常世的賢者大人不就……？」

「那個人就是我啊！另外那孩子並不是賢者，而是巫女姬。被封印在高塔裡面的人不是我，是那個巫女姬。常世的口述傳說好像把現實和虛構的東西混淆在一起了。」

「……巫女姬？妳說的巫女姬是拉米耶魯村的那個巫女姬嗎？」

「都說是巫女姬了，也只有那個啦。那孩子是常世的第一任巫女姬，也是拉米耶魯村的始祖。」

「那這麼說來……她就是柯蕾特的祖先囉??」

「我宰了妳喔？」

「為什麼啊!?」

「那孩子根本就沒有生小孩呀！她頂多只是『始祖一族的女性後代』啦。」

這聽起來實在太莫名其妙，害我都想要尖叫了。

看來要理清頭緒還要花點時間。

若是我沒有把這些話聽個仔細，再做點小抄的話，我可能沒辦法把所有東西拼湊起來。

只不過——唯獨一件事情，我聽明白了。

那就是常世還有機會恢復和平。

之前在旅行的途中，我親眼看到許多人陷入悲傷之中。為了讓那些人能夠每天都過得平平安安的，我跟絲畢卡就只能拚盡全力努力了。

再說這也是芙亞歐託付給我的心願。

「只要解開高塔的封印，所有的問題都能夠解決——我可以相信這是真的吧？」

「我說謊幹麼！我們現在可是同盟耶！」

那對像是星星一樣的藍色眼睛正在閃閃發光。

可能是因為她剛剛才流過眼淚的關係吧。

如果是現在的她，我似乎能夠稍微試著相信看看。

「……那我知道了，我會協助妳的。」

「那是一定要的！」

絲畢卡在這時撇嘴笑了一下。

也許我身上的某些部分跟這傢伙很像也說不定。

雖然我們用的手段不一樣。氣質也不同。

但我覺得我們的目標是一致的。

既然如此，就讓我盡全力協助她吧——我在心裡下定決心，伸手和絲畢卡握手。

☆

同一時間——

波瓦波瓦王國正處在極為熱烈的氣氛中。

或許大家會想「這個波瓦波瓦王國是什麼鬼東西？」，但常世這邊就是有這麼樣的一個國家存在。大約在兩百年前左右，此處就從拉貝利克分離出來，獨立形成一塊屬於獸人的樂土。

目前在皇宮前方的廣場上，聚集了一大票群眾。

所有人都興奮地鬼吼鬼叫。

因為就在今夜，他們革命成功了。

打倒那個獨占香蕉和葡萄的邪惡國王，那座奢華的城堡還被一名蒼玉種占領——不對，是被「淨化」才對。

「——波瓦波瓦王國的國民們！我們已經完成階級鬥爭了！霸占那些非法財富的特權階級再也不存在！今後將能打造出人人平等的社會！」

那是在皇宮的露臺上。

有個少女張開雙腿雄糾糾氣昂昂地站著——她正是普洛海莉亞・茲塔茲塔斯

基。

獸人們用參雜著憧憬、尊敬和興奮之情的目光仰望她，每當她說出的英勇話語在廣場上迴盪，人們就會口口聲聲高喊「茲塔茲塔大王！茲塔茲塔大王！」，那些喊聲如波紋般擴散開來。

「各位大可放心！我們這就來將水果平均分配吧！還有很多喔，大家不用爭不用搶！」

「「茲塔茲塔大王！茲塔茲塔大王！茲塔茲塔大王！」」

「不要叫我大王，叫我書記長吧──雖然我很想這麼說，但突然改變體制，各位會很困惑吧！所以說從今天開始，我就要即位成為『波瓦波瓦王國的國王』！」

哇──哈、哈、哈、哈、哈、哈──!!

唔喔喔喔喔喔喔喔喔喔喔喔喔喔喔──!!茲塔茲塔大王!!茲塔茲塔大王!!茲塔茲塔大王!!

群眾的狂熱表現已經來到勢不可擋的境地了。

有的人跳來跳去，還有人倒立，一些人甚至在廣場上跑來跑去，口中發出喊叫聲──

俯瞰著這片景象，普洛海莉亞臉上浮現一抹笑容。

用來征服世界的準備正如火如荼地進行。

自從她跑到這個有兩顆太陽的奇妙世界後，幾個禮拜過去。

直到現在，她依然沒有找到回去的方法。可以的話，她是希望快點凱旋回歸到故鄉。可是既然眼前出現了一大堆毫無益處的爭鬥，那她就不能坐視不管。就讓我為這個腐敗的世界帶來變革吧——如此下定決心的普洛海莉亞，提起她的槍桿。

常世這邊合計起來共有四十二個國家。

其中三個已經落到普洛海莉亞手中了。

「這個就是國王的信物！請您戴上吧！」

「嗯。」

有個混了魚、狐狸和猴子血統的男子拿出皇冠給普洛海莉亞。

雖然經歷一番苦戰才順利將那個東西裝到普洛海莉亞的帽子上，這時她背後傳來一聲虛脫的聲音——「我說普洛海莉亞啊～」。

「這種事情該不會還要再做三十九次吧～？我已經很累了欸……」

那個人是頭上長著貓耳的少女——莉歐娜·弗拉特。

她跟普洛海莉亞一起被傳送到同樣的地方，和她並肩作戰到現在。

「別那麼說。等到我們未來建立統一政府後，我就弄個重要的職位給妳。到時讓妳當『魚大臣』怎麼樣？」

「那種東西我不需要啦……是說妳真的要征服世界？」

「那當然！這樣的世界是錯誤的！」

普洛海莉亞用力握緊了拳頭，開始強勢主張。

「聽說那些大國想要讓戰爭規模更進一步擴大！這樣一來，無辜的人民將會流血！必須讓我親手阻止這一切！」

「感覺黛拉可瑪莉也會那麼說呢。話說回來，報紙上面好像有寫到，說阿爾卡王國在追捕黛拉可瑪莉……不知道她有沒有事？」

「她可是黛拉可瑪莉，一定會沒事的。搞不好現在已經像我這樣，變成某個國家的國王了呢？如果真的是那樣，我們或許就不需要拿下另外那三十九個國家了。」

「這些都無所謂啦，但我覺得普洛海莉亞妳很不適合帶皇冠呢。」

「那是當然的。我不是代表王公貴族，而是代表人民啊。」

「我說這話不是那個意思……」

普洛海莉亞大大地伸了一個懶腰。

現在時間已經滿晚的了，差不多該睡了。今天因為起義的關係，弄得全身疲憊。還是明天再來想要怎麼運用波瓦波瓦王國吧——打定主意後，普洛海莉亞正要跨步走人。

但她不經意看見莉歐娜手邊有個東西在發光。

「妳拿的那個是什麼？」

「這個嗎？這個原本是波瓦波瓦的國王帶在身上的東西，因為我覺得很漂亮，就拿回來了。」

「擅自獨占寶物是不好的喔。那個東西也要找時間分配給人民——嗯？」

此時普洛海莉亞忽然有種奇妙的感覺。

因為她看見莉歐娜手上的那個東西長得就像「外觀酷似發亮星星的球體」。

而且這個球體還在散發魔力。不僅如此，那種魔力更是令人熟悉。

之前普洛海莉亞的部下比特莉娜曾經拿過一個音樂盒——名字叫做《冰花箏》，這個跟那個很像。

☆

「我不能再待下去了！我們去找可瑪莉吧！」

這裡是拉米耶魯村。

在政府的援助下，村莊正急速重建。

那時納莉亞・克寧格姆回過頭看自己的夥伴，嘴裡如此宣示。

旁邊那些人分別是薇兒海絲，以及艾絲蒂爾・克雷爾。

她們身上的傷到今天已經完全治癒了——醫生甚至還掛保證，說她們「出去外子給抓走。

面走動應該也沒問題」。既然這樣，她們就要立刻出發。畢竟可瑪莉可是被恐怖分

「請問……閣下跑到哪裡去了呢……？」

此時的艾絲蒂爾客客氣氣地開口。

「目前還不清楚，接下來我們預計要進行地毯式搜索。」

「沒錯，我們要盡快擊潰逆月，將他們變成堆肥的肥料。那幫人打算對可瑪莉大小姐做很過分的事情……不可原諒……不可原諒不可原諒……」

這舉動讓艾絲蒂爾嘴裡發出一聲「咿！」。

因為薇兒海絲的表情變得好像佐久奈（失控的時候）。

「不可原諒不可原諒不可原諒不可原諒不可原諒不可原諒不可原諒不可原諒不可原諒……」

「可、可是薇兒小姐也有說過不是嗎？說那個人……『弒神之惡』是為了利用閣下才把她抓走。」

——若是把她放下來就會死喔？這樣也無所謂？

——這個黛拉可瑪莉，我會好好運用的。

「所以我想閣下應該沒事。但我們若因太過心急做出錯誤的行為，這樣可能就不太好了……」

「……艾絲蒂爾。之前逆月都幹過什麼事情，妳不會沒概念吧。」

「那、那個……雖然是那樣——但之前我差點被瓦礫壓扁，當時是逆月的人救我的。還是一個狐狸族的獸人。」

「妳是在說芙亞歐．梅特歐萊德嗎？」

「沒錯沒錯！我在想晚點要去跟她道謝……」

嘰咕！

薇兒海絲在這一刻從正面一把抓住艾絲蒂爾的胸部。

「——呀啊!?這、這、這是在做什麼，薇兒小姐!?」

「竟然還要跟恐怖分子道謝，簡直太可笑了。妳這個人就是太過正經八百……那種清純到不行的本性，就讓我來幫忙玷汙吧……」

「我、我一點都不清純吧，那個——！妳的表情好恐怖，薇兒小姐……………！」

「難道妳忘了嗎？艾絲蒂爾……我們第七部隊的傳統就是有勇無謀地突擊，然後死去……不需要『慎重行事』或是做好『周全的計畫』……若是不盡快趕到可瑪莉大小姐身邊，去舔可瑪莉大小姐的大腿，我可是會憋死的……」

「平常那個冷靜的薇兒小姐跑到哪裡去了啊!?請妳清醒一點！還有妳若是能夠把這隻手放掉，對我來說會很有幫助的……！」

那兩個人正在大聲小聲地吵鬧，納莉亞沒把她們放在眼裡，而是在思考。

她覺得艾絲蒂爾說得對。

若是因為心急誤事，那就得不償失了。可是在這邊坐以待斃、錯失先機，依然是種愚蠢行為。

若是能夠知道逆月在哪裡就好了——

她正為此感到煩悶，碰巧就在這時……

「找到了找到了！薇兒、納莉亞！有客人來了喔——！」

一道精神抖擻又潑辣的聲音在此刻傳來。

遠方來了一位天藍色的少女——是柯蕾特・拉米耶魯，她正朝此處走來。

因為失去右手的關係，她走起路來搖搖晃晃，但還不至於構成太大的阻礙，算是讓人鬆了一口氣。

就在她身旁，跟著一位看起來很像是「訪客」的人。

那個女人的身材高䠷、長長的頭髮隨風飄揚。

這是誰呢？面對這個特地造訪的人，納莉亞一時之間沒看出是誰。

「咦……」

可是她很快就因為大感驚訝而說不出話來。

——為什麼？怎麼會呢？不，其實這一點都不奇怪。

因為「那個人」一早就待在常世這邊了——

柯蕾特在此時得意洋洋地挺起胸脯，開口補上一句話。

「妳們聽了一定會嚇一跳！這位可是『宵闇英雄』喔！雖然黛拉可瑪莉不在這邊有點可惜……但這樣是不是超棒的!?那個最強傭兵跑來這裡了耶!?」

原本正在吵吵鬧鬧的艾絲蒂爾和薇兒海絲也跟著轉頭看了過來。

那個人有紅色的眼睛、金色的頭髮，還有跟從前沒有太大區別的溫和表情。

納莉亞整個人靜止了，就好像結凍了一樣。

她原本一直很想跟這個人重逢，想得不得了，但等到這一刻真的到來，她原本想好要說的話卻飛到異次元彼端去了。

那個女人對這樣的納莉亞絲毫不在意，面露了微笑。

這微笑讓人的心變得溫暖起來。

對。只要有這個人在，就不會有任何問題了。

可瑪莉俱樂部的前途變得光明起來——

※

相隔六百年，在這之後的世界已經扭曲了。

所有的秩序全都逐漸崩解。

魔核其實是一種裝置，要用來封印住「賢者」，扼殺她在常世的勢力，然後讓現世享有魔力帶來的永久繁榮。

這六百年來，那個第一世界因為有魔核在的關係，照理說一直都保持著均衡狀態。

可是近年來變得如何了？

逆月活動頻繁。再加上星砦進犯。

除此之外——那個黛拉可瑪莉·崗德森布萊德還出面擾亂，試圖「為人心帶來變革」。

在我方沉睡的這段期間，引發了劇烈的革命。

這些人必定是不容忽視的邪惡存在。

如今夭仙鄉的魔核不就被破壞掉了嗎？

「必須把他們都排除掉。」

在常世的街道上，有一名神仙往來其中。

眼前那一大片街道都被破壞的七零八落。

在常世的各個角落，不停爆發大規模戰爭。

身為騷動元凶的星砦似乎早就不知去向了。

可是黛拉可瑪莉和絲畢卡直到現在都還待在常世這邊。

尤其是那個絲畢卡・雷・傑米尼，此人特別危險。

若是對她置之不理，第一世界的秩序將會毀壞。

一定要守護魔核——

那位神仙的手握成拳頭狀，向正前方打了出去。

這是在對那些擾亂秩序的敵人宣戰。

「——六百年前的事還沒完，就讓我們『天文臺』來導正秩序吧。」

常世的夜色開始泛白。

若是想要改變世界，那就一定要出動「將一切恢復原狀的力量」。

這位神仙是魔核的守護者「天文臺」成員之一。

為了殺掉絲畢卡和黛拉可瑪莉而覺醒的古代愚者。

後記

大家好。我是小林湖底。

這次都在講逆月的故事——乍看之下好像是那樣，其實有一半都跟芙亞歐有關。

芙亞歐第一次登場是在第四集，對照那個時候來看，會覺得她這次出乎意料地活躍。畢竟這隻狐狸還曾經把可瑪莉的肚了切開。隨著故事集數出得越來越多，角色設定和彼此之間的關係也刷新了，結果就變成現在這樣——當然這也是其中一個原因，但這部作品的其中一個主軸便是：「無論背負什麼樣的過去，只要能夠彼此對談或是對決，都還是有機會重修舊好。」因此我在想那兩人會有這樣的發展，可以說是一種必然現象吧。那兩個人本來就該攜手合作，甚至來到終盤還會演變成可以互相託付心願的關係。因為我一直覺得去原諒敵人也是很重要的一件事。可瑪莉變身後雖然常常會說「去死」或是「不可原諒」，但我想那應該算是衝動之下說的。所以說這位可瑪莉未來有可能和特萊梅洛相處融洽……照理說應該會是這樣……不對，感覺跟特萊梅洛好像有點難……（這樣就變成在否認那堆主軸了）。

另外還有一件事，就是隨著故事進展，角色設定會跟當初所想的產生分歧——這樣的人並不是只有芙亞歐一個。就連佐久奈、天津、普洛海莉亞和基爾德也差不多是這種感覺。接下來他們會有什麼樣的飛躍式改變，這點也挺讓人期待的。若是各位能夠繼續奉陪下去，那會是我的榮幸。

雖然第九集的內容變得有點黑暗又殘酷，但下一集我打算弄得比較開朗一些。那麼第十集也要麻煩各位關照了！

接下來是遲來的感謝。

給負責插畫工作的りいちゅ老師，您總是把插圖畫得漂亮又帥氣。以及這次依然把書籍設計得非常棒的裝訂負責人柊椋大人。還有給了我各式各樣建議的責任編輯杉浦よてん大人。除此之外，再加上眾多跟本書發行和販售有關的工作人員，還有手裡拿著這本書的各位讀者們。我要對你們所有人致上深厚的謝意——感謝你們！

那我們下集再會吧。

小林湖底

家裡蹲吸血姬的鬱悶

家裡蹲吸血姬的鬱悶

浮文字
家裡蹲吸血姬的鬱悶 9
（原名：ひきこまり吸血姫の悶々9）

著　者／小林湖底　繪　者／りいちゅ　譯　者／楊佳慧
執行長／陳君平　美術總監／沙雲佩　內文排版／謝青秀
榮譽發行人／黃鎮隆　美術編輯／方品舒　國際版權／黃令歡、高子甯、賴瑜妗
協　理／洪琇菁　執行編輯／石書豪

出　版／城邦文化事業股份有限公司 尖端出版
台北市中山區民生東路二段一四一號十樓
電話：（〇二）二五〇〇－七六〇〇
傳真：（〇二）二五〇〇－二六八三
E-mail: 7novels@mail2.spp.com.tw

發　行／英屬蓋曼群島商家庭傳媒股份有限公司城邦分公司　尖端出版
台北市中山區民生東路二段一四一號十樓
電話：（〇二）二五〇〇－七六〇〇（代表號）
傳真：（〇二）二五〇〇－一九七九

中彰投以北經銷／楨彥有限公司（含宜花東）
電話：（〇二）八九一九－三三六九
傳真：（〇二）八九一四－五五二四

雲嘉經銷／智豐圖書有限公司　嘉義公司
（嘉義公司）
電話：（〇五）二三三－三八五二
傳真：（〇五）二三三－三八六三
（高雄公司）
電話：（〇七）三七三－〇〇七九
傳真：（〇七）三七三－〇〇八七

南部經銷／智豐圖書有限公司　高雄公司
電話：（〇七）三七三－〇〇七九
傳真：（〇七）三七三－〇〇八七

香港經銷／一代匯集
香港九龍旺角塘尾道六十四號龍駒企業大廈十樓 B＆D 室
電話：（八五二）二七八三－八一〇二
傳真：（八五二）二七八二－一五二九

新馬經銷／城邦（馬新）出版集團 Cite（M）Sdn. Bhd.
E-mail: cite@cite.com.my

法律顧問／王子文律師　元禾法律事務所
台北市羅斯福路三段三十七號十五樓

二〇二四年二月一版一刷

■中文版■

郵購注意事項：
1.填妥劃撥單資料：帳號：50003021戶名：英屬蓋曼群島商家庭傳媒(股)公司城邦分公司。2.通信欄內註明訂購書名與冊數。3.劃撥金額低於500元，請加附掛號郵資50元。如劃撥日起 10～14日，仍未收到書時，請洽劃撥組。劃撥專線TEL：(03)312-4212 ・ FAX：(03)322-4621。E-mail：marketing@spp.com.tw

國家圖書館出版品預行編目資料

家裡蹲吸血姬的鬱悶 / 小林湖底作 ; 楊佳慧譯 . -- 1 版 . -- 臺北市 : 城邦文化事業股份有限公司尖端出版 : 英屬蓋曼群島商家庭傳媒股份有限公司城邦分公司發行 , 2024.02-

冊 ; 公分

譯自 : **ひきこまり吸血姫の悶々**

ISBN 978-626-（第 9 冊 : 平裝）

861.57